D0859071

Mi año de descanso y relajación

Ottessa Moshfegh

Mi año de descanso y relajación

Traducción del inglés de Inmaculada C. Pérez Parra

ALFAGUARA

Papel certificado por el Forest Stewardship Council®

MIXTO
Papel procedente de
fuentes responsables
FSC® C117695
www.fsc.org

Título original: *My Year of Rest and Relaxation*
Primera edición en castellano: enero de 2019

© 2018, Ottessa Moshfegh
Publicado originalmente por Penguin Press.
Derechos de traducción por acuerdo con MB Agencia Literaria
y The Clegg Agency, Inc., Estados Unidos
© 2019, Penguin Random House Grupo Editorial, S. A. U.
Travessera de Gràcia, 47-49. 08021 Barcelona
© 2019, Inmaculada C. Pérez Parra, por la traducción

© Diseño: Penguin Random House Grupo Editorial, inspirado en un diseño original de Enric Satué

Printed in Spain – Impreso en España

ISBN: 978-84-204-3489-6
Depósito legal: B-25817-2018

Compuesto en MT Color & Diseño, S. L.
Impreso en Unigraf, S. L., Móstoles (Madrid)

AL34896

Penguin
Random House
Grupo Editorial

Para Luke. El único. Mi único.

Si eres guapa o rica o tienes suerte,
quizá rompas con las leyes de los hombres,
pero contra las leyes internas del espíritu
y las leyes externas de la naturaleza
nadie puede
No, nadie puede...

JONI MITCHELL,
«The Wolf That Lives In Lindsey»

1

Cada vez que me despertaba, de día o de noche, me arrastraba por el luminoso vestíbulo de mármol de mi edificio y subía por la calle y doblaba la esquina donde había un colmado que no cerraba nunca. Me pedía dos cafés grandes con leche y seis de azúcar cada uno, me tomaba de un trago el primero en el ascensor de regreso a casa y luego a sorbos el segundo, despacio, mientras veía películas y comía galletitas saladas con formas de animales y tomaba trazodona y zolpidem y Nembutal hasta que volvía a dormirme. Así perdía la noción del tiempo. Pasaban los días. Las semanas. Unos cuantos meses. Cuando me acordaba, pedía comida al tailandés de enfrente o una ensalada de atún a la cafetería de la Primera Avenida. Me despertaba y me encontraba en el móvil mensajes de voz de peluquerías o *spas* confirmando citas que había reservado mientras estaba dormida. Llamaba siempre para cancelarlas, y odiaba hacerlo porque odiaba hablar con la gente.

Al principio, venían a recoger la ropa sucia y a dejarme ropa limpia una vez a la semana. Para mí era un consuelo escuchar el crujido de las bolsas de plástico rotas entrando por las ventanas del salón. Me gustaba sentir las bocanadas de olor a ropa limpia mientras me quedaba frita en el sofá. Pero, después de un tiempo, era demasiada molestia juntar toda la ropa sucia y meterla en la bolsa de la colada. Y el ruido de mi propia lavadora y secadora me afectaba mientras dormía. Así que empecé a tirar las bragas sucias. Las viejas, de todas formas, me

11

recordaban a Trevor. Durante un tiempo, aparecía en el correo lencería de mal gusto de Victoria's Secret, tangas de color fucsia o verde lima con volantitos y picardías y *negligés,* todas empaquetadas en bolsitas de plástico. Metía las bolsitas de plástico en el armario e iba sin bragas. Llegaba algún que otro paquete de Barneys o Saks con pijamas de hombre y otras cosas que no recordaba haber encargado, calcetines de cachemir, camisetas con diseños, vaqueros de marca.

Me duchaba una vez a la semana como mucho. Dejé de depilarme las cejas, dejé de decolorarme, de hacerme la cera, de cepillarme el pelo. Nada de hidratante ni de exfoliante. Nada de afeitarme las piernas. Rara vez salía del apartamento. Tenía las facturas domiciliadas. Había dejado pagado el impuesto anual de la propiedad del piso y de la antigua casa al norte del estado de mis padres muertos. El alquiler que los inquilinos de esa casa pagaban por transferencia aparecía una vez al mes en mi cuenta. Me llegaría el seguro de desempleo mientras siguiera llamando una vez por semana y pulsando «1» para «sí» cuando el robot me preguntase si me había esforzado de verdad en encontrar trabajo. Eso bastaba para los copagos de todas las recetas y lo que fuera que comprase en el colmado. Además, tenía inversiones. El asesor financiero de mi padre muerto controlaba todo eso y me mandaba informes trimestrales que yo nunca leía. También tenía un montón de dinero en mi cuenta de ahorros, bastante para vivir unos cuantos años mientras no hiciera nada estrafalario. Además de todo eso, mi límite de crédito en la Visa era alto. El dinero no me preocupaba.

Había empezado a «hibernar» lo mejor que pude a mitad de junio de 2000. Tenía veintiséis años. A través de un listón roto de la persiana vi cómo moría el verano y el otoño se volvía frío y gris. Se me atrofiaron los músculos. Las sábanas amarilleaban en la cama, aunque por lo general me dormía delante de la televisión en el sofá, que era uno muy caro, de Pottery Barn y de rayas azules y blancas y estaba hundido y lleno de manchas de café y sudor. No hacía mucho en las horas de vigilia aparte de ver películas. No soportaba la televisión normal. Sobre todo al principio, la tele me provocaba demasiadas cosas y me obsesionaba con el mando a distancia, pulsaba botones, me burlaba de todo y me trastornaba. Era demasiado para mí. Las únicas noticias que podía leer eran los titulares sensacionalistas de los diarios locales en el colmado. Les echaba un vistazo mientras pagaba los cafés. Bush contra Gore para la presidencia. Alguien importante se moría, secuestraban a un niño, un senador robaba dinero, un atleta famoso le ponía los cuernos a su mujer embarazada. Pasaban cosas en la ciudad de Nueva York —siempre pasan—, pero ninguna me afectaba. Ese era el encanto del sueño, que me desconectaba de la realidad y la recordaba tan por casualidad como una película o un sueño. Me resultaba sencillo ignorar lo que no me incumbía. Los trabajadores del metro iban a la huelga. Un huracán iba y venía. Daba igual. Si nos hubiesen invadido los extraterrestres o un enjambre de langostas, lo habría notado, pero no me habría importado.

Cuando necesitaba más pastillas, me aventuraba hasta la farmacia que estaba a tres manzanas. Era siempre un trayecto penoso. Cuando caminaba por la Primera Avenida, todo me estremecía. Era como un bebé naciendo; el aire me hacía daño, la luz me hacía daño, el mundo parecía estridente y hostil en sus detalles. Me confiaba al alcohol solo los días de aquellas excursiones; un trago de vodka antes de salir y pasaba por delante de todos los bistrós y cafeterías y tiendas que solía frecuentar cuando aún pisaba la calle, fingiendo que vivía la vida. Si no, procuraba limitarme al radio de una manzana alrededor de mi casa.

Todos los hombres que trabajaban en el colmado eran egipcios jóvenes. Aparte de mi psiquiatra la doctora Tuttle, mi amiga Reva y los porteros del edificio, los egipcios eran las únicas personas a las que veía habitualmente. Eran bastante guapos, unos más que otros. Tenían la mandíbula cuadrada y la frente varonil, las cejas marcadas como orugas. Y todos parecían llevar pintada la raya del ojo. Debían de ser como media docena, hermanos o primos, suponía yo. Su estilo era de lo más disuasorio. Llevaban camisetas de fútbol y cadenas de oro con cruces y escuchaban Los 40 Principales. No tenían ningún sentido del humor. Cuando me acababa de mudar al barrio, habían tonteado conmigo hasta el hartazgo, pero en cuanto empecé a entrar arrastrando los pies a horas raras con legañas en los ojos y porquería en la comisura de los labios, dejaron de intentar ganarse mi cariño.

—Tienes algo aquí —me dijo una mañana el que estaba detrás del mostrador, señalándose la barbilla con los largos dedos morenos.

Hice solo un gesto con la mano. Luego descubrí que tenía la cara llena de costras de pasta de dientes.

Después de unos cuantos meses de aparecer desaliñada y medio dormida, los egipcios empezaron a llamarme «jefa» y a aceptar sin problema cincuenta centavos cuando pedía un cigarrillo suelto, lo que hacía bastantes veces. Podría haber ido a un montón de sitios a por café, pero me gustaba el colmado. Estaba cerca y el café siempre era malo y no tenía que toparme con nadie pidiendo un *brioche* o un *latte* sin espuma. Ningún niño con los mocos caídos ni niñeras suecas. Ningún profesional esterilizado ni nadie en una cita. El café del colmado era café para la clase trabajadora, café para porteros y repartidores y operarios y limpiadores. El ambiente estaba cargado de olor a productos de limpieza baratos y moho.

Podía contar con que el congelador empañado estuviera hasta arriba de helados y polos y tarrinas de postre. Los compartimentos de plexiglás que había encima del mostrador estaban llenos de chicles y caramelos. Todo estaba siempre igual: cigarrillos en filas ordenadas, rollos de rasca y gana, doce marcas distintas de agua embotellada, cerveza, pan de molde, una caja de carnes y quesos que nadie compraba nunca, una bandeja de papos secos portugueses rancios, una cesta de fruta envuelta en plástico, una pared entera de revistas que yo evitaba. Solo quería leer los titulares de los periódicos. Me alejaba de cualquier cosa que pudiera despertarme el intelecto o darme envidia o ansiedad. Mantenía la cabeza baja.

Reva aparecía por mi casa con una botella de vino de vez en cuando e insistía en hacerme compañía. Su madre se estaba muriendo de cáncer. Eso, entre otras cosas, me quitaba las ganas de verla.

—¿Te habías olvidado de que venía? —preguntaba Reva, empujándome para entrar en el salón y encendiendo las luces—. Anoche hablamos, ¿te acuerdas?

Me gustaba llamar a Reva justo cuando empezaba a hacerme efecto la pastilla de zolpidem o de fenobarbital o lo que fuera. Según ella, yo solo quería hablar de Harrison Ford o de Whoopi Goldberg, y decía que le parecía bien.

—Anoche me contaste toda la trama de *Frenético*. Hiciste la escena en la que van conduciendo el coche con la cocaína. Y seguías y seguías.

—Emmanuelle Seigner está increíble en esa película.

—Eso mismo dijiste anoche.

Me sentía tan aliviada como irritada cuando aparecía Reva, como si alguien me interrumpiese en mitad del suicidio. No es que me estuviese suicidando; de hecho, era lo contrario al suicidio. Mi hibernación era cuestión de supervivencia. Creía que me iba a salvar la vida.

—Y ahora métete en la ducha —decía Reva en dirección a la cocina—. Yo saco la basura.

Quería a Reva, pero ya no me caía bien. Éramos amigas desde la universidad, el tiempo suficiente para que todo lo que teníamos en común fuese nuestro pasado juntas, una compleja trayectoria de resentimiento, recuerdos, envidia, negación y unos cuantos vestidos que le había prestado que ella prometió llevar a la tintorería para devolvérmelos luego, pero que nunca volvieron. Trabajaba de secretaria ejecutiva en una agencia de corredores de seguros del centro. Era hija única, una obsesa del gimnasio, tenía una mancha de nacimiento en el cuello, roja y moteada, con la forma de Florida, una costumbre de mascar chicle que le producía CAT y un aliento que apestaba a canela y caramelo de manzana ácida. Le gustaba venir a mi casa, hacerse sitio en el sillón, comentar el estado del piso, decirme que me veía más delgada y quejarse del trabajo mientras se llenaba la copa de vino cada vez que le daba un sorbo.

—La gente no entiende lo que es estar en mi pellejo —decía—. Dan por sentado que siempre voy a estar de buen humor. Mientras tanto, esos cabrones se piensan que pueden ir por ahí tratando como la mierda a todos los que tienen por debajo. ¿Y se supone que tengo que reírme como una tonta y estar mona y mandar sus faxes? Que los jodan. Que se queden todos calvos y ardan en el infierno.

Reva estaba liada con su jefe, Ken, un hombre de mediana edad con mujer e hijo. Hablaba abiertamente de la obsesión que sentía por él, aunque intentaba ocultar que tenían relaciones sexuales. Una vez me enseñó una foto de él en un folleto de la empresa; alto, ancho de hombros, camisa blanca de cuello abotonado, corbata azul, una cara tan anodina y tan aburrida que bien podía estar hecha de plástico. A Reva le gustaban los hombres mayores, como a mí. Los hombres de nuestra edad, decía Reva, eran demasiado sensibleros, demasiado afectuosos, demasiado dependientes. Entendía su rechazo, aunque yo nunca había conocido a tipos así. Todos los hombres con los que había estado, jóvenes y viejos, habían sido distantes y hostiles.

—Porque eres un témpano, por eso —me explicaba Reva—. Lo semejante atrae a lo semejante.

Como amiga, Reva sí que era sensiblera y afectuosa y dependiente, pero también era muy reservada y a veces muy condescendiente. No podía entender o simplemente no deseaba entender por qué quería yo dormir todo el tiempo y siempre me estaba restregando su superioridad moral y diciéndome que «afrontase las consecuencias» de cualquiera de las malas costumbres que tuviera en ese momento. El verano que empecé a dormir, Reva me reprendía: «desperdicias tu cuerpo de biquini», «fumar mata», «deberías salir más», «¿comes bastantes proteínas?», etcétera.

—No soy una niña pequeña, Reva.

—Me preocupo por ti. Porque me importas. Porque *te quiero* —decía.

Desde que nos conocimos el primer año de universidad, Reva no era capaz de admitir estando sobria cualquier deseo que fuese remotamente grosero. Pero no era perfecta. «No es ningún angelito», que diría mi madre. Yo sabía desde hacía años que Reva era bulímica. Sabía que se masturbaba con un masajeador de cuello eléctrico porque le daba mucha vergüenza comprar un vibrador de verdad en un *sex shop*. Sabía que estaba muy endeudada por la universidad y años de excederse en el límite de las tarjetas de crédito y que robaba muestras de la sección de belleza de la tienda naturista de al lado de su casa en el Upper West Side. Había visto las pegatinas de muestra en varias cosas en un enorme neceser de maquillaje que llevaba encima a todas partes. Era esclava de la vanidad y del estatus, algo habitual en un sitio como Manhattan, pero a mí su desesperación me parecía particularmente irritante. Se me hacía difícil respetar su inteligencia. Estaba tan obsesionada con las marcas, la aprobación, el «encajar». Solía ir a Chinatown a buscar imitaciones de los últimos bolsos de diseño. Una Navidad me regaló una cartera Dooney & Bourke. Compró llaveros Coach falsos a juego para las dos.

Paradójicamente, su deseo de tener clase fue siempre la piedra en la que tropezó a la hora de tenerla.

—La elegancia estudiada no es elegancia —intenté explicarle una vez—. El encanto no es un peinado. Lo tienes o no lo tienes. Cuanto más te esfuerces por ir a la moda, más vulgar parecerás.

Nada le dolía más a Reva que una belleza natural como la mía. Una vez que vimos en vídeo *Antes del amanecer*, dijo:

—¿Sabías que Julie Delpy es feminista? Me pregunto si por eso no está más flaca. Si fuese estadounidense no le habrían dado el papel. ¿Ves lo blandos que tiene los brazos? Aquí un brazo flácido es intolerable. Un brazo flácido es mortal. Es como la selectividad. Si tienes menos de un siete, no existes.

—¿Te alegras de que Julie Delpy tenga los brazos flácidos? —le pregunté.

—No —dijo, después de pensárselo un poco—. No lo llamaría alegría, más bien *satisfacción*.

Reva parecía no sentir necesidad de ocultarme su envidia. Desde el comienzo de nuestra amistad, si le contaba que había pasado algo bueno, se quejaba diciendo «No es justo» tantas veces que se convirtió en una especie de muletilla que soltaba como si nada, con voz apagada. Era su reacción automática a mis buenas notas, a un color de barra de labios nuevo, al último polo, a mi corte de pelo caro. «No es justo.» Yo formaba una cruz con los dedos y la alzaba entre las dos, como para protegerme de su envidia y de su ira. Una vez le pregunté si sus celos tenían algo que ver con ser judía, si creía que las cosas eran más fáciles para mí por ser blanca, anglosajona y protestante.

—No es porque sea judía —recuerdo que dijo. Esto fue justo después de la graduación: yo había entrado en el cuadro de honor pese a haberme saltado más de la mitad de las clases del último curso y Reva no había conseguido acceder al posgrado—. Es porque soy gorda.

No lo era. Era muy guapa, de hecho.

—Y me gustaría que te cuidases más —dijo un día que vino a visitarme al piso, estando yo medio despierta—. No lo puedo hacer por ti, ¿sabes? ¿Por qué te gusta tanto Whoopi Goldberg? Ni siquiera es divertida. Tendrías que ver películas que te animaran, como *Austin Powers*. O esa en la que salen Julia Roberts y Hugh Grant. De pronto eres como Winona Ryder en *Inocencia interrumpida,* aunque te pareces más a Angelina Jolie. En esa peli sale rubia.

Así es como expresaba su preocupación por mi bienestar. Tampoco le gustaba el hecho de que tomase «drogas».

—No deberías mezclar alcohol con todos los medicamentos que tomas —me decía mientras se terminaba el vino.

Le dejaba que se bebiese todo el vino. En la universidad, Reva llamaba a ir de bares «ir a terapia». Se podía tomar un whisky de un trago. Tomaba ibuprofeno entre una y otra bebida. Decía que así mantenía el ritmo. Es probable que se la pudiera considerar alcohólica. Pero tenía razón sobre mí. Yo *tomaba* «drogas». Me metía en el cuerpo más de una docena de pastillas por día, pero todo muy regulado, creía yo. Era todo legal. Solo quería dormir sin parar. Tenía un plan.

—No es que sea una yonqui ni nada de eso —decía yo a la defensiva—. Me estoy tomando un tiempo. Este es mi año de descanso y relajación.

—Qué suerte tienes —decía Reva—. No me importaría tomarme un tiempo del trabajo para holgazanear, ver pelis y dormitar todo el día, pero no me quejo. No puedo permitirme ese lujo.

Cuando ya estaba borracha, subía los pies a la mesa de centro, tiraba al suelo mi ropa sucia y el correo sin abrir para hacerse sitio, y hablaba y hablaba de Ken y me ponía al día del último episodio de su telenovela dramática, *Amor en la oficina*. Presumía de todas las cosas divertidas que iba a hacer el fin de semana, se quejaba de haberse saltado su última dieta y de tener que hacer más horas en el gimnasio para compensar. Y al final, lloraba por su madre.

—Ya no puedo hablar con ella como antes. Estoy tan triste. Me siento tan abandonada. Me siento muy muy sola.

—Todos estamos solos, Reva —le decía yo.

Era verdad: yo estaba sola, ella estaba sola. Ese era el mayor consuelo que le podía ofrecer.

—Sé que tengo que estar preparada para lo peor con lo de mi madre. El pronóstico no es bueno. Ni siquiera creo que me esté enterando de toda la información de su cáncer. Me desespera tanto. Ojalá tuviese a alguien que me abrazara. ¿Es patético eso?

—Estás desesperada —dije—. Suena muy frustrante.

—Y luego está lo de Ken. No lo puedo soportar. Preferiría matarme a estar sola —decía.

—Al menos tienes esa opción.

Si yo tenía ganas, pedíamos ensaladas del tailandés y veíamos películas de pago. Yo prefería mis cintas de VHS, pero Reva siempre quería ver la película que fuese más «nueva» y «lo último» y «se supone que es buena».

Para ella era un motivo de orgullo tener un conocimiento superior de la cultura pop en aquella época. Estaba a la última de todos los chismes del famoseo, seguía todas las tendencias de moda. A mí me importaba una mierda todo ese rollo. Reva, sin embargo, se estudiaba el *Cosmopolitan* y veía *Sexo en Nueva York*. Competía sobre belleza y «sabiduría vital». Su envidia era muy moralista. Comparada conmigo, no tenía «privilegios». Y según sus términos, tenía razón: yo parecía una modelo, tenía dinero que no me había ganado, llevaba ropa de marca auténtica, me había licenciado en Historia del Arte, así que era «culta». Reva, por su parte, venía de Long Island, en una escala del uno al diez sería un ocho —aunque ella se consideraba a sí misma «un tres de Nueva York»— y se había licenciado en Económicas. «La carrera de los empollones asiáticos», la llamaba.

El apartamento de Reva al otro lado de la ciudad era un tercero sin ascensor que olía a ropa de deporte sudada y patatas fritas y desinfectante y colonia Tommy Girl. Aunque me había dado un juego de llaves de su casa cuando se mudó, fui solo dos veces en cinco años. Ella prefería venir a mi casa. Creo que le gustaba que la reconociera el portero, subirse en el elegante ascensor con los botones dorados, verme despilfarrar mis lujos. No sé de qué iba Reva. No podía librarme de ella. Me adoraba, pero también me odiaba. Me veía luchar contra mi sufrimiento y lo consideraba una parodia cruel de su propia desgracia. Yo había elegido mi soledad y mi falta de propósito y Reva, a pesar de todos sus esfuerzos, sencillamente no conseguía lo que deseaba: marido, hijos, una carrera fabulosa. Así que cuando empecé a dormir todo el tiempo, creo que Reva sintió cierta satisfacción al ver cómo me desmoronaba y me convertía en la vaga inútil que ella esperaba. No me interesaba competir con Reva, pero estaba resentida con ella por principio, así que discutíamos. Imagino que tener una hermana debe de ser así, alguien que te quiere lo suficiente para señalarte todos tus defectos. Incluso los fines de semana, si se quedaba hasta tarde, se negaba a dormir en mi casa. Yo no habría querido que se quedase, de todas maneras, pero ella siempre armaba un escándalo, como si tuviese responsabilidades que yo nunca entendería.

Una noche le hice una foto Polaroid y la pegué en el marco del espejo del salón. Reva creyó que era un gesto de cariño, pero la foto pretendía servirme de recordatorio de lo poco que disfrutaba de su compañía, si me daban ganas de llamarla luego, cuando estaba drogada.

—Te voy a dejar mis cedés para subir la autoestima —me decía si yo mencionaba cualquier inquietud o preocupación.

Reva sentía debilidad por los libros y talleres de autoayuda que combinasen alguna dieta nueva con habilidades para el desarrollo profesional y las relaciones románticas bajo la apariencia de enseñar a mujeres jóvenes «cómo alcanzar su máximo potencial». Cada cierto tiempo, tenía un paradigma de vida totalmente distinto y yo debía escucharlo.

—Tienes que aprender a darte cuenta de si estás cansada —me aconsejó una vez—. En estos tiempos hay muchísimas mujeres agotadas.

Un consejo de estilo de vida de *Sacadle todo el partido a vuestro día, chicas* sugería planificar los domingos por la tarde lo que te ibas a poner durante la semana.

—Así no tienes que estar dudando por las mañanas.

De verdad que no la soportaba cuando hablaba así.

—Y vente a Saints conmigo. Es noche de chicas. Las mujeres beben gratis hasta las once. Te sentirás mucho mejor contigo misma.

Era experta en fusionar eslóganes con cualquier excusa para beber hasta la inconsciencia.

—No me apetece salir, Reva —le dije.

Se miró las manos, jugueteó con los anillos, se rascó el cuello, luego se quedó mirando fijo al suelo.

—Te echo de menos —dijo, con la voz un poco quebrada.

Quizá creyó que aquellas palabras me llegarían al corazón. Yo llevaba puesta de Nembutal todo el día.

—A lo mejor no deberíamos ser amigas —le dije, mientras me estiraba en el sofá—. Lo he estado pensando y no veo razón para que sigamos siéndolo.

Reva se quedó ahí sentada, frotándose los muslos con las manos. Después de uno o dos minutos de silencio, me miró y se puso un dedo debajo de la nariz, lo que hacía siempre cuando estaba a punto de llorar. Era como una imitación de Adolf Hitler. Me tapé la cabeza con el jersey y apreté los dientes e intenté no reírme mientras ella balbuceaba y lloriqueaba e intentaba recomponerse.

—Soy tu mejor amiga —dijo lastimera—. No me puedes echar, sería muy autodestructivo.

Me bajé el jersey para dar una calada al cigarrillo. Se apartó el humo de la cara y fingió toser. Luego se giró hacia mí, tratando de envalentonarse mirando a los ojos al enemigo. Veía el miedo en sus pupilas, Reva parecía estar mirando un agujero negro en el que se podía caer.

—Por lo menos intento esforzarme por cambiar y conseguir lo que quiero —dijo—. Aparte de dormir, ¿qué esperas *tú* de la vida?

Preferí ignorar su sarcasmo.

—Quería ser artista, pero no tengo talento —le dije.

—¿En serio hace falta talento? —puede que fuese la cosa más inteligente que me había dicho Reva nunca.

—*Sí* —contesté.

Se levantó, cruzó el salón haciendo ruido con los tacones y cerró la puerta con cuidado tras ella. Me tomé unos cuantos Trankimazin y me comí unas cuantas galletitas saladas con formas de animales y me quedé mirando el asiento arrugado del sillón vacío. Me levanté y puse *Tin Cup* y la vi con desgana mientras dormitaba en el sofá.

Reva llamó media hora más tarde y dejó un mensaje diciendo que ya me había perdonado por herir sus sentimientos, que estaba preocupada por mi salud, que me quería y que no me abandonaría «pasara lo que pasara». Se me desencajó la mandíbula escuchando el mensaje, como si llevase días rechinando los dientes. A lo mejor sí que lo había hecho. Luego me la imaginé moqueando por el supermercado Gristedes, eligiendo comida que se comería y vomitaría. Su lealtad era absurda. Por ella seguíamos.

«Estarás bien», le dije a Reva cuando su madre empezó el tercer ciclo de quimio.

«No seas nenaza», le dije cuando el cáncer de su madre se le extendió al cerebro.

No puedo señalar ningún acontecimiento concreto que provocase mi decisión de hibernar. Al principio, solo quería unos sedantes para acallar mis pensamientos y mis juicios, ya que el aluvión constante me ponía difícil no odiar todo y a todos. Creía que la vida sería más llevadera si el cerebro tardaba más en condenar el mundo a mi alrededor. Comencé a atenderme con la doctora Tuttle en enero de 2000. Empezó de manera muy inocente: estaba asolada por la pena, la ansiedad, el deseo de escaparme de la prisión que eran mi mente y mi cuerpo. La doctora Tuttle me confirmó que no era nada raro. No era buena médica. Encontré su nombre en la guía telefónica.

—Me pillas en buen momento —dijo la primera vez que la llamé—. Acabo de terminar de fregar los platos. ¿Dónde has encontrado mi número?

—En las páginas amarillas.

Me gustaba pensar que el destino me había llevado a elegir a la doctora Tuttle, que nuestra relación estaba un poco predestinada, que de alguna manera era divina, pero, en realidad, fue la única psiquiatra que me contestó al teléfono un martes a las once de la noche. Para cuando la doctora Tuttle me contestó, había dejado una docena de mensajes en contestadores automáticos.

—La mayor amenaza actual para el cerebro son todos los hornos microondas —me explicó aquella noche por teléfono—. Los microondas, las ondas de radio. Ahora las torres de telefonía móvil nos acribillan con a saber qué clase de frecuencias. Pero ese no es mi campo científico, yo me encargo de tratar enfermedades mentales. ¿Trabajas para la policía? —preguntó.

—No, trabajo para un marchante de arte, en una galería de Chelsea.

—¿Eres del FBI?

—No.

—¿CIA?

—No, ¿por qué?

—Tengo que preguntar estas cosas. ¿Eres de la Administración para el Control de Drogas? ¿De la de Alimentos y Medicamentos? ¿Oficina Nacional de Crímenes contra Aseguradoras? ¿De la Oficina de Prevención de Fraudes contra Seguros de Salud? ¿Eres una detective privada contratada por alguna entidad privada o gubernamental? ¿Trabajas para una compañía de seguros médicos? ¿Eres traficante de drogas? ¿Drogadicta? ¿Eres médica? ¿Estudiante de Medicina? ¿Quieres conseguir pastillas para un novio maltratador o para algún jefe? ¿Eres de la NASA?

—Creo que tengo insomnio. Es mi principal problema.

—Seguramente eres adicta a la cafeína, ¿tengo razón?

—No lo sé.

—Será mejor que la sigas tomando. Si la dejases ahora, te volverías loca. Los insomnes verdaderos sufren alucinaciones y ausencias y tienen poca memoria. La vida puede llegar a ser muy confusa. ¿Encaja esto contigo?

—A veces siento que estoy muerta —le dije—, y odio a todo el mundo. ¿Eso cuenta?

—Oh, sí que cuenta. Claro que cuenta. Estoy segura de que puedo ayudarte, pero siempre le pido a los pacientes nuevos que vengan a una consulta de quince minutos para asegurarnos de que encajamos bien. Gratis. Y te recomiendo que adquieras la costumbre de escribir notas para recordarte las citas. Mi política de cancelación es de veinticuatro horas. ¿Conoces los Post-it? Consíguete unos Post-it. Tendré preparados unos acuerdos para que me los firmes, unos contratos. Ahora apunta esto.

La doctora Tuttle me dijo que fuera al día siguiente a las nueve de la mañana.

Su oficina, que también era su casa, estaba en un edificio de apartamentos de la calle 13, cerca de Union Square. La sala de espera era oscura, un recibidor con las paredes forradas de madera repleto de muebles victorianos falsos, juguetes para gatos, tarros con popurrí, velas moradas, coronas de flores púrpuras secas y pilas de números atrasados del *National Geographic*. El baño estaba atiborrado de plantas artificiales y plumas de pavo real. En el lavabo, al lado de una pastilla enorme de jabón agrietado de color lila, había un cuenco de madera lleno de cacahuetes en una concha de abulón. Aquello me dejó perpleja. Tenía todas sus cosas de tocador personales escondidas en un gran cesto de mimbre dentro del mueble de debajo del lavabo. Tenía varios polvos antimicóticos, una crema de esteroides con receta, champú y jabón y cremas que olían a lavanda y a violeta. Pasta de dientes de hinojo. El elixir bucal también era con receta. Cuando lo probé, sabía a océano.

El día que conocí a la doctora Tuttle, ella llevaba un collarín de gomaespuma por un «accidente de taxi» y tenía en brazos a un gato atigrado, al que me presentó como «mi mayor». Me señaló los sobres amarillos diminutos que había en la sala de espera.

—Cuando llegues, escribe tu nombre en un sobre y mete tu cheque dentro. Los pagos van aquí —dijo, dando golpecitos en una caja de madera que había en el escritorio de su oficina.

Era de la misma clase de cajas que tienen en las iglesias para los donativos de las velas. El diván de su oficina estaba lleno de pelos de gato y en uno de sus extremos se apilaban muñequitas antiguas con caras de porcelana desportillada. En el escritorio había barritas de granola a medio comer, fiambreras apiladas con uvas y melón cortado dentro, un ordenador viejo gigantesco, más revistas *National Geographic*.

—¿Qué te trae por aquí? —preguntó—. ¿Depresión?

Ya había sacado el taco de recetas.

Mi plan era mentir. Lo había considerado con detenimiento. Le dije que llevaba con problemas para dormir desde hacía seis meses, y luego me quejé de desesperación y nerviosismo en mis relaciones sociales. Pero mientras estaba recitando mi discurso ensayado, me di cuenta de que era un poco cierto. No era insomne, pero me sentía abatida. Quejarme delante de la doctora Tuttle fue extrañamente liberador.

—Quiero sedantes, eso lo sé —dije con franqueza—. Y quiero algo que le ponga freno a mi necesidad de compañía. Estoy con la soga al cuello. Soy huérfana, para colmo. Es probable que tenga estrés postraumático. Mi madre se suicidó.

—¿Cómo? —preguntó la doctora Tuttle.

—Se cortó las venas —mentí.

—Es bueno saberlo.

Tenía el pelo rojo y encrespado. El collarín de espuma que llevaba alrededor del cuello tenía manchas que parecían de café y de comida y le apretujaba la piel del cuello contra la barbilla. La cara era como la de un sabueso, caída y con pliegues, y los ojos hundidos se escondían tras unas gafas muy pequeñas de metal con cristales de culo de botella. Nunca le miré bien los ojos a la doctora Tuttle. Sospecho que eran ojos de loca, negros y brillantes, como los de un cuervo. El bolígrafo que utilizaba era largo y morado y llevaba una pluma morada en la punta.

—Mis padres murieron cuando estaba en la universidad —seguí—. Hace solo unos años.

Pareció estudiarme un momento, con expresión ausente e intensa. Luego volvió a su pequeño taco de recetas.

—Se me dan muy bien las compañías de seguros —dijo con toda naturalidad—. Sé cómo beneficiarme de sus jueguecitos. ¿Duermes *algo*?

—Apenas —dije.

—¿Sueños?

—Solo pesadillas.

—Me lo imaginaba. El sueño es esencial. La mayoría de la gente necesita unas catorce horas o así. La edad moderna nos ha obligado a vivir vidas antinaturales. Ocupados, ocupados, ocupados. Venga, venga, venga. Seguro que trabajas demasiado.

Garabateó un rato en su recetario.

—*Dicha* —dijo la doctora Tuttle—. Me gusta más que *alegría*. *Felicidad* no es una palabra que me guste usar aquí dentro. Es muy deslumbrante, la felicidad. Deberías saber que aprecio mucho las sutilezas de la experiencia humana. Por supuesto, estar bien descansado es un requisito previo. ¿Sabes lo que significa *dicha*? ¿D-I-C-H-A?

—Claro. Como *La dicha de las damas* —dije.

—Una triste historia —dijo la doctora Tuttle.

—No la he leído.

—Mejor que no la leas.

—He leído *Germinal.*

—Así que eres culta.

—Fui a la Universidad de Columbia.

—Es bueno que lo sepa, pero no sirve de mucho en tu estado. La educación es directamente proporcional a la ansiedad, como sabrás seguramente, ya que has ido a Columbia. ¿Cómo va tu ingesta alimentaria? ¿Es regular? ¿Alguna restricción en la dieta? Cuando entraste pensé en Farrah Fawcett y en Faye Dunaway. ¿Eres familia de alguna? Diría que pesas, ¿cuánto, diez kilos por debajo del índice de Quetelet ideal?

—Creo que me volvería el apetito si pudiese dormir —dije. Era mentira. Ya dormía unas doce horas, de ocho a ocho. Esperaba conseguir pastillas para poder dormir sin parar todo el fin de semana.

—Está demostrado que la meditación diaria cura el insomnio en ratas. No soy una persona religiosa, pero podrías intentar visitar una iglesia o una sinagoga y que te asesoren sobre la paz interior. Los cuáqueros parecen ser gente razonable. Pero desconfía de las sectas religiosas. Suelen ser meras trampas para esclavizar a mujeres jóvenes. ¿Mantienes relaciones sexuales?

—En realidad, no —le dije.

—¿Vives cerca de alguna planta nuclear? ¿De alguna maquinaria de alta tensión?

—Vivo en el Upper East Side.

—¿Viajas en metro? —en aquel entonces, iba en metro a trabajar todos los días—. Un montón de enfermedades psíquicas se contagian en los espacios públicos confinados. Me da la impresión de que tienes la mente demasiado porosa. ¿Tienes alguna afición?

29

—Veo películas.

—Qué divertido.

—¿Cómo consiguen que mediten las ratas? —le pregunté.

—¿Has visto roedores criados en cautividad? Los padres se comen a sus crías. Bueno, no los podemos satanizar, lo hacen por compasión. Por el bien de la especie. ¿Alguna alergia?

—A las fresas.

Con eso, la doctora Tuttle soltó el bolígrafo y se quedó mirando al vacío, parecía absorta en sus pensamientos.

—*Algunas* ratas —dijo después de un rato— probablemente se merezcan que las satanicen. Algunas ratas individuales —volvió a coger el bolígrafo y la pluma morada hizo una floritura—. En cuanto empezamos a generalizar, renunciamos a nuestro derecho a la autonomía. Espero que me estés siguiendo. Las ratas son muy leales al planeta. Prueba con estas —dijo, entregándome un envoltorio de recetas—. No las rellenes todas a la vez. Tenemos que escalonarlas para no levantar sospechas.

Se levantó muy tiesa y abrió un armario de madera lleno de muestras, sacó unos paquetes de pastillas y los puso en el escritorio.

—Te daré una bolsa de papel por lo de la discreción —dijo—. Rellena las recetas del litio y el haloperidol primero. Es mejor poner en marcha tu caso a lo grande. Así, si luego necesitamos probar algo más radical, tu compañía de seguros no se llevará la sorpresa.

No puedo culpar a la doctora Tuttle por sus horribles consejos. Al fin y al cabo, yo elegí ser su paciente. Me daba todo lo que le pedía y la apreciaba por eso. Estoy segura de que había otros como ella por ahí, pero la facilidad con la que la había encontrado y el alivio inmediato que me proporcionaron sus recetas me hizo sentir que había descubierto una chamana farmacéutica, una maga, una hechicera, una sabia. A veces me preguntaba si la doctora Tuttle era siquiera real. Si era un producto de mi imaginación, me parecía raro haberla elegido a ella en vez de alguien que se pareciese a alguno de mis héroes, Whoopi Goldberg, por ejemplo.

—Llama al 112 si te pasa algo malo —me dijo la doctora Tuttle—. Usa la razón cuando te parezca que puedes. No hay forma de saber cómo te afectarán estos medicamentos.

Al principio, buscaba en internet cualquier pastilla nueva que me daba para intentar saber cuánto era probable que durmiese un día concreto, pero leer cosas sobre los medicamentos les quitaba la magia. Hacía que el sueño pareciera trivial, otra función mecánica cualquiera del cuerpo, como estornudar o cagar o flexionar una articulación. Los «efectos secundarios y advertencias» de internet resultaban desalentadores y la ansiedad que me daban amplificaba mis pensamientos, que era justo lo contrario de lo que esperaba de las pastillas. Así que rellenaba las recetas de cosas como naproxeno, Maxifenfén, Valdignorar y Silencior y los añadía a la mezcla de vez en cuando, pero por lo general tomaba somníferos en dosis altas y los completaba con una pastilla de Seconal o Nembutal cuando estaba irritable, con Valium o Librium cuando sospechaba que estaba triste y con Placidyl o hidrato de cloral o meprobamato cuando sospechaba que me sentía sola.

En pocas semanas, había acumulado un catálogo impresionante de psicofármacos. Cada etiqueta llevaba el símbolo del ojo somnoliento, la calavera y los huesos cruzados. «No lo tome si está embarazada»; «Tomar con alimentos o leche»; «Conservar en lugar seco»; «Puede provocar somnolencia»; «Puede provocar mareos»; «No tomar aspirina»; «No triturar»; «No masticar». Cualquier persona normal se habría preocupado por cómo le afectarían los medicamentos a la salud. Yo no era tan ingenua como para ignorar los peligros potenciales. A mi padre se lo había comido vivo el cáncer. Vi a mi madre en el hospital llena de tubos, clínicamente muerta. Perdí a una amiga de la infancia por un fallo hepático después de que se tomase un paracetamol de propina con el Frenadol en el instituto. La vida era frágil y efímera y había que tener cuidado, claro, pero me arriesgaría a morir si con eso podía dormir todo el día y convertirme en una persona totalmente nueva. Y supuse que era lo bastante lista para saber de antemano si las pastillas me iban a matar. Habría empezado a tener pesadillas premonitorias antes de que pasara, antes de que me fallase el corazón o me explotase el cerebro o tuviese una hemorragia o me tirase por mi ventana del séptimo. Confiaba en que todo iba a salir bien mientras pudiese dormir todo el día.

Me había mudado al apartamento de la calle 84 Este en 1996, un año después de licenciarme en la Universidad de Columbia. En el verano de 2000, aún no había tenido ni una sola conversación con ninguno de mis vecinos, casi cuatro años de completo silencio en el ascensor, cada trayecto incómodo era como una *performance* de drogadicción hipnótica. Mis vecinos eran en su mayoría casados de cuarenta y tantos años sin niños. Todo el mundo iba bien arreglado y era profesional. Muchos abrigos de pelo de camello y maletines negros de piel. Bufandas de Burberry y pendientes de perlas. Había unas cuantas mujeres solteras de mi edad gritonas que veía de vez en cuando charloteando con el móvil y paseando sus caniches enanos. Me recordaban a Reva, solo que con más dinero y más autoestima, supongo. Esto era Yorkville, el Upper East Side. La gente estaba tensa. Cuando arrastraba los pies por el vestíbulo en pijama y zapatillas camino del colmado, me sentía como si estuviese cometiendo un crimen, pero me daba igual. Los únicos otros desaliñados que había eran ancianos judíos que vivían en los pisos de renta antigua. Pero yo era alta y delgada y rubia y guapa y joven. Incluso en mi peor momento, sabía que tenía buen aspecto.

El edificio tenía ocho plantas de hormigón con toldos color granate, una fachada anónima en una manzana por lo demás bordeada por sus prístinas casas señoriales, cada una con su placa advirtiendo de que no dejasen al perro hacer pis en las escalinatas porque se estropeaba la piedra rojiza. «Honremos a los que estuvieron antes que nosotros y a los que nos seguirán», decía un cartel. Los hombres iban en coches de alquiler a trabajar al centro y las mujeres se ponían bótox y tetas y «cinchas» vaginales para que sus coños se mantuviesen firmes para sus maridos y sus entrenadores personales, o eso me contaba Reva. Había creído que el Upper East Side me podría escudar de los concursos de belleza y peleas de gallos de la escena artística en la que había «trabajado» en Chelsea. Pero vivir en la parte alta de la ciudad me inoculó su propio virus en cuanto me mudé. Había intentado ser una de aquellas mujeres rubias que hacían caminata arriba y abajo de la Explanada en mallas, con el Bluetooth en la oreja como una imbécil prepotente hablando con quién, ¿con Reva?

Los fines de semana hacía lo que se suponía que tenían que hacer las mujeres jóvenes como yo en Nueva York; primero, me hacía enemas y tratamientos faciales y mechas, hacía ejercicio en un gimnasio carísimo, me quedaba allí tirada en el baño turco hasta que me quedaba ciega y salía de noche con zapatos que me hacían daño en los pies y me daban ciática. De vez en cuando conocía a hombres interesantes en la galería. Por rachas, me acostaba con unos cuantos, salía más, luego menos. Nunca dio resultado nada en cuanto al «amor». Reva solía hablar de «asentarse». A mí me sonaba a muerte.

—Prefiero estar sola que ser la prostituta interna de nadie —le decía a Reva.

Aun así, el impulso romántico surgía de vez en cuando con Trevor, un exnovio recurrente, mi primero y único. Lo conocí cuando tenía solo dieciocho años y estaba en primero, en una fiesta de Halloween en un *loft* cerca de Battery Park. Yo había ido con una docena de chicas de la hermandad de estudiantes en la que andaba. Como la mayoría de los disfraces de Halloween, el mío era una excusa para ir por ahí vestida de puta. Fui de la detective Rizzoli, el personaje de Whoopi Goldberg en *Belleza mortal*. En la primera escena de la película, va de secreta y disfrazada de prostituta, así que para copiarla me cardé el pelo, me puse un vestido ceñido, tacones altos, una cazadora de lamé dorada y gafas de sol con montura blanca de mariposa. Trevor iba disfrazado de Andy Warhol: una peluca rubia a lo paje, gafas negras de pasta, una camisa de rayas apretada. La primera impresión que tuve de él fue que era un espíritu libre, inteligente, divertido, lo que demostró ser completamente falso. Nos fuimos juntos de la fiesta y caminamos durante horas, nos mentimos el uno al otro sobre la felicidad de nuestras vidas, comimos pizza a medianoche, cogimos el ferri de ida y vuelta a Staten Island y vimos amanecer. Le di mi número de teléfono de la residencia. Cuando por fin me llamó, dos semanas después, estaba obsesionada con él. Me tuvo sujeta con correa larga pero firme durante meses —cenas caras, a veces la ópera o el ballet—. Me robó la virginidad en un refugio de esquí en Vermont el día de San Valentín. No fue una experiencia placentera, pero confiaba en que él sabría más de sexo que yo, así que cuando se me quitó de encima y dijo que había sido increíble, me lo creí. Él tenía treinta y tres, trabajaba en el Banco

Fuji en el World Trade Center, llevaba trajes a medida, mandaba coches a que me recogieran a la residencia, luego a la residencia de la hermandad el segundo año, me daba vino, me daba de cenar y me pedía que se la comiera sin ninguna vergüenza en el asiento trasero de los taxis que cargaba en la cuenta de la empresa. Para mí era una prueba de su virilidad. Todas mis «hermanas» estaban de acuerdo; era «fino». Yo estaba impresionada por cuánto le gustaba hablar de sus sentimientos, algo que nunca había visto que hiciese ningún hombre.

—Mi madre se pasa el día fumando marihuana, por eso me invade esta tristeza profunda.

Viajaba mucho a Tokio y a San Francisco a visitar a su hermana gemela. Yo sospechaba que ella lo disuadía de que saliera conmigo.

Me dejó la primera vez el primer año porque yo era «demasiado joven e inmadura».

—No te puedo ayudar a superar tu complejo de abandono —me explicó—. Es demasiada responsabilidad. Te mereces a alguien que te apoye de verdad en tu desarrollo emocional.

Así que me pasé el verano en casa con mis padres al norte del estado y me lie con uno del instituto, que era mucho más sensual e interesado en cómo «funcionaba» el clítoris, aunque no lo bastante paciente para interactuar con el mío con éxito. Aunque me fue útil. Como no sentía nada por él, como lo utilicé, recuperé un poco de mi dignidad. El primer lunes de septiembre, cuando me mudé a Delta Gamma, Trevor y yo volvimos.

En los ocho años siguientes, Trevor de forma periódica se quedaba sin autoestima en relaciones con mujeres mayores, es decir, de su edad, y volvía conmigo para reiniciarse. Yo siempre estaba disponible. Salía con tipos de vez en cuando, pero nunca tuve otro «novio» de verdad, si es que alguna vez pude decir que Trevor lo fuese.

Él no habría accedido a llevar ese título. Tuve muchos líos de una noche en la universidad mientras estábamos separados, pero nada que mereciese la pena repetir. Cuando me licencié y me arrojé al mundo de la edad adulta, ya huérfana, en mi desesperación me volvía más atrevida y solía suplicarle a Trevor que volviese conmigo. En el teléfono, podía oír cómo se le ponía dura cada vez que lo llamaba para que viniese a abrazarme.

—Veré si puedo hacerte un hueco —decía.

Entonces llegaba y yo me estremecía entre sus brazos como la niña que no había dejado de ser, desmayada de gratitud por su reconocimiento, me recreaba en su peso a mi lado en la cama. Era como si fuese algún mensajero divino, mi alma gemela, mi salvador, lo que fuera. Trevor estaba encantado de pasar la noche en mi piso de la calle 84 Este y recuperar toda la fanfarronería que había perdido en su última aventura. Odiaba ver cómo le surgía aquello. Una vez me dijo que le daba miedo follarme «con demasiada pasión» porque no quería romperme el corazón. Así que me follaba con eficiencia, con egoísmo y cuando terminaba, se vestía y revisaba su busca, se peinaba, me daba un beso en la frente y se iba.

—Si tuvieras que elegir entre solo mamadas o solo coitos el resto de tu vida, ¿qué elegirías? —le pregunté una vez a Trevor.

—Mamadas —contestó.

—¿No es un poco gay que te gusten más las bocas que los coños? —dije.

Me dejó de hablar durante semanas.

Pero Trevor medía uno noventa y tres. Estaba limpio y en forma y seguro de sí mismo. Lo habría elegido un millón de veces antes que a los *nerds* hípsters que veía por la ciudad y en la galería. En la universidad, el departamento de Historia del Arte estaba plagado de aquel modelo específico de macho joven. Como «alternativa» a los universitarios pijos convencionales y a los apocados y limitados estudiantes de Medicina, estos mocosos cultos, intelectuales y sin gracia predominaban en los departamentos más creativos. Como estudiante de Historia del Arte, no me podía escapar de ellos. «Tíos» que leían a Nietzsche en el metro, leían a Proust, leían a David Foster Wallace, anotaban sus ideas brillantes en una Moleskine negra de bolsillo. Barrigas cerveceras y piernas delgaditas, sudaderas con capucha y cremallera, chaquetones azul marino o parkas verdes del ejército, zapatillas New Balance, gorros de lana, bolsas de lona, manos pequeñas, nudillos peludos, quizá una cabeza de ciervo tatuada en el bíceps flácido. Se liaban los cigarros, no se cepillaban mucho los dientes, se gastaban cien dólares a la semana en café. Entraban en Ducat, la galería donde terminé trabajando, con sus novias más jóvenes y asiáticas por lo general.

—Cuando tienen una novia asiática es porque la tienen pequeña —me dijo Reva una vez.

Los oía decir estupideces sobre arte. Se lamentaban por el éxito de los demás. Creían que querían ser adorados, tener influencia, ser célebres por su genialidad, merecer que los venerasen, pero apenas se podían mirar en el espejo. Me daba la impresión de que todos tomaban clonazepam. Vivían casi todos en Brooklyn, otra de las razones por las que me alegraba de vivir en el Upper East Side. En mi barrio nadie escuchaba a los Moldy Peaches. A nadie le importaba una mierda la «ironía» o el Dogma 95 o Klaus Kinski.

Lo peor era que esos tipos intentaban hacer pasar su inseguridad por «sensibilidad» y que funcionara. Eran los que llevaban los museos y las revistas y solo me contratarían si creyesen que había alguna posibilidad de que me acostase con ellos. Pero cuando me los encontraba en fiestas o en bares, me ignoraban. Se tomaban tan en serio a sí mismos y se enfrascaban tanto en sus conversaciones con colegas idénticos a ellos que parecía que se enfrentaban a una decisión en la que había tanto en juego que podía explotar el mundo. Querían hacerme creer que no se podían distraer con un «coño». La verdad seguramente fuese que les daban miedo las vaginas, que temían no ser capaces de entender una tan bonita y rosa como la mía y que se avergonzaban de sus carencias sensuales, les daban miedo sus pollas, tenían miedo de sí mismos. Así que se concentraban en «ideas abstractas» y terminaban con problemas con el alcohol para tapar aquel autodesprecio que preferían llamar «hastío existencial». No costaba nada imaginarse a aquellos tipos masturbándose con Chloë Sevigny, Selma Blair, Leelee Sobieski. Con Winona Ryder.

Trevor seguramente se masturbaba con Britney Spears. O con Janis Joplin. Nunca entendí su duplicidad. Y Trevor nunca quería «arrodillarse ante el altar». Podría contar con los dedos de una mano las veces que me lo había comido. Y cuando lo intentaba, no tenía ni idea de qué hacer, aunque parecía abrumado por su propia generosidad y pasión, como si retrasar que le chupasen la polla fuese tan obsceno, tan temerario, exigiera tanto valor que le estallaba la cabeza. Su estilo de besar era agresivo, rítmico, como si lo hubiese estudiado en un manual. Tenía la mandíbula estrecha y angular y la barbilla era un débil aditamento. Y la piel bronceada de forma uniforme y bien hidratada era más suave incluso que la mía. Apenas necesitaba afeitarse. Siempre olía a grandes almacenes caros. Si lo conociese ahora, supondría que era gay.

Pero, al menos, Trevor tenía la arrogancia sincera de refrendar sus bravuconadas. No se acobardaba ante el peligro de su propia ambición, como aquellos hípsters. Y sabía cómo manipularme. Tengo que respetarlo por eso al menos, por mucho que lo odiase cuando lo hacía.

Trevor y yo no nos hablábamos cuando empecé a hibernar. Seguramente lo llamé en algún momento al principio, bajo el negro velo del zolpidem, pero no sé si me contestó alguna vez. Me lo podía imaginar sin problema zambulléndose en una vagina complicada de cuarenta y tantos, descartando mi recuerdo igual que pasas de largo de los macarrones con queso o las chucherías en la estantería del supermercado. Yo era cosa de niños. Era una tontería. No valían la pena tantas calorías. Dijo que prefería a las morenas.

—Me dejan espacio para que sea yo mismo —me dijo—. Las rubias distraen. Piensa en tu belleza como en el talón de Aquiles. Tienes demasiada apariencia. No lo digo como ofensa, pero es la verdad. Es difícil pasar por alto tu aspecto.

Desde que era adolescente, había vacilado entre querer parecer la privilegiada consentida que era y la vagabunda que creía ser y debería haber sido si hubiese tenido el valor. Compraba en grandes almacenes de lujo, Bergdorf y Barneys, y en boutiques *vintage* de alta gama del East Village. El resultado era un armario increíble, mi mayor activo profesional como recién licenciada. No me costó conseguir el trabajo de galerista en Ducat, una de entre la docena de galerías de «bellas artes» de la calle 37 Oeste. No tenía grandes planes de convertirme en conservadora de arte, ni de abrirme camino trepando. Solo quería pasar el rato. Creía que si hacía las cosas normales —tener un trabajo, por ejemplo— podría matar de hambre aquella parte de mí que lo odiaba todo. Si hubiese sido un hombre, me podría haber vuelto una delincuente, pero parecía una modelo en su tiempo libre. Nada más fácil que dejar que las cosas se presentasen sin esfuerzo y no ir a ninguna parte. Trevor tenía razón sobre mi talón de Aquiles. Ser guapa me tenía atrapada en un mundo que valoraba la apariencia por encima de todas las cosas.

Natasha, mi jefa en Ducat, tenía treinta y pocos. Me contrató al instante cuando fui a hacer la entrevista el verano que terminé la universidad. Yo tenía veintidós. Apenas recuerdo la conversación, pero sé que llevaba una blusa de seda color crema, vaqueros negros ajustados, zapatos planos (por si acaso era más alta que Natasha, que lo era, un centímetro) y un collar enorme de cristal verde que me golpeaba contra el pecho con tanta fuerza que me hacía moretones cuando bajaba corriendo las escaleras del metro. Sabía que no tenía que ponerme un vestido ni parecer demasiado afectada o femenina. Lo único que despertaría sería un menosprecio condescendiente. Natasha iba vestida al mismo estilo todos los días, con un *blazer* de Yves Saint Laurent y pantalones ceñidos de cuero, sin maquillaje. Era una de esas mujeres misteriosamente étnicas que encajan a la perfección en casi cualquier país. Podría haber sido de Estambul o París o Marruecos o Moscú o Nueva York o San Juan o incluso Nom Pen bajo cierta luz, según cómo llevase el pelo. Hablaba cuatro idiomas con fluidez y había estado casada con un aristócrata italiano, un barón o un conde, o eso había oído.

Se suponía que en Ducat el arte era subversivo, irreverente, escandaloso, pero no era más que basura contracultural enlatada, «punk, pero con dinero», nada que inspirase algo que no fuera ir a la vuelta de la esquina a comprar un conjunto poco favorecedor en Comme des Garçons. Natasha me dio el papel de subordinada hastiada, y casi siempre bastaba con lo poco que me esforzaba. Yo era una distracción *fashion*. Decoración moderna. Era la zorra que se sentaba tras el mostrador y te ignoraba mientras te paseabas por la galería, el bellezón que hacía mohínes y llevaba ropa vanguardista *cool* indescifrable. Me dijeron que me hiciera la tonta si alguien me preguntaba algo. Eludir, eludir. Nunca entregues la lista de precios. Natasha me pagaba solo veintidós mil dólares al año. Sin mi herencia, me habría visto obligada a encontrar un trabajo en el que cobrase más. Y seguramente tendría que haber compartido piso en Brooklyn. Tenía suerte de contar con el dinero de mis padres muertos, lo sabía, pero también era deprimente.

El artista estrella de Natasha era Ping Xi, un tipo con pintas de pubescente pero que tenía veintitrés años, de Diamond Bar, California. Le pareció una buena inversión por sus raíces asiáticas y porque lo habían echado del Instituto de las Artes de California por disparar una pistola en su estudio. Le daría un cierto caché a la galería.

—Quiero que la galería sea más *cerebral* —me explicó—. El mercado se va alejando de la emoción. Ahora todo va del proceso y las ideas y la marca. La masculinidad está de moda.

La obra de Ping Xi apareció en Ducat primero como parte de una muestra grupal llamada «Cuerpo substancial» y consistía en cuadros hechos a base de salpicaduras, a lo Jackson Pollock, con sus propias eyaculaciones. Aseguraba que se ponía una bolita de pigmento coloreado en polvo en la punta del pene y se masturbaba sobre lienzos enormes. Titulaba los cuadros abstractos como si cada uno tuviese un significado político profundo y oscuro. *Marea sanguinolenta* e *Invierno en Saigón* y *Atardecer en la avenida de los francotiradores. Niño palestino decapitado. Fuera bombas, Nairobi.* Era todo una estupidez, pero a la gente le encantaba.

Natasha estaba muy orgullosa de la muestra «Cuerpo substancial» porque todos los artistas tenían menos de veinticinco años y los había descubierto ella misma. Creía que eso demostraba su don para hallar genios. La única pieza que me gustaba de la muestra era de Aiyla Marwazi, que tenía diecinueve años e iba a la escuela de arte Pratt. Se trataba de una alfombra blanca enorme de Crate & Barrel manchada de huellas sangrientas y un reguero ancho de sangre. Se suponía que debía parecer que habían arrastrado un cuerpo sangrante por ella. Natasha me dijo que la sangre era humana, pero no lo puso en la nota de prensa.

—Al parecer, puedes pedir cualquier cosa de China *online*. Dientes. Huesos. Trozos humanos.

La alfombra sangrienta costaba setenta y cinco mil dólares.

La serie *Plástico de envolver* de Annie Pinker consistía en puñados de objetos pequeños envueltos en plástico. Había uno con fruta escarchada y llaveros de cola de conejo, otro de flores secas y condones. Salvaslips para tangas usados y hechos un rollito y balas de goma. Un Big Mac con patatas fritas y rosarios de plástico. Los dientes de leche de la artista, o eso decía ella, y M&M's rojos y verdes. Transgresiones baratas a partir de veinticinco mil dólares cada una. Y luego estaban las fotos a gran escala de maniquíes envueltos en tela color carne de Max Welch, que era un completo idiota. Tenía la sospecha de que Natasha y él estaban liados. En un pedestal bajo en una esquina, había una escultura pequeña de los hermanos Brahams, un par de monos de juguete hechos con vello púbico humano. A los monos les asomaba una pequeña erección a través del pelo. Los penes estaban hechos de titanio blanco y tenían cámaras colocadas de forma que hacían fotos de la entrepierna de quien los contemplaba. Las imágenes se descargaban en una página web. La contraseña para entrar y ver las fotos de las entrepiernas costaba cien dólares. Los monos costaban un cuarto de millón de dólares los dos juntos.

En el trabajo, me echaba un sueñecito de una hora en el armario de suministros que había debajo de las escaleras durante mi descanso para el almuerzo. *Sueñecito* es una palabra muy infantil, pero eso era lo que hacía. La tonalidad de mi sueño nocturno variaba más, era impredecible por lo general, pero cada vez que me tumbaba en aquel armario de suministros caía directa dentro de un vacío negro, la nada en un espacio infinito. En aquel espacio no estaba ni asustada ni exaltada. No tenía visiones. No tenía ideas. Si tenía un pensamiento definido, lo escuchaba y el sonido reverberaba y reverberaba hasta que lo absorbía la oscuridad y desaparecía. No hacía falta reaccionar. No tenía conversaciones estúpidas conmigo misma. Era la paz. Un respiradero que había en el armario soltaba un flujo constante de aire fresco con el aroma a colada del hotel de al lado. No había trabajo que hacer, nada que tuviese que contrarrestar o compensar porque no había nada en absoluto, punto. Y, sin embargo, era consciente de la nada. De alguna manera, estaba despierta en el sueño. Me sentía bien. Casi feliz.

Aunque salir de aquel sueño era atroz. Me pasaba ante los ojos mi vida entera de la peor manera posible, todos los recuerdos lamentables se me aparecían solos en el pensamiento, de todas las cosas ínfimas que me habían llevado a aquella situación. Intentaba acordarme de algo más —una versión mejor, una historia feliz, quizá, o una vida igual de lamentable pero distinta que al menos tuviese digresiones originales—, pero nunca funcionaba. Siempre seguía siendo yo. A veces me despertaba con la cara llena de lágrimas. Las únicas veces que lloraba, de hecho, era cuando me sacaban de aquella nada, cuando sonaba la alarma del móvil. Entonces tenía que subir trabajosamente las escaleras, ir a por café a la cocina enana y quitarme las legañas. Siempre tardaba un rato en volver a adaptarme a la luz violenta de los fluorescentes.

Durante un año o así, todo pareció ir bien con Natasha. La mayor bronca que me echó fue por encargar los bolígrafos que no eran.

—¿Por qué tenemos todos estos bolígrafos retráctiles baratos? Hacen mucho ruido al pulsarlos. ¿No lo oyes? —se quedó ahí frente a mí, pulsando el bolígrafo una y otra vez.

—Lo siento, Natasha —le decía—. Compraré bolígrafos que hagan menos ruido.

—¿Ha llegado FedEx?

Rara vez sabía cómo contestar.

Cuando empecé a ver a la doctora Tuttle, dormía catorce, quince horas por noche entre semana, más la hora extra del almuerzo. Los fines de semana solo pasaba despierta unas cuantas horas al día. Y cuando estaba despierta, no estaba despierta del todo, sino en una especie de tinieblas, algo tenue entre la realidad y el sueño. Me volví dejada y perezosa en el trabajo, más gris, más vacía, menos presente. Me gustaba, pero tener que hacer cosas se volvió muy problemático. Cuando me hablaban, debía repetirme mentalmente lo que me habían dicho para poder entenderlo. Le dije a la doctora Tuttle que me costaba concentrarme. Dijo que casi seguro se debía a la «niebla cerebral».

—¿Estás durmiendo lo suficiente? —me preguntaba la doctora Tuttle todas las semanas cuando iba a verla.

—Solo lo justo —le contestaba siempre—. Las pastillas apenas hacen mella en la ansiedad.

—Cómete un bote de garbanzos —dijo—. Y prueba con *estas*.

Garabateaba en su taco de recetas. La gama de medicamentos que estaba acumulando era impresionante. La doctora Tuttle me explicaba que la forma de aprovechar al máximo la cobertura del seguro era prescribir medicamentos por sus efectos secundarios, mejor que recetar directamente otros cuyos efectos principales fuesen aliviar los síntomas, que en mi caso eran «agotamiento causado por debilidad emocional e insomnio que provocan psicosis leve y agresividad». Eso me dijo que iba a escribir en sus notas. A su método de recetar lo denominaba «ecosecuencial» y decía que estaba escribiendo un artículo sobre el tema que se publicaría pronto. «En una revista de Hamburgo.» Así que me dio pastillas para la pérdida de audición por cefalea. Se suponía que los medicamentos eran para relajarme y que pudiese tener aquel «descanso tan necesario».

Un día de marzo de 2000, volví a mi mostrador en Ducat después de una visita al abismo infinito del armario de suministros y me encontré con lo que iluminaría mi camino hacia la dimisión final. «Duerme de noche —decía la nota. Era de Natasha—. Esto es un lugar de trabajo». No culpo a Natasha por querer despedirme. Llevaba durmiendo la siesta en el trabajo desde hacía casi un año. En los últimos meses, había dejado de arreglarme para ir a trabajar. Me sentaba detrás del mostrador con una sudadera con capucha, rímel de tres días apelmazado y corrido alrededor de los ojos. Perdía las cosas. Confundía las cosas. Era mala en mi trabajo. Podía planear hacer algo y luego darme cuenta de que estaba haciendo lo contrario. Provocaba desastres. Los becarios me llevaban de vuelta a la tarea que tenía entre manos, me recordaban lo que les había pedido que hicieran. «¿Y ahora qué?»

¿Y ahora qué? No tenía ni idea.

Natasha empezó a darse cuenta. Mi somnolencia era buena para ser grosera con los visitantes de la galería, pero no para firmar la recogida de paquetes o advertir si alguien había entrado con un perro y había dejado huellas de patitas por todo el suelo, lo que pasó unas cuantas veces. Derramé unos cuantos *latte*. Estudiantes de Bellas Artes tocaban los cuadros, una vez hasta reordenaron una instalación de cajas de cedés rotas de Jarrod Harvey para formar las palabras «POCA MONTA». Cuando me percaté, revolví los trozos de plástico sin que nadie se enterara. Pero cuando una pordiosera se instaló una tarde en la sala trasera, Natasha se enteró. Yo no tenía ni idea de cuánto tiempo llevaba ahí la mujer. A lo mejor la gente creyó que formaba parte de la obra. Terminé pagándole cincuenta dólares de la caja chica para que se fuera. Natasha no pudo disimular su irritación.

—Cuando entra la gente, tienes que dar una buena impresión en mi nombre. ¿Sabes que Arthur Schilling estuvo aquí la semana pasada? Me lo acaban de decir por teléfono.

Estoy segura de que Natasha creía que me drogaba.

—¿Quién?

—Por dios. Estúdiate la lista. Estúdiate las fotos de todo el mundo —dijo—. ¿Dónde está el albarán para Earl?

Etcétera, etcétera.

Aquella primavera, la galería organizaba la primera muestra de Ping Xi en solitario —«Guauguauguau»— y Natasha estaba en pie de guerra con hasta el último detalle. Seguramente me habría despedido antes si no hubiese estado tan ocupada.

Trataba de fingir interés y disimular mi horror cada vez que Natasha hablaba de las «obras perro» de Ping Xi. Había disecado una serie de perros de pura raza: un caniche, un pomerania, un terrier escocés. Un labrador negro, un teckel. Hasta un cachorro de husky siberiano. Llevaba trabajando en ellos mucho tiempo. Natasha y él habían intimado mucho desde que sus cuadros de semen se habían vendido tan bien.

Durante el montaje, escuché a uno de los internos susurrarle a un electricista.

—Circula el rumor de que el artista coge los perros de cachorros, los cría y luego los mata cuando tienen el tamaño que él quiere. Los encierra en un congelador industrial porque es la manera más humana de sacrificarlos sin poner en peligro el aspecto del animal. Cuando se descongelan, los puede poner en la posición que quiere.

—¿Por qué no los envenena o les corta el cuello?

Yo presentía que el rumor era cierto.

Cuando los perros estuvieron colocados, los cables conectados y todo enchufado, Natasha apagó las luces y encendió los perros. Les salían láseres rojos de los ojos. Acaricié al labrador negro mientras los operarios barrían los pelos de perro que se habían caído. Tenía la cara sedosa y fría.

—Por favor, no lo acaricies —dijo Ping Xi de pronto desde la oscuridad.

Natasha lo agarró del brazo y le dijo entusiasmada que estaba lista para la indignación de las protectoras de animales, una manifestación o dos, un editorial del *New York Times* que sería oro para la publicidad. Ping Xi asintió ausente.

El día de la inauguración llamé diciendo que estaba enferma. A Natasha no pareció importarle. Puso a Angelika en mi lugar. Era una gótica anoréxica que estaba en el último curso en la NYU. El espectáculo fue un «éxito brutal», como dijo un crítico. «Raro y cruel.» Otro dijo que Ping Xi «marca el final de lo sagrado del arte. Un niño mimado le toma el pelo a la institución. Algunos lo saludan como al próximo Marcel Duchamp. Pero ¿se merece tanto alboroto?».

No sé por qué no renuncié. No necesitaba el dinero. Fue un alivio cuando en junio, por fin, Natasha llamó desde Suiza para despedirme. Por lo visto, había estropeado un envío de material de prensa de Art Basel.

—Por curiosidad, ¿qué te estás metiendo? —quiso saber.

—Es solo que estoy muy cansada.

—¿Es un problema médico?

—No —dije.

Podría haber mentido. Podría haberle dicho que tenía mononucleosis o algún desorden del sueño. Cáncer, quizá. Todo el mundo tenía cáncer. Pero defenderme era inútil. No había ninguna razón para que intentase conservar el puesto.

—¿Me estás echando?

—Me encantaría que te quedaras hasta que vuelva y uses ese tiempo para enseñarle a Angelika cómo funciona todo, el archivo, lo que hayas estado haciendo en el ordenador, si es que has hecho algo.

Colgué el teléfono, cogí un puñado de pastillas de Benadryl, bajé al armario de suministros y me dormí.

Ah, el sueño. Ninguna otra cosa me daba tanto placer, tanta libertad, el poder de sentir y moverme y pensar e imaginar, a salvo de las miserias de mi conciencia despierta. No era narcoléptica. Nunca me quedaba dormida cuando no quería. Era más una somne. Una somnófila. Siempre me había encantado dormir. Era lo único que mi madre y yo disfrutábamos haciendo juntas cuando yo era pequeña. Mi madre no era de las que se sentaban a verme dibujar o leerme libros o jugar o llevarme a pasear por el parque o preparar pasteles de chocolate. Nos llevábamos mejor cuando estábamos dormidas.

Cuando estaba en tercero, mi madre, debido a algún conflicto tácito con mi padre, me dejó dormir en su cama porque, como ella dijo, era más fácil despertarme por las mañanas si no tenía que levantarse y cruzar el pasillo. Aquel año acumulé treinta y siete retrasos y veinticuatro ausencias. Treinta y siete veces, mi madre y yo nos despertamos juntas, amodorradas y exhaustas a las siete de la mañana, intentamos levantarnos, pero nos volvimos a tirar en la cama y dormimos mientras destellaban los dibujos animados en la televisión pequeña de su mesilla de noche. Nos despertábamos unas horas después —las cortinas corridas; las almohadas de más, náufragas sobre la alfombra áspera de color castaño claro—, nos vestíamos aturdidas y nos tambaleábamos hasta el coche. La recuerdo sujetándose el párpado con una mano para que no se le cerrase el ojo, mientras conducía con la otra. Muchas veces me he preguntado qué se estaba metiendo *ella* aquel año y si me metía a mí lo mismo. No oímos el despertador veinticuatro veces, nos levantamos después de las doce y nos olvidamos del todo del colegio. Yo comía cereales y leía o veía la televisión todo el día. Mi madre fumaba, hablaba por teléfono, se escondía de la criada, se llevaba una botella de vino al baño principal, se daba un baño de espuma y leía novelas de Danielle Steel o *Casa & Jardín*.

Aquel año, mi padre durmió en el sofá del cuarto de estar. Recuerdo sus gafas gruesas apoyadas en la mesa auxiliar de roble y cómo los cristales grasientos aumentaban la veta oscura de la madera. Sin las gafas puestas, casi no lo reconocía. Era bastante anodino; tenía el pelo castaño ralo, los mofletes caídos, una sola arruga profunda de preocupación grabada en la frente. Aquella arruga le hacía parecer siempre perplejo pero pasivo, como un hombre atrapado detrás de sus propios ojos. Era una persona insignificante, pensaba yo, un desconocido que atravesaba con cuidado su vida doméstica con dos mujeres desconocidas a las que jamás podría comprender. Todas las noches echaba una pastilla de Alka-Seltzer en un vaso de agua. Yo me quedaba hasta que se disolvía. Recuerdo escuchar el sonido efervescente mientras él quitaba los cojines del sofá y los apilaba en el rincón, arrastrando su triste pijama descolorido por el suelo. A lo mejor fue entonces cuando le empezó el cáncer, con unas cuantas células raras que se formaron en una mala noche de sueño en la sala de estar.

Mi padre no era ni mi aliado ni mi confidente, pero me parecía retrógrado que aquel hombre tan trabajador se viese relegado al sofá mientras la vaga de mi madre se quedaba con la cama de matrimonio. Estaba resentida con ella por eso, pero ella parecía inmune a la culpa y la vergüenza. Creo que se salía tanto con la suya porque era guapísima. Se parecía a Lee Miller si Lee Miller hubiese sido una borracha doméstica. Supongo que le echaba la culpa a mi padre por arruinarle la vida; se quedó embarazada y dejó la universidad para casarse con él. No tenía por qué, claro. Nací en agosto de 1973, siete meses después de que se despenalizara el aborto. Su familia eran los típicos socios de clubs de campo, una panda de baptistas alcohólicos sureños —madereros de Misisipi por un lado, petroleros de Luisiana por el otro— o, si no, suponía yo, habría abortado. Mi padre le sacaba doce años. Ella acababa de cumplir los diecinueve y ya estaba embarazada de cuatro meses cuando se casaron. Lo averigüé en cuanto supe hacer las cuentas. Estrías, flacidez, cicatrices en el vientre que según ella eran como si «la hubiese destripado un mapache», decía mirándome fijamente como si me hubiera liado al cuello el cordón umbilical a propósito. Quizá lo había hecho.

—Estabas azul cuando me abrieron y te sacaron. Después del infierno que pasé, las consecuencias, tu padre, ¿el bebé va y se muere? Era como si se me cayese el pastel al suelo recién sacado del horno.

El único ejercicio intelectual que hacía mi madre eran los crucigramas. Algunas noches salía del dormitorio para pedirle pistas a mi padre.

—No me digas la respuesta. Dime solo a qué *suena* la palabra —decía.

Como profesor que era, a mi padre se le daba bien guiar a la gente para que llegasen a sus propias conclusiones. Era desapasionado, malhumorado, a veces hasta un poco insidioso. Yo me parecía a él. Mi madre dijo una vez que los dos éramos como «lobos de piedra». Pero el halo de ella también era frío. No creo que se diera cuenta. Ninguno de los tres era cariñoso. Nunca me dejaron tener mascota. A veces creo que un perrito podría haberlo cambiado todo. Mis padres murieron uno detrás del otro en mi tercer año de universidad; primero mi padre de cáncer, luego mi madre con pastillas y alcohol seis semanas después.

Todo esto, la tragedia de mi pasado, volvió con mucha fuerza la noche que me desperté en el armario de suministros de Ducat por última vez.

Eran las diez de la noche y todo el mundo se había ido. Me arrastré a oscuras escaleras arriba para vaciar mi escritorio. No hubo ni tristeza ni nostalgia, solo indignación por haber desperdiciado tanto tiempo en un trabajo innecesario cuando podría haber estado durmiendo y no sintiendo nada. Qué estúpida había sido al creer que un trabajo le aportaría valor a mi vida. Encontré una bolsa de la compra en la zona de descanso y guardé mi taza, la muda de ropa que tenía en el cajón del escritorio junto con unos cuantos pares de tacones, medias, un sujetador *push-up,* maquillaje, un alijo de cocaína que no usaba hacía un año. Pensé en robar algo de la galería, la foto de Larry Clark de la oficina de Natasha o el cortapapel. Me conformé con una botella de champán; un consuelo tibio y, por lo tanto, adecuado.

Apagué todas las luces, puse la alarma y salí. Era una noche fresca de principios del verano. Encendí un cigarro y me quedé frente a la galería. Los láseres no estaban encendidos, pero a través del cristal veía el caniche blanco alto que miraba hacia la acera. Enseñaba los dientes, un colmillo dorado brillaba a la luz de la farola. Llevaba una cinta de terciopelo rojo alrededor de su peinadito cardado. De pronto, una sensación se apoderó de mí. Intenté aplastarla, pero se me quedó anidada en las tripas.

—Las mascotas solo sirven para ensuciar. No quiero tener que estar sacándome pelos de perro de entre los dientes —recordé que decía mi madre.

—¿Ni siquiera un pez de colores?

—¿Para qué? ¿Para ver cómo nada y luego se muere? Quizá el recuerdo desencadenó la hemorragia de adrenalina que me obligó a entrar de nuevo en la galería. Saqué unos cuantos Kleenex de la caja de mi antiguo escritorio, le di al interruptor para encender los láseres y me puse entre el labrador negro disecado y el teckel dormido. Luego me bajé los pantalones, me acuclillé y cagué en el suelo. Me limpié y crucé la galería arrastrando los pies con los pantalones por los tobillos y metí los Kleenex llenos de mierda en la boca de aquel caniche apestoso. Aquello sí que parecía una reivindicación. Aquello sí que era una despedida como Dios manda. Me fui y cogí un taxi hasta mi casa y me bebí la botella entera de champán aquella noche y me quedé dormida en el sofá viendo *La ratera*. Al menos, Whoopi Goldberg era una razón para seguir viva.

Al día siguiente, pedí el subsidio de desempleo, lo que a Natasha le debió de molestar. Pero nunca me llamó. Fijé una recogida semanal con la lavandería y domicilié todos los servicios, me compré una amplia gama de cintas de VHS usadas de la tienda de segunda mano del Consejo de Mujeres Judías de la Segunda Avenida, y en nada estaba dándole fuerte a las pastillas y durmiendo todo el día y toda la noche con pausas de dos o tres horas entre medias. Esto es bueno, pensé. Por fin estaba haciendo algo que de verdad importaba. Sentía que el sueño era productivo. Algo se estaba arreglando. En mi corazón sabía —esto era, quizá, lo único que sabía entonces mi corazón— que cuando hubiese dormido lo suficiente estaría bien. Me renovaría, renacería. Sería una persona completamente nueva, todas mis células se habrían regenerado las suficientes veces como para que las células antiguas fuesen solo recuerdos distantes y confusos. Mi vida anterior no sería más que un sueño y podría empezar de nuevo sin remordimientos, fortalecida por la dicha y la serenidad que habría acumulado en mi año de descanso y relajación.

2

Había estado viendo a la doctora Tuttle una vez por semana, pero cuando me fui de Ducat no quería tener que hacer el viaje hasta Union Square tan a menudo, así que le dije que estaba haciendo un «trabajo por cuenta propia en Chicago» y que solo podía verla en persona una vez al mes. Me dijo que podíamos hablar por teléfono una vez a la semana, o no, mientras le dejase por adelantado los cheques diferidos para el copago.

—Si te pregunta el seguro, tú di que vienes todas las semanas. Por si acaso.

Nunca se dio cuenta de que me mandaba las recetas a mi farmacia de Manhattan. Nunca me preguntó cómo me iba el trabajo de Chicago ni qué hacía allí. La doctora Tuttle no sabía nada de mi proyecto de hibernación. Quería que ella creyera que yo estaba hecha un manojo de nervios, pero que era totalmente funcional, así me prescribiría lo que le pareciera que me dejaría más noqueada.

Me sumí en el sueño con todas mis fuerzas en cuanto conseguí llegar a este arreglo. Fue una etapa emocionante de mi vida. Tenía esperanzas. Sentía que me encaminaba hacia una gran transformación.

Me pasé la primera semana en una deliciosa dimensión desconocida. No salí del piso para nada, ni a por café siquiera. Tenía un tarro de nueces de macadamia al lado de la cama, cada vez que salía a la superficie me comía unas pocas, succionaba una botella de agua con gas, quizá una vez al día gravitaba hasta el baño. No contestaba al teléfono; de todas formas, no me llamaba nadie más que Reva. Me dejaba mensajes tan largos y jadeantes que se cortaban a mitad de frase. Me solía llamar cuando estaba en el gimnasio en la máquina escaladora. Una noche, se presentó sin avisar. El portero le dijo que creía que yo estaba fuera de la ciudad.

—Me tenías preocupada —dijo Reva, mientras se colaba en mi casa con una botella de rosado espumoso—. ¿Estás enferma? ¿Estás comiendo? ¿Te has cogido unos días libres?

—He dejado el trabajo —mentí—. Quiero dedicarle más tiempo a mis propios intereses.

—¿Qué intereses? No sabía que tuvieras intereses.

Aquello sonó a que se sentía traicionada por completo. Se iba tropezando un poco con los tacones.

—¿Estás borracha?

—¿De verdad que has dejado el trabajo? —me preguntó mientras se quitaba los zapatos de una patada y se tiraba en el sillón.

—Prefiero comer mierda a trabajar un día más para esa perra —le dije.

—¿No me habías dicho que estaba casada con un príncipe o algo así?

—Tal cual —contesté—. Aunque es solo un rumor.

—¿Entonces no estás enferma?

—Estoy descansando —me tumbé en el sofá para demostrárselo.

—Me parece sensato —asintió Reva, dócil, aunque me di cuenta de que sospechaba—. Tómate un tiempo y piensa qué vas a hacer. Oprah dice que las mujeres tomamos decisiones precipitadas porque no confiamos en que algo mejor está por llegar y que por eso nos quedamos atrapadas en carreras y matrimonios insatisfactorios. ¡Amén!

—No voy a cambiar de profesión —empecé a explicarle, pero no seguí—. Me voy a tomar un tiempo libre. Voy a dormir un año.

—¿Y cómo lo vas a hacer?

Saqué un bote de Orfidal de entre los cojines del sofá, desenrosqué el tapón y cogí dos pastillas. Con el rabillo del ojo, veía a Reva morirse de vergüenza. Mastiqué las pastillas solo para que se horrorizara, me las tragué y me atraganté, luego metí otra vez el bote entre los cojines y me acosté y cerré los ojos.

—Bueno, me alegro de que tengas un proyecto vital. Pero, a decir verdad, estoy preocupada por tu salud. Has perdido por lo menos kilo y medio desde que empezaste a tomar la medicación esa —Reva era una experta adivinando los pesos de las cosas y de la gente—. ¿Qué pasa a largo plazo? ¿Vas a seguir tomando pastillas el resto de tu vida?

—No hago planes con tanta antelación. Y a lo mejor no vivo tanto —bostecé.

—No digas eso —dijo Reva—. Mírame, por favor.

Parpadeé y abrí los ojos y me giré para hacer frente a la bruma perfumada que estaba sentada en el sillón. Entrecerré los ojos y fijé la vista. Reva llevaba un vestido que reconocí haber visto en un catálogo de J. Crew el año anterior: un vestido recto de seda salvaje en un tono de rosa que solo podría describirse como «algodón de azúcar». Barra de labios naranja.

—No te pongas a la defensiva, pero últimamente estás un poco rara —dijo—. Llevas un tiempo distante. Y cada vez estás más flaca.

Creo que eso es lo que más le molestaba de todo. Reva debía de sentir que yo hacía trampas en la competición de la delgadez, en la que ella se esforzaba tanto siempre. Éramos más o menos de la misma altura, pero yo usaba la talla treinta y cuatro y ella la treinta y ocho. «La cuarenta cuando tengo el síndrome premenstrual.» La discrepancia entre nuestros cuerpos era algo muy importante para Reva.

—No creo que sea saludable pasarse el día durmiendo —dijo, metiéndose unos cuantos chicles en la boca—. A lo mejor lo que te hace falta es un hombro en el que llorar. Te sorprendería lo bien que te sientes después de una buena llantera. Mejor de lo que te puede hacer sentir cualquier pastilla.

Cuando Reva te daba consejos, parecía que estuviera leyendo un guion de una peli mala de la tele.

—Un paseo alrededor de la manzana le vendría muy bien a tu estado de ánimo —dijo—. ¿No tienes hambre?

—No estoy de humor para comida —dije—. Y no me apetece ir a ningún lado.

—A veces hay que hacer como que sí apetece.

—La doctora Tuttle podría darte algo para quitarte la adicción al chicle —le dije, tajante—. Ahora hay pastillas para todo.

—No quiero quitármela —contestó Reva—. Y no es una adicción, es una costumbre. Y me encanta masticar chicle. Es una de las pocas cosas en mi vida que me hacen sentirme bien conmigo misma, porque lo hago por placer. El chicle y el gimnasio. Son como mi terapia.

—Pero en vez de eso podrías tomar la medicación —aduje—. Y así le ahorras a tu mandíbula eso de masticar tanto.

La verdad es que no me importaba nada la mandíbula de Reva.

—Oh, oh —contestó.

Me estaba mirando fijamente a los ojos, pero estaba muy en trance masticando chicle, con la mente a la deriva. Cuando volvió en sí, se levantó y escupió el chicle en el cubo de la basura de la cocina, regresó, se tumbó en el suelo y empezó a hacer abdominales rítmicos, arrugándose la parte de en medio del vestido.

—Todos tenemos nuestro método para combatir el estrés —dijo, y se puso a divagar sobre los beneficios de las rutinas—. Autorrelajación. Como la meditación —describió.

Bostecé, odiándola.

—Dormir todo el rato no hará que te sientas mejor —dijo—, porque mientras duermes no cambias nada. Lo que haces es eludir tus problemas.

—¿Qué problemas?

—No sé. Tú estás convencida de que tienes muchos problemas. Y no lo entiendo. Eres lista. Puedes hacer cualquier cosa que te propongas —dijo Reva. Se levantó y rebuscó en su bolso el brillo de labios. La veía mirando de reojo la botella de rosado humedecida—. Sal conmigo esta noche, porfa. Mi amiga Jackie de pilates celebra su cumpleaños en un bar de ambiente en el Village. No iba a ir, pero, si vienes conmigo, nos podríamos divertir. Solo son las siete y media. Y es viernes por la noche. Bebámonos esto y salgamos. ¡La noche es joven!

—Estoy cansada, Reva —le dije mientras le quitaba el envoltorio al tapón de un bote de NyQuil.

—Venga, vamos.

—Sal sin mí.

—¿Quieres quedarte aquí y pasarte la vida durmiendo? ¿Es eso?

—Si supieras qué te hace feliz, ¿no lo harías? —le pregunté.

—¿Lo ves? Sí que quieres ser feliz. ¿Entonces por qué me dijiste que ser feliz es estúpido? —preguntó—. Me lo has dicho más de una vez.

—Déjame que sea estúpida —dije, tragándome el NyQuil—. Tú ve a ser inteligente y luego me cuentas lo estupendo que es. Yo estaré aquí, hibernando.

Reva puso los ojos en blanco.

—Es algo natural —le dije—. Antes la gente hibernaba todo el tiempo.

—La gente no ha hibernado nunca. ¿De dónde te sacas eso?

Tenía una pinta realmente patética cuando se indignaba. Se levantó y se quedó ahí de pie sujetando su estúpido bolso de imitación, de Kate Spade o de quien fuera, con el pelo recogido en una coleta coronada con una diadema inútil de plástico imitando el carey. Siempre se alisaba el pelo con secador, se depilaba las cejas con cera con forma de paréntesis arqueados delgadísimos, y se pintaba las uñas en tonos rosas y morados, como si todo aquello la convirtiese en una persona maravillosa.

—No es objeto de debate, Reva. Es lo que voy a hacer. Si no lo puedes aceptar, nadie te obliga.

—Lo acepto —dijo, bajando la voz—, pero creo que es una pena perderse una noche de diversión —forcejeó para meter los pies blanquísimos en los tacones de aguja Louboutin falsos—. ¿Sabes que en Japón las empresas tienen habitaciones especiales para que los ejecutivos duerman la siesta? Lo he leído en la *GQ*. Mañana te llamo. Te quiero —dijo, y mientras salía agarró la botella de rosado.

Al principio soñaba un montón, sobre todo cuando estalló el verano y el aire del piso se espesó con el frío enfermizo del aire acondicionado. La doctora Tuttle dijo que mis sueños podrían indicar si alguno de los medicamentos estaba funcionando. Me sugirió que llevase un registro de los sueños para rastrear la «intensidad menguante del sufrimiento».

—No me gusta el término «diario de sueños» —me dijo en nuestra cita presencial de junio—. Prefiero decir «registro de visiones nocturnas».

Así que tomé notas en Post-its. Cada vez que me despertaba, garabateaba lo que recordaba. Luego copiaba los sueños con caligrafía de apariencia más loca en una libreta amarilla y añadía detalles aterradores, para dársela a la doctora Tuttle en julio. Mi esperanza era que se creyese que necesitaba más sedación. En un sueño, iba a una fiesta en un crucero y miraba a un delfín solitario dar vueltas a lo lejos, pero en el diario de sueños escribí que estaba en el Titanic y que el delfín era un tiburón que también era Moby Dick y también Dick Tracy y también un pene duro e inflamado y el pene le daba un discurso a una multitud de mujeres y niños mientras agitaba la pistola. «Entonces yo le hacía a todo el mundo el saludo nazi y saltaba por encima de la borda y ejecutaban a todos los demás.»

En otro sueño, perdía el equilibrio en un vagón del metro que iba muy rápido «y por accidente agarraba del pelo a una vieja y se lo arrancaba de la cabeza. Tenía el cuero cabelludo repleto de larvas y todas las larvas amenazaban con matarme».

Soñé que conducía un Mercedes lleno de óxido por la explanada del East River, «atropellando a corredores flacos y amas de casa hispanas y caniches enanos que hacían un ruido sordo bajo las ruedas, y mi corazón explotaba de felicidad al ver toda la sangre».

Soñé que saltaba del puente de Brooklyn y descubría un pueblo submarino abandonado porque sus habitantes habían oído que la vida era mejor en otra parte. «Una serpiente que escupía fuego me destripó y me sorbió las entrañas.» Soñé que le robaba el diafragma a alguien y me lo ponía en la boca «antes de hacerle una mamada a mi portero». Me cortaba la oreja y se la mandaba por correo electrónico a Natasha con una factura de un millón de dólares. Me tragaba una abeja viva. «Me comí una granada.» Me compraba un par de botines de terciopelo rojo y paseaba por Park Avenue. «Las alcantarillas estaban inundadas de fetos abortados.»

La doctora Tuttle chasqueó la lengua cuando le enseñé el «registro».

—Me parece que sigues en los abismos de la desesperación. Vamos a subirte el fenobarbital. Pero si tienes pesadillas con objetos inanimados que cobran vida o si experimentas cosas de ese estilo cuando estés despierta, *lo dejas.*

Y luego estaban los sueños sobre mis padres, que nunca le mencionaba a la doctora Tuttle. Soñaba que mi padre tenía un hijo ilegítimo encerrado en el armario de su estudio. Yo descubría al niño, pálido y desnutrido, y juntos conspirábamos para quemar la casa. Soñé que le enjabonaba a mi madre el vello púbico con una pastilla de jabón Ivory en la ducha y luego le sacaba una maraña de pelos de la vagina, que era como una bola de pelo de las que vomitan los gatos o atascan la bañera. En el sueño, comprendía que la maraña de pelo era el cáncer de mi padre.

Soñé que arrastraba los cadáveres de mis padres hasta un barranco, luego esperaba tranquila a la luz de la luna, vigilando a los buitres. En unos cuantos sueños, contestaba al teléfono y escuchaba un largo silencio, que interpretaba como el desdén sin palabras de mi madre. O escuchaba crepitar las interferencias y gritaba «¿Mamá? ¿Papá?» en el auricular, desesperada y desconsolada porque no podía oír lo que decían. Y otras veces, leía transcripciones de diálogos de ellos dos, mecanografiados en papel cebolla envejecido que se me rompía entre las manos. En ocasiones, divisaba a mis padres en sitios como el vestíbulo de mi edificio o las escaleras de la Biblioteca Pública de Nueva York. Mi madre parecía decepcionada y con prisas, como si el sueño la hubiese sacado de alguna labor importante.

—¿Qué te ha pasado en el pelo? —me preguntaba en el Starbucks de la avenida Lexington, y luego se iba trotando por el pasillo hacia el baño. En mis sueños, mi padre siempre estaba enfermo, con los ojos hundidos y los gruesos cristales de las gafas manchados de grasa. Una vez, era mi anestesista. Me iba a poner implantes mamarios. Me alargaba la mano un poco vacilante para que se la estrechara, como si no estuviese seguro de quién era yo o si nos conocíamos de antes. Me tumbaba en la camilla de acero. Los sueños en los que salía él eran los más angustiosos. Me despertaba presa del pánico, me tomaba unos cuantos Rozerem o lo que fuera y me volvía a dormir.

En las horas de vigilia, pensaba mucho en la casa de mis padres, en sus rincones y recovecos, en el aspecto que tenía algún cuarto por la mañana, por la tarde, en el silencio de la noche en verano, en la suave luz amarilla de la farola de la calle que se reflejaba en los muebles de madera pulida de la sala de estar. El abogado de la inmobiliaria me había recomendado que la pusiese en venta. La última vez que había estado allí fue el verano después de que muriesen mis padres. Trevor y yo estábamos en mitad de uno de nuestros muchos reencuentros románticos fallidos; habíamos pasado el fin de semana en las montañas de Adirondack y dimos un rodeo para pasar por mi pueblo antes de volver a Nueva York. Trevor se quedó en el descapotable alquilado mientras yo rodeaba la casa y miraba los espacios vacíos del interior a través de las ventanas sucias. No se diferenciaba mucho de cuando vivía en ella.

—No la vendas hasta que no mejore el mercado —me gritó Trevor.

Me emocioné y me dio vergüenza, me escabullí y salté en el estanque mugriento de detrás del garaje, luego aparecí cubierta de musgo podrido. Trevor salió del coche para darme un manguerazo en el jardín, hizo que me desnudara y me pusiera su chaqueta antes de volver al coche, luego me pidió una mamada en el aparcamiento del centro comercial de Poughkeepsie antes de entrar a comprarme ropa nueva. Accedí. Para él, aquello era oro erótico.

Cuando Trevor me dejó en la universidad, llamé al abogado y le dije que no podía deshacerme de la casa.

—No hasta que esté segura de que nunca me casaré ni tendré hijos —le dije.

No era verdad. Y tampoco me importaba el mercado inmobiliario ni cuánto dinero pudiera sacar. Quería aferrarme a la casa igual que te aferras a una carta de amor. Era la prueba de que no siempre había estado sola en el mundo, pero creo que también me aferraba a la pérdida, al vacío de la casa, como para confirmar que era mejor estar sola que quedarse con gente que se suponía que te tenía que querer pero que no era capaz de quererte.

Cuando era pequeña, había momentos en los que mi madre me hacía sentir muy especial, cuando me cepillaba el pelo con su perfume dulce y ligero, sus frías manos pálidas y huesudas, el tintineo de sus pulseras de oro, su pelo con mechas rubio hielo, su barra de labios, el aliento áspero por el humo y desabrido por la bebida. Pero enseguida se embotaba, se distraía, como si padeciera algún miedo o inquietud grave y tuviera que esforzarse para soportar la mera idea de mi existencia.

—Ahora no te puedo hacer caso —decía en aquellos instantes, iba de habitación en habitación, se alejaba buscando algún trozo de papel en el que había garabateado un número de teléfono—. Como lo hayas tirado, te juro que... —me advertía.

Siempre estaba llamando a alguien; a alguna amiga nueva, supongo. Nunca supe dónde conocía a aquellas mujeres, a aquellas nuevas amigas. ¿En el salón de belleza? ¿En la tienda de licores?

Me podría haber portado mal si hubiese querido. Podría haberme teñido el pelo de morado, hacer que me expulsaran del instituto, matarme de hambre, ponerme un pendiente en la nariz, zorrear por ahí y cosas así. Otras adolescentes lo hacían, pero yo no tenía energía suficiente como para meterme en tanto lío. Quería que me hicieran caso, pero me negaba a humillarme y rogar por él. Sabía que me castigarían si daba señales de estar sufriendo, así que era buena. Hacía todas las cosas bien. Me rebelaba de manera silenciosa, con el pensamiento. Mis padres apenas parecían notar mi existencia. Una vez los oí susurrar en el pasillo mientras estaba en el baño.

—¿Has visto que tiene dos manchas en la barbilla? —le preguntaba mi madre a mi padre—. No soporto verlas. Son *tan rosas*.

—Llévala al dermatólogo si tanto te preocupa —dijo mi padre.

Unos días después, la criada me trajo un tubo de Clearasil, del que tiene color.

En el instituto privado para chicas al que fui, tenía una banda de adoradoras al estilo de Reva. Me imitaban y cotilleaban sobre mí. Se fijaban en que era rubia y delgada y guapa, que era lo que les importaba. Aprendí a mantenerme a flote gracias a los afectos fáciles que nacían de las inseguridades de las demás. No salía hasta tarde. Me limitaba a hacer los deberes, tener mi cuarto limpio, aguardar el momento en que pudiera irme de casa y crecer y sentirme normal, o eso esperaba. No salí con chicos hasta después, hasta Trevor.

En la época en que estaba solicitando plaza en la universidad, escuché a mi madre hablando sobre mí con mi padre otra vez.

—Deberías leer el ensayo que está escribiendo para la universidad —decía mi madre—. A mí no me va a dejar ni verlo. Me preocupa que quiera hacer algo creativo. Terminará en una horrible universidad pública.

—He tenido alumnos muy brillantes que fueron a universidades públicas —respondió mi padre con calma—. Y si lo que quiere es especializarse en Literatura o algo así, poco importa dónde vaya.

Al final sí le enseñé el ensayo a mi madre. No le conté que Anton Kirschler, el artista sobre el que había escrito, era un personaje que me había inventado. Escribí que su obra nos instruía sobre cómo mantener «el enfoque humanístico del arte frente al ascenso de la tecnología». Describí varias de sus piezas inventadas: *Perro orinando sobre ordenador, Hamburguesa Mercado de Valores*. Escribí que su obra me decía algo porque me interesaba cómo «el arte creaba el futuro». Era un ensayo mediocre. Mi madre se quedó impasible, lo que me sorprendió, me lo devolvió y me sugirió que buscase algunas palabras en el tesauro porque las repetía demasiadas veces. No le hice caso. Pedí plaza en Columbia en la primera convocatoria y me aceptaron.

El día antes de que me fuera a Nueva York, mis padres se sentaron a hablar conmigo.

—Tu madre y yo creemos que es nuestra responsabilidad prepararte para la vida en una institución mixta —dijo mi padre—. ¿Has oído hablar de la oxitocina?

Negué con la cabeza.

—Es lo que te va a volver loca —dijo mi madre, haciendo girar el hielo en el vaso—. Vas a perder toda la sensatez que tanto trabajo me ha costado inculcarte desde el día que naciste.

Estaba de broma.

—La oxitocina es la hormona que se libera durante la cópula —siguió mi padre, mirando a la pared vacía que tenía yo detrás.

—El orgasmo —susurró mi madre.

—Biológicamente hablando, la oxitocina tiene un propósito —dijo mi padre.

—Produce una sensación tibia y confusa.

—Es lo que une a las parejas. Sin ella, la especie humana se habría extinguido hace mucho tiempo. Las mujeres experimentan los efectos con más fuerza que los hombres. Es conveniente que seas consciente de eso.

—Para cuando te tiren con la basura de la noche anterior —dijo mi madre—. Los hombres son perros. Hasta los profesores, que no te engañen.

—Los hombres no se atan con tanta facilidad. Son más racionales —la corrigió mi padre. Después de una larga pausa, dijo—: Lo único que queremos es que tengas cuidado.

—Lo que quiere decir tu padre es que uses condón.

—Y tómate esto —mi padre me dio un estuchito rosa con forma de concha de píldoras anticonceptivas.

—Qué asco —fue lo único que pude decir.

—Y tu padre tiene cáncer —dijo mi madre.

No dije nada.

—El de próstata no es como el de mama —dijo mi padre, girándose—. Te operan y te olvidas.

—El hombre siempre se muere primero —suspiró mi madre.

Mi padre se retiró de la mesa haciendo rechinar la silla en el suelo.

—Era una broma —dijo mi madre, apartándose de la cara el humo de su propio cigarrillo.

—¿Lo del cáncer?

—No.

Ese fue el final de la conversación.

Luego, mientras hacía la maleta para mudarme a la residencia, apareció mi madre y se quedó en la puerta de mi dormitorio, sujetando el cigarrillo tras la espalda, hacia el pasillo, como si sirviera de algo. La casa entera olía siempre a humo viciado.

—Ya sabes que no me gusta que llores —dijo.

—No estaba llorando —dije.

—Y espero que no te lleves ningún pantalón corto. Nadie usa pantalones cortos en Manhattan. Y te dispararán por la calle si vas por ahí con esas zapatillas de deporte asquerosas. Vas ridícula. Tu padre no está pagando un dineral para que vayas haciendo el ridículo por Nueva York.

Quería que creyera que estaba llorando por el cáncer de mi padre, aunque no era por eso.

—Bueno, maldita sea, si insistes en ponerte dramática —dijo mi madre, mientras se iba—. ¿Sabías que cuando eras un bebé te machacaba Valium en el biberón? Tenías cólicos y te pasabas llorando horas y horas sin motivo, inconsolable. Y cámbiate de camisa. Se te nota el sudor en las axilas. Me voy a dormir.

Una empresa inmobiliaria gestionó los bienes de mis padres cuando murieron. La casa se la alquilaron a un profesor de Historia y a su familia. No tuve que conocerlos. La inmobiliaria se encargaba del mantenimiento y de la jardinería y hacía las reparaciones necesarias. Cuando se rompía o desgastaba algo, me mandaban una carta con una foto y un presupuesto. Cuando me sentía sola o aburrida o nostálgica, me ponía a mirar las fotos e intentaba que la banalidad del lugar me asqueara —un escalón resquebrajado, una gotera en el sótano, el techo descascarillado, un armario roto—. Y sentía pena por mí misma, no porque echase de menos a mis padres, sino porque, de haber seguido vivos, no habrían tenido nada que darme. No eran mis amigos. No me consolaban ni me daban buenos consejos. No eran personas con las que quisiera hablar. Apenas me conocían. Estaban demasiado ocupados para pensar en mi vida en Manhattan. Mi padre estaba ocupado muriéndose; antes de que pasara un año de que lo diagnosticaran, el cáncer se había extendido al páncreas y luego al estómago. Y mi madre estaba ocupada siendo ella misma, lo que al final parecía todavía peor que tener un cáncer. Solo vino una vez a Nueva York a visitarme, en segundo curso. Cogió el tren y llegó una hora tarde al Guggenheim, donde habíamos quedado. Le podía oler el alcohol en el aliento mientras dábamos vueltas. Estaba inquieta y callada.

—¿No es bonito? —decía de un Kandinsky, de un Chagall.

Se fue de pronto cuando llegamos a lo alto de la rampa, dijo que había perdido la noción del tiempo. La seguí hasta abajo y salí con ella del museo, observé cómo intentaba parar un taxi, furiosa y boquiabierta cada vez que pasaba uno ocupado. No supe qué le había ocurrido. A lo mejor había visto una obra que la había puesto nerviosa. Nunca me dio explicaciones, pero luego me llamó desde el hotel y quiso que cenásemos juntas aquella noche, como si no hubiese pasado nada raro en el museo. No rendía cuentas de nada cuando estaba borracha. Yo ya estaba acostumbrada.

Pagué en efectivo mi piso de la calle 84 Este con mi herencia. Desde la ventana del salón, podía ver parte del parque Carl Schurz y una franja del East River. Veía a las niñeras con sus cochecitos. A las amas de casa adineradas que hacían kilómetros arriba y abajo por la Explanada con viseras y gafas de sol. Me recordaban a mi madre —vanas y ególatras—, solo que ella no hacía tanta actividad física. Si me asomaba por la ventana del dormitorio, veía la punta más alta de la isla Roosevelt, con su extraña geometría de edificios bajos de ladrillo. Me gustaba pensar que aquellos edificios albergaban a los criminales psicóticos, aunque supiera que no era así, al menos ya no. En cuanto empecé a dormir todo el tiempo, dejé de mirar a menudo por las ventanas. Solo necesitaba echar un vistazo. El sol se levantaba por el este y se ponía por el oeste. Eso no había cambiado y no cambiaría nunca.

La velocidad del tiempo variaba, rápida o lenta, según la profundidad del sueño. Me volví muy sensible al gusto del agua del grifo. A veces salía turbia y sabía a minerales. Otras veces era efervescente y sabía a mal aliento de otro. Mis días favoritos eran aquellos de los que apenas me percataba. Me sorprendía a mí misma sin respiración, desplomada en el sofá, con la mirada fija en una pelusa de polvo rodando por el suelo de madera con la corriente, y durante un segundo me acordaba de que estaba viva, luego me desvanecía. Para llegar a aquel estado, hacían falta dosis fuertes de Seroquel o de litio combinado con Trankimazin y zolpidem o trazodona y no quería abusar de aquellas recetas. Para administrar la sedación hacían falta cálculos matemáticos muy precisos. El objetivo de casi todos los días era llegar a un punto en el que pudiese quedarme frita con facilidad y volver en mí sin sobresaltos. Mis pensamientos eran banales. Mi pulso, relajado. Lo único que conseguía que el corazón se me esforzara un poco más era el café. La cafeína era mi deporte. Me catalizaba la ansiedad y así podía desplomarme y volver a dormirme.

El ciclo de películas que más veía era *El fugitivo, Frenético, Jumpin' Jack Flash* y *La ratera*. Me encantaban Harrison Ford y Whoopi Goldberg. Whoopi Goldberg era mi gran heroína. Me pasaba un montón de tiempo contemplándola en la pantalla e imaginándome su vagina. Firme, honesta, magenta. Tenía todas sus películas en VHS, aunque muchas de ellas eran demasiado potentes como para verlas muchas veces. *El color púrpura* era demasiado triste. *Ghost* me llenaba de anhelos, y Whoopi solo tenía un papel secundario. *Sister Act* era peliaguda porque se me quedaban las canciones en la cabeza y me daban ganas de reírme, desmadrarme, bailar, exaltarme y todo eso. No le hacía bien a mi sueño. Podía soportarla una sola vez a la semana o así. Solía ver *Escándalo en el plató* y *El juego de Hollywood* seguidas, como si fuesen dos partes de la misma película.

En las visitas que hacía a la farmacia para recoger mis pastillas, compraba alguna cinta de vídeo de segunda mano, quizá una caja de palomitas de microondas, a veces una botella de dos litros de Sprite *light* si me sentía con fuerzas para llevármela a casa. Aquellas películas baratas solían ser horribles —*Showgirls, Enemigo público, Vuelve a casa por Navidad, si puedes...* con Jonathan Taylor Thomas, cuya cara me sacaba de quicio—, pero no me importaba verlas una vez o dos. Cuanto más estúpida fuese la película, menos tendría que pensar. Aunque prefería ver lo que me era familiar: a Harrison Ford y a Whoopi Goldberg haciendo lo mismo de siempre.

Cuando a principios de agosto fui a mi visita mensual, la doctora Tuttle llevaba un camisón sin mangas blanco con encajes hechos jirones cruzándole el pecho y unas gafas de sol enormes tintadas de color miel con anteojeras. Seguía llevando el collarín.

—Me han operado los ojos —me explicó—, y el aire acondicionado tiene una fuga. Perdona la humedad.

El sudor le burbujeaba como si formase ampollas en el pecho y en los brazos. Tenía el pelo encrespado hacia arriba y hacia los lados. Sus gatos gordos estaban tumbados en el diván.

—Están recalentados —dijo la doctora Tuttle—. Será mejor que no los molestemos.

No había otro sitio para sentarse, así que me quedé de pie apoyada en la librería, mentalizándome y haciendo respiraciones cortas. La habitación olía intensamente a amoniaco. El olor parecía venir de los gatos.

—¿Has traído tu cuaderno de pesadillas? —preguntó la doctora Tuttle, mientras se sentaba tras el escritorio.

—Se me ha olvidado el diario —dije—. Aunque las pesadillas son cada vez peores.

Mentí. De hecho, mis sueños se habían calmado.

—Cuéntame una, para que pueda actualizar el informe —dijo la doctora Tuttle, sacando una carpeta. Parecía agobiada y acalorada, pero desorganizada no era.

—Bueno... —me reventé la cabeza para encontrar algo perturbador. Solo me podía acordar de las tramas de las películas horribles que había visto hacía poco—. Tuve una pesadilla en la que me mudaba a Las Vegas y conocía a una costurera y hacía bailes eróticos. Luego me encontraba con un viejo amigo que me daba un disquete lleno de secretos de Estado y me convertía en sospechosa de asesinato y me perseguía la agencia nacional de seguridad y en vez de darme un Porsche por Navidad, un equipo de rugby me abandonaba en el desierto.

La doctora Tuttle garabateaba con diligencia, luego levantó la cabeza, esperando.

—Así que empecé a comer arena para intentar matarme en vez de morir deshidratada. Fue horrible.

—Muy inquietante —murmuró la doctora Tuttle.

Me tambaleé recostada contra la librería. Me resultaba difícil mantenerme en pie, dos meses de sueño me habían debilitado los músculos y aún notaba los efectos de la pastilla de trazodona que me había tomado por la mañana.

—Intenta dormir de lado cuando sea posible. Hace poco salió un estudio en Australia que dice que, cuando duermes de espaldas, es más probable que tengas pesadillas en las que te ahogas. No es concluyente, por supuesto, porque ellos viven en el lado contrario del mundo, así que en realidad deberías intentar dormir boca abajo y ver qué pasa.

—Doctora Tuttle —empecé a decir—, me estaba preguntando si me podría recetar algo un poco más fuerte para la hora de dormir. Me frustro tanto cuando me pongo a dar vueltas en la cama... Es como si estuviera en el infierno.

—¿El infierno? Yo te voy a dar algo para eso —dijo, agarrando el taco de recetas—. El espíritu domina a la materia, como se suele decir. Pero, de todas formas, ¿qué es la materia? Si la miras al microscopio, son solo trocitos. Partículas atómicas. Partículas subatómicas. Si profundizas cada vez más y más, al final te encuentras con la nada. Somos espacio vacío, básicamente. Somos nada. Tralará. Y todos somos la misma nada. Tú y yo llenamos el espacio de nada. Dicen que podríamos atravesar las paredes si nos mentalizáramos. Lo que no dicen es que si atraviesas una pared es muy probable que te mueras. No lo olvides.

—Lo tendré en cuenta.

La doctora Tuttle me alcanzó las recetas.

—Toma, llévate unas muestras —dijo acercándome una cesta con Promaxatin—. Ah, no, espera, que estas son para obsesivos compulsivos impotentes. Te tendrían despierta toda la noche —retiró la cesta—. Nos vemos dentro de un mes.

Cogí un taxi para volver a casa, compré las recetas nuevas y repuse las anteriores en la farmacia, me compré un paquete de caramelos masticables y me fui a casa y me comí los caramelos y unas cuantas pastillas de Mysoline que me quedaban y me volví a dormir.

Al día siguiente, vino Reva a quejarse porque su madre se estaba muriendo y a parlotear sobre Ken. Aquel verano, su alcoholismo pareció agravarse. Sacó una botella de José Cuervo y una lata de refresco de limón *light* de su bolso enorme nuevo de cocodrilo color amarillo lima imitación de Gucci.

—¿Quieres tequila?

Negué con la cabeza.

Reva mezclaba las bebidas de un modo curioso. Cada vez que daba un sorbo de refresco de limón *light*, echaba un poco de José Cuervo en la lata para rellenar el espacio que había dejado el sorbo, así que, cuando terminaba, lo que bebía era puro tequila. Me parecía fascinante. Me sorprendí a mí misma pensando en la proporción de refresco de limón y de José Cuervo de aquella lata, cuál sería la fórmula para poder medir cada sorbo. Había estudiado la paradoja de Zenón en álgebra en el instituto pero nunca había terminado de entenderla. La divisibilidad infinita, la teoría de reducir a la mitad, fuera lo que fuese. Aquel dilema filosófico era justo el tipo de cosa que a Trevor le habría encantado explicarme. Se sentaba frente a mí en la cena, sorbía su agua helada, mascullaba con soltura algo sobre fracciones de centavos y la fluctuación del precio del crudo, por ejemplo, mientras que con los ojos escaneaba la sala como para confirmarme que yo era estúpida y aburrida. A lo mejor en ese momento alguien mucho mejor que yo se estaría levantando para ir a empolvarse la nariz. La idea escocía. Seguía sin poder aceptar que Trevor era una nulidad y un imbécil. No quería creerme que me pudiese haber degradado por alguien que no se lo merecía. Seguía atorada con aquel trocito de orgullo, pero estaba decidida a dormir hasta que se me pasara.

—Sigues obsesionada con Trevor, a que sí —dijo Reva, sorbiendo el refresco de la lata.

—Creo que tengo un tumor en el cerebro —contesté.

—Olvídate de Trevor —dijo Reva—. Encontrarás a alguien mejor, si alguna vez sales de este piso.

Sorbió y rellenó y siguió hablando de cómo «es todo cuestión de actitud» y «el pensamiento positivo es más poderoso que el negativo, incluso en cantidades iguales». Acababa de leer un libro titulado *Cómo atraer al hombre de tus sueños mediante autohipnosis*, así que siguió explicándome la diferencia entre «satisfacer los deseos» y «manifestar tu propia realidad». Yo intentaba no escucharla.

—Tu problema es que eres pasiva. Esperas que las cosas cambien, y las cosas no cambian. Tiene que ser muy doloroso vivir así. Muy desempoderador —dijo, y eructó.

Me había tomado el Risperdal. Me sentía atontada.

—¿Has oído alguna vez la expresión «come mierda o muere»? —le pregunté.

Reva desenroscó el tequila y echó más en la lata.

—Es «come mierda y muere» —dijo.

Nos quedamos calladas un rato. Volví a pensar en Trevor, en la forma en que se desabotonaba la camisa y se quitaba la corbata, en las cortinas grises de su dormitorio, en cómo le aleteaban las fosas nasales en el espejo cuando se quitaba con pinzas los pelos de la nariz, en cómo olía la loción que usaba después de afeitarse. Le agradecí a Reva que rompiese el silencio.

—Bueno, por lo menos vendrás el sábado a tomar algo, ¿no? Es mi cumpleaños.

—No puedo, Reva —dije—. Lo siento.

—Le estoy diciendo a la gente que nos encontremos en Skinny Kitty sobre las nueve.

—Estoy segura de que te lo pasarás mejor si no voy yo a deprimirte.

—No seas así —Reva canturreó borracha—. Dentro de nada seremos viejas y feas. La vida es corta, ¿sabes? Muere joven y deja un cadáver bonito. ¿Quién dijo eso?

—Alguien a quien le gustaba follarse cadáveres.

Reva solo tenía una semana más que yo. El 20 de agosto de 2000, cumplí veintisiete años en mi piso dentro de una niebla medicinal, fumando mentolados rancios en el baño y leyendo un número antiguo del *Architectural Digest*. En un momento dado, me puse a hurgar en el cajón del maquillaje buscando un delineador de ojos para rodear las cosas que me interesaban: los rincones vacíos, los caireles afilados de las lámparas de araña. Escuché sonar el móvil pero no contesté.

—Feliz cumpleaños —decía el mensaje de Reva—. Te quiero.

Conforme iba declinando el verano, mi sueño se volvió disperso y vacío, como una habitación de paredes blancas con el aire acondicionado tibio. Si soñaba algo, era que estaba tumbada en la cama. Resultaba superficial, a veces hasta aburrido. Me tomaba unos Risperdal y unos zolpidem extra cuando me daba ansiedad pensar en el pasado. Intentaba no pensar en Trevor. Borraba los mensajes de Reva sin escucharlos. Vi *Air Force One* doce veces sin sonido. Intentaba dejar la mente en blanco. El Valium ayudaba. El Orfidal ayudaba. La melatonina masticable y el Benadryl y el NyQuil y el Lunesta y el temazepam ayudaban.

Mi visita a la doctora Tuttle de septiembre también fue banal. Aparte del calor sofocante que sufrí al andar desde mi edificio al taxi y del taxi a la consulta de la doctora Tuttle, no sentí casi nada. No estaba ansiosa ni resentida ni aterrorizada.

—¿Cómo te sientes?

Sopesé la pregunta durante cinco minutos, mientras la doctora Tuttle iba por la oficina encendiendo un arsenal de ventiladores, todos de la misma marca y modelo, dos instalados en el radiador de debajo de las ventanas, uno en el escritorio y dos en las esquinas, en el suelo. Tenía una agilidad impresionante. Ya no llevaba el collarín.

—Estoy bien, creo —grité sin fuerza sobre el zumbido ensordecedor.

—Estás pálida —comentó la doctora Tuttle.

—He estado evitando el sol —le dije.

—Bien hecho. La exposición solar fomenta la muerte celular, aunque nadie quiere hablar de eso. Ella también tenía un tono de piel color rosa lechón. Llevaba un vestido de saco color paja que parecía lino grueso y el pelo completamente encrespado. Mientras hablaba, le bajaba y le subía por la garganta un collar de perlas apretado y macizo. Los ventiladores provocaban un viento estruendoso y me mareaban. Me agarré a la estantería y tiré un volumen abultado de *Tanatosis* al suelo.

—Perdón —grité por encima del estruendo. Lo recogí.

—Un libro interesante sobre las zarigüeyas. Los animales son tan sabios —la doctora Tuttle hizo una pausa—. Espero que no seas vegetariana —dijo, bajándose las gafas.

—No.

—Qué alivio. Ahora dime cómo te sientes. Hoy estás de un humor muy soso —dijo la doctora Tuttle.

Tenía razón. Apenas conseguía ponerme derecha.

—¿Te has estado tomando el Risperdal?

—Ayer me lo salté. Estaba tan ocupada trabajando que me olvidé. El insomnio que tengo estos días es horrible —mentí.

—Estás exhausta. Lisa y llanamente —garabateó en su taco de recetas—. Según ese libro que estás sujetando, el gen de la muerte se transmite de madre a hijo en el canal de parto. Es por las microdermoabrasiones y la erupción vaginal infecciosa. ¿Tu madre presenta alguna señal anormal?

—No lo creo.

—Le podrías preguntar. Si eres portadora, podría sugerirte algo. Una loción herbal. Solo si quieres. La tengo que encargar especialmente al Perú.

—Nací por cesárea, no sé si será un factor.

—El método noble —dijo ella—. Pregúntale de todas formas. A lo mejor su respuesta sirve para explicar tus incapacidades mentales y biorrítmicas.

—Bueno, es que está muerta —le recordé.

La doctora Tuttle soltó el bolígrafo y juntó las manos para rezar. Creí que se iba a poner a cantar o hacer algún encantamiento. No esperaba ni su piedad ni su compasión. En cambio, hizo un puchero, estornudó con violencia, se giró para secarse la cara con una toalla de baño enorme que había en el suelo al lado de su silla y garabateó un poco más en su recetario.

—¿Y cómo murió? —preguntó—. Supongo que no sería por un fallo de la glándula pineal.

—Mezcló alcohol con sedantes —dije. Me sentía demasiado letárgica como para mentir. Y si la doctora Tuttle se había olvidado de que le había contado que mi madre se había cortado las venas, a la larga contarle la verdad no importaría.

—La gente como tu madre —respondió la doctora Tuttle, mientras negaba con la cabeza— le da mala fama a los medicamentos psicotrópicos.

Septiembre vino y se fue. La luz del sol basculaba de vez en cuando a través de las persianas y me asomaba a ver si ya se estaban muriendo las hojas de los árboles. La vida era repetitiva, resonaba a baja frecuencia. Me arrastraba hasta los egipcios. Iba a por los medicamentos. Reva seguía apareciendo de vez en cuando, borracha por lo general y siempre al borde de la histeria o de la indignación o del colapso total de una manera u otra.

En octubre, irrumpió en mi casa mientras veía *Armas de mujer*.

—¿Otra vez? —resopló, y se dejó caer en el sillón—. Estoy ayunando por Yom Kipur —suspiró presumida.

Era bastante habitual en ella. Ya había hecho antes unas cuantas dietas completamente descabelladas. Cuatro litros de agua salada al día. Solo zumo de ciruela y bicarbonato. «Puedo tomar toda la gelatina sin azúcar que quiera antes de las once de la mañana»; o «Estoy ayunando»; «Ayuno los fines de semana»; «Ayuno entre semana un día sí y otro no».

—En esta película Melanie Griffith parece bulímica —dijo Reva, señalando la pantalla con desgana—. ¿Ves que tiene los carrillos inflamados? Tiene la cara gorda, pero las piernas superdelgadas. O a lo mejor es que es una gorda con las piernas flacas. Tiene los brazos muy suaves, ¿a que sí? A lo mejor me equivoco, no sé. Estoy un poco perdida. Es que estoy ayunando —dijo otra vez.

—No está así por vomitar, está así por el alcohol, Reva —le dije, sorbiéndome las babas que me caían por las comisuras de la boca—. No toda la gente flaca tiene un desorden alimentario.

No le había dicho tantas palabras a nadie desde hacía semanas.

—Perdona —dijo Reva—. Tienes razón. Estoy un poco de mal humor. Estoy ayunando, ¿sabes?

Hurgó en su bolso y sacó su menguante quinto de tequila.

—¿Quieres? —preguntó.

—No.

Abrió un refresco de limón *light*. Vimos la película en silencio. A la mitad, me volví a dormir.

Octubre fue plácido. El radiador silbaba y escupía, soltando un olor agrio y fuerte que me recordaba al sótano de mis padres, así que rara vez ponía la calefacción. No me importaba el frío. Mi visita de aquel mes a la doctora Tuttle fue relativamente anodina.

—¿Qué tal todo por casa? —preguntó—. ¿Bien? ¿Mal? ¿Otra respuesta?

—Otra respuesta —dije.

—¿Hay alguien en tu familia que no entre en el paradigma binario?

Cuando le expliqué por tercera vez que mis padres habían muerto y que mi madre se había matado, la doctora Tuttle desenroscó el tapón de su bote tamaño familiar de Afrin, hizo girar la silla, echó la cabeza hacia atrás, de modo que me veía boca abajo, y empezó a aspirar.

—Te escucho —dijo—. Tengo alergias y ahora estoy enganchada a este espray nasal. Sigue, por favor. ¿Tus padres están muertos y...?

—Y nada. Está todo bien. Pero sigo sin dormir bien.

—Qué dilema —volvió a girar la silla y puso el Afrin en el cajón del escritorio—. A ver, te voy a dar unas muestras.

Se levantó a abrir el armarito y llenó una bolsa de papel marrón de blísteres de pastillas.

—Truco o trato —dijo, dejando caer un caramelito de menta que sacó de un cuenco sobre el escritorio—. ¿Te vas a disfrazar en Halloween?

—A lo mejor de fantasma.

—Económico —observó.

Me fui a casa a dormir. Aparte del fastidio recurrente, no tenía pesadillas, ni pasiones, ni deseos, ni grandes dolores.

Durante este periodo de calma en el drama del sueño, entraba en una realidad más extraña, menos cierta. Los días pasaban de forma oblicua, sin nada que recordar salvo el hueco familiar en los cojines del sofá, el espumarajo cochambroso en el lavabo parecido a un paisaje lunar lleno de cráteres que borboteaba sobre la cerámica cuando me lavaba la cara o me cepillaba los dientes. Era lo único que ocurría, y puede que lo de los espumarajos lo soñara. Nada tenía visos de realidad. Dormir, despertar, todo parecía un vuelo gris y monótono a través de las nubes. No mantenía conversaciones mentales conmigo misma. No había mucho que decir. Así supe que el sueño estaba surtiendo efecto: cada vez estaba menos apegada a la vida. Si seguía adelante, pensaba, desaparecería completamente y luego reaparecería bajo una nueva forma. Esa era mi esperanza. Ese era mi sueño.

3

En noviembre, sin embargo, tuvo lugar un cambio desafortunado. La serenidad despreocupada del sueño le cedió el paso a una alarmante rebelión subliminal. Empecé a hacer cosas mientras estaba inconsciente. Me había dormido en el sofá y me despertaba en el suelo del baño. Los muebles cambiaban de sitio. Comencé a perder las cosas. Hacía viajes que no recordaba al colmado y cuando me despertaba me encontraba palitos de helado en la almohada, manchas de color naranja y verde lima en las sábanas, la mitad de un pepinillo en vinagre gigante, bolsas vacías de patatas fritas con sabor barbacoa, tabletas de chocolate con leche en la mesa de centro del salón con la parte de arriba de la envoltura doblada y desgarrada y pegajosa y con marcas de dientes. Cuando volvía en mí después de una de aquellas lagunas, bajaba a por mis cafés como siempre, intentaba charlar un poco con los egipcios para calibrar si me había portado de forma rara la última vez que hubiese estado allí. ¿Sabían que estaba sonámbula? ¿Había dicho algo revelador? ¿Había tonteado? A los egipcios por lo general les era indiferente y correspondían a mi charla habitual o me ignoraban por completo, así que era difícil saberlo. Me preocupaba andar aventurándome fuera del piso mientras estaba inconsciente. Me parecía la antítesis de mi proyecto de hibernación. Si cometía un crimen o me arrollaba un tren, perdería la posibilidad de una vida nueva y mejor. Si mis excursiones inconscientes llegaban solo hasta el colmado de la esquina, daba igual, pensaba. Podía vivir con eso. Lo peor que podría pasar es que me pusiera en ridículo delante de los egipcios y tuviera que empezar a ir a la charcutería que quedaba unas cuantas manzanas más abajo, en la Primera Avenida. Rezaba para que mi subconsciente entendiese el valor de la comodidad. Amén.

Fue entonces cuando empecé a comprar en serio lencería y vaqueros de diseño por internet. Al parecer, cuando estaba dormida, una parte superficial mía se ponía como objetivo la belleza y el atractivo sexual. Pedía citas para hacerme la cera. Reservaba horas en un spa que ofrecía tratamientos infrarrojos y lavados de colón y limpiezas faciales. Un día, cancelé la tarjeta de crédito con la esperanza de que así me disuadiría de llenar mi agenda inexistente con los lujos de quien yo creía ser antes. Una semana después, me llegó una tarjeta de crédito nueva por correo. La corté por la mitad.

Aumentó mi nivel de estrés. No podía confiar en mí misma. Me daba la impresión de que tendría que dormir con un ojo abierto. Hasta consideré la posibilidad de instalar una cámara de vídeo para grabarme mientras no estaba consciente, pero sabía que solo serviría para demostrar que me resistía a mi propio proyecto. Tampoco me impediría hacer nada, porque no podría verlo hasta que me despertase de verdad, así que entré en estado de pánico. Doblé la dosis de Trankimazin para intentar contrarrestar la ansiedad. Perdí la noción de los días y en consecuencia no fui a ver a la doctora Tuttle en noviembre. Me llamó y dejó un mensaje.

—Te tengo que cobrar el plantón. Permíteme que te recuerde que firmaste el convenio de la política de la consulta. Hay un límite de veinticuatro horas para las cancelaciones. La mayoría de los médicos de por aquí te exigen que anules la cita entre treinta y seis o cuarenta y ocho horas antes, así que me parece que soy bastante generosa.

Me preocupa que te tomes tan poco en serio tu salud mental. Llámame para fijar otra visita. La pelota está en tu campo.

Sonaba muy estricta. Me sentí fatal. Pero cuando la llamé para disculparme y pedir otra cita, había vuelto a la normalidad.

—Nos vemos el jueves —dijo—. Chaíto.

A mitad de mes, empezó a aumentar todavía más mi consumo de internet. Me despertaba con la pantalla del portátil llena de conversaciones de chat con desconocidos de sitios como Tampa y Spokane y Park City, Utah. En mis horas de vigilia rara vez pensaba en el sexo, pero, en mis ausencias medicadas, supongo que me entraba la lujuria. Revisaba las transcripciones. Eran sorprendentemente educadas.

—¿Cómo estás?

—Estoy bien, gracias, ¿y tú? ¿Muy caliente?

A partir de ahí, seguía. Era un alivio comprobar que no le daba a nadie mi nombre real. Mi usuario de chat era «Whoopigirlberg2000»; «Llámame Whoopi»; «Llámame Reva», puse una vez. Todas las fotos que me mandaban los hombres de sus genitales eran banales, semierectas, nada amenazantes.

—Te toca a ti —escribían.

Yo cambiaba de tema.

—¿Cuál es tu película favorita?

Un día me desperté y descubrí que había desempolvado la cámara digital y le había mandado a un montón de desconocidos instantáneas del ano, el pezón, el interior de la boca. Había escrito mensajes diciendo que quería que vinieran a «atarme» y «retenerme como rehén» y «sorberme el coño como si fuera un plato de espagueti». Había números en mi móvil que no reconocía, así que me puse como norma que cada vez que me tomase las pastillas, que era más o menos cada ocho horas, metería el ordenador en el armario y apagaría el móvil, lo guardaría en una fiambrera, lo sellaría con cinta de embalar y metería la fiambrera en el fondo de un armario alto de la cocina.

Pero luego me despertaba con la fiambrera sin abrir a mi lado en la almohada.

La noche siguiente, el móvil estaba en el alféizar de la ventana, junto a media docena de cigarrillos a medio fumar que había apagado en la carcasa de un cedé de Alanis Morissette.

—¿Por qué te estás matando? —preguntó Reva al ver las colillas en la basura cuando vino unos días después sin que nadie la invitara. El cáncer de la madre de Reva había empezado en los pulmones.

—Que yo fume no tiene nada que ver con tu madre —dije—. Mi madre también está muerta, ¿sabes? —añadí.

En aquel momento, la madre de Reva estaba en cuidados paliativos, consciente solo a ratos. Yo estaba harta de oír hablar de eso, me traía demasiados recuerdos. Además, sabía que Reva esperaba que fuese al funeral de su madre y yo no quería ir, en realidad.

—Mi madre todavía no se ha muerto —respondió Reva.

No le dije nada a Reva sobre mis inclinaciones internáuticas, pero sí que le pedí que me cambiase la contraseña del chat y pusiera algo que no pudiese adivinar jamás.

—Pon letras y números al azar. Paso demasiado tiempo conectada —le dije.

—¿Haciendo qué?

—Mando correos electrónicos de madrugada y luego me arrepiento —esa era la mentira que sabía que se iba a creer.

—A Trevor, ¿a que sí? —preguntó, moviendo la cabeza con intención.

Reva me cambió la contraseña y, en cuanto me fue inaccesible la cuenta de chat, durante un tiempo mis horas de sueño no me dieron mucho juego. Lo peor que hice sin ser consciente fue escribirle cartas a Trevor en una libreta amarilla; súplicas largas sobre nuestra historia de amor y de cómo quería que cambiasen las cosas para que volviésemos a estar juntos. Las cartas eran tan ridículas que me preguntaba si no las escribía mientras estaba dormida para entretenerme cuando estaba despierta. A final de mes, mis excursiones al colmado en mitad de mis lagunas se espaciaron, quizá porque había llegado el invierno.

Las visitas de Reva también disminuyeron. Y su actitud pasó del melodrama a una pose cortés. En vez de descargarse, me hacía resúmenes muy bien estructurados de su semana, incluyendo noticias de actualidad. Yo agradecía su autocontrol, y así se lo dije. Contestó que estaba intentando tener más en cuenta mis necesidades. En las ocasiones en las que antes me habría dado consejos o comentado el estado del piso, ahora se mordía la lengua. Se quejaba menos. Empezó también a darme abrazos y besos al aire cada vez que se despedía. Lo hacía inclinándose sobre mí en el sofá. Me imagino que habría adquirido la costumbre con su madre postrada en cama. Me sentía como si yo también estuviera en mi lecho de muerte. De hecho, agradecía la muestra de cariño. En Acción de Gracias, llevaba hibernando casi seis meses. En ese tiempo, no me había tocado nadie salvo Reva.

No le dije nada a la doctora Tuttle de mis ausencias. Me daba miedo que me fuese a interrumpir el tratamiento por temor a las posibles demandas, así que cuando fui a verla en diciembre, me quejé solo de que el insomnio se había abalanzado vengativo sobre mí. Mentí y le dije que no podía quedarme acostada más de unas pocas horas seguidas. Le conté que me daban brotes de sudor y náuseas que me dejaban mareada e inquieta. Unos ruidos imaginarios me despertaban con tanta violencia que «creía que habían bombardeado el edificio o que lo había alcanzado un rayo».

—Debes de tener un callo en el córtex —dijo la doctora Tuttle, chasqueando la lengua—. Y no en sentido figurado. No en sentido literal, quiero decir. Lo digo, entre paréntesis —levantó las manos y las ahuecó una contra otra como para ilustrar la puntuación—. Has desarrollado tolerancia, aunque eso no quiere decir que la medicación esté fallando.

—Seguramente tenga usted razón —contesté.

—No seguramente.

—Hablando entre paréntesis, quiero decir, es probable que necesite algo más fuerte.

—Ajá.

—Me refiero a las pastillas.

—Espero que no estés siendo sarcástica —dijo la doctora Tuttle.

—Pues claro que no. Me tomo mi salud muy en serio.

—Bueno, en ese caso...

—He oído hablar de un anestésico que le dan a la gente para las endoscopias, algo que te mantiene despierta durante el proceso, pero luego no te acuerdas de nada. Algo así me vendría bien. Tengo mucha ansiedad. Y tengo una reunión de trabajo muy importante a final de mes.

En realidad, solo quería algo especialmente potente que me dejase ciega todas las navidades.

—Prueba estas —dijo la doctora Tuttle, mientras me pasaba por encima del escritorio un bote de pastillas de muestra—. Infermiterol. Si estas no te dejan fuera de combate, me quejaré yo misma directamente al fabricante en Alemania. Tómate una y me dices cómo te va.

—Gracias, doctora.

—¿Tienes planes para Navidad? —me preguntó mientras garabateaba las recetas—. ¿Vas a ver a la familia? ¿De dónde eras, de Albuquerque?

—Mis padres han muerto.

—Siento oír eso. Claro que no me sorprende —dijo la doctora Tuttle, mientras escribía en su expediente—. Los huérfanos suelen sufrir deficiencia inmunitaria, me refiero al plano psiquiátrico. Podrías pensar en buscarte una mascota para desarrollar tus habilidades sociales. He oído que los loros no juzgan a sus dueños.

—Lo pensaré —dije mientras cogía el fajo de recetas que me había escrito y la muestra de Infermiterol.

Aquella tarde hacía un frío glacial en la calle. Mientras cruzaba Broadway, apareció en el cielo pálido una esquirla de luna que luego desapareció detrás de los edificios. El aire tenía un matiz metálico. El mundo se percibía tranquilo y sobrecogedor, vibrante. Me alegraba no ver a demasiada gente en la calle. Los que veía parecían monstruos torpes, formas humanas deformadas por los abrigos inflados y las capuchas, los mitones y gorros, las botas de nieve. Evalué mi reflejo en los ventanales de un escaparate oscurecido mientras caminaba por la calle 15 Oeste arriba. Me confortó saber que seguía siendo guapa, rubia y alta y delgada. Seguía teniendo buena planta. Me podrían haber confundido incluso con una famosa desaliñada, de incógnito. Tampoco es que a nadie le importara. Paré un taxi en Union Square y le di al taxista las señas de la farmacia de la parte alta de la ciudad. Ya estaba oscureciendo, pero seguí con las gafas de sol puestas, no quería tener que mirar a nadie a los ojos. No quería relacionarme con nadie con demasiado entusiasmo. Además, los fluorescentes de la farmacia eran cegadores. Si pudiese haber comprado los medicamentos en una máquina expendedora, habría pagado el doble por ellos.

La farmacéutica de guardia aquella noche era una joven latina de cejas perfectas y uñas falsas. Me reconoció en el acto.

—Deme diez minutos —dijo.

Al lado de las vitaminas, había un chisme para tomarse la tensión y el pulso. Me senté en el asiento de la máquina, me remangué el chaquetón y metí el brazo para la medición. Una almohadilla de cuero sintético se infló alrededor del bíceps. Me fijé en cómo subían y bajaban los números de la pantalla digital. Pulso 48. Tensión 8/5. Era lo que correspondía. Miré el expositor de DVD para echarle un vistazo a la última selección de películas de segunda mano. *El profesor chiflado, Jumanji, Casper, Space Jam, Un loco a domicilio*. Eran todas para niños. Entonces, una pegatina naranja de descuento en la estantería de abajo me llamó la atención. *Nueve semanas y media*. La cogí. Trevor me había dicho que era una de sus pelis favoritas, yo no la había visto todavía.

—La actuación de Mickey Rourke en esta peli es inigualable. ¿Quién sabe? A lo mejor te interesa.

Me explicó que yo me parecía a Kim Basinger y que su personaje en la peli también trabajaba en una galería de arte.

—Esta película me anima a probar cosas nuevas —dijo.

—¿Como qué? —pregunté, sorprendida por la idea de que se pudiera atrever a hacer algo en la cama que no fuese recolocarse para darse «más impulso».

Me llevó a la cocina, me dio la espalda y dijo:

—Ponte de rodillas —lo hice y me arrodillé sobre las losas frías de mármol—. Cierra los ojos y abre la boca —dijo.

Estuve a punto de reírme, pero le seguí el juego. Trevor se tomaba sus mamadas muy en serio.

—¿Has visto *Sexo, mentiras y cintas de vídeo?* —le pregunté—. James Spader, en esa...

—Cállate —dijo—. Abre.

Me metió un plátano sin piel en la boca y me advirtió de que si me lo sacaba se daría cuenta y me castigaría emocionalmente.

—Vale, dueño y señor —murmuré con sarcasmo.

—Déjatelo ahí —dijo, y salió de la cocina.

No me pareció muy divertido, pero le seguí el juego. En aquel entonces, consideraba el sadismo de Trevor una sátira del sadismo real. Sus jueguecitos eran tan tontos. Me quedé allí de rodillas con el plátano en la boca, respirando por la nariz. Lo escuché hacer una reserva para cenar dos personas esa misma noche en Kurumazushi. Veinte minutos después volvió y me sacó el plátano de la boca.

—Mi hermana está en la ciudad, así que tienes que irte —dijo, y me metió el pene flácido en la boca.

Como después de unos minutos no se le había puesto dura, se enfadó.

—¿Se puede saber qué estás haciendo? No tengo tiempo para esto —me llevó hasta la puerta—. Que el portero te pida un taxi —me dijo, como si fuera el lío de una noche, una prostituta barata, alguien a quien no conociese de nada.

El sexo anal con Trevor surgió una sola vez. Fue idea mía. Le dije que quería demostrarle que no era una estirada, de lo que se había quejado una vez cuando vacilé porque me pidió que le hiciera una mamada mientras estaba sentado en el inodoro. Lo intentamos una vez, una noche que los dos habíamos bebido un montón, pero se le bajó la erección mientras intentaba calzármela. Luego, de pronto, se levantó y se metió en la ducha sin decir nada. Su fracaso quizás tendría que haberme servido de resarcimiento y, sin embargo, solo me sentía rechazada. Lo seguí hasta el baño.

—¿Es porque huelo? —le pregunté a través de la cortina de la ducha—. ¿Qué pasa? ¿Qué he hecho?

—No sé de qué me hablas.

—Te has ido sin decir nada.

—Tenía el pene lleno de mierda, ¿vale? —dijo con rabia.

Era imposible. Ni me había penetrado. Sabía que me estaba mintiendo, y aun así me disculpé.

—Lo siento —dije—. ¿Estás enfadado?

—Ahora mismo no puedo hablar contigo de esto. Estoy cansado y no estoy de humor para ocuparme de tus dramas —casi me estaba gritando—. ¡Lo que quiero es dormir, por Dios!

Lo llamé al día siguiente y le pregunté si estaba libre el fin de semana, pero me dijo que ya había encontrado a una mujer que no «haría bromitas para llamar la atención». Noches después, me emborraché, llamé a la farmacia y encargué una caja entera de lubricantes para que se la llevasen a su oficina a la mañana siguiente. Me mandó una nota a la galería que decía: «No vuelvas a hacer eso nunca más».

Volvimos unas semanas después.

—¿Señora? —me llamó la farmacéutica y me despertó de la ensoñación.

Dejé el DVD en el expositor y fui al mostrador a por mis pastillas. La farmacéutica hacía un molesto ruidito seco al teclear en el ordenador. Me parecía una engreída; suspiraba cada vez que pasaba por el escáner una de las bolsitas de papel grapadas, como si le agotara tratar conmigo y todos mis problemas mentales.

—Marque la casilla para indicar que renuncia a la consulta.

—Pero si no he renunciado. Ahora me la vas a hacer, ¿no?

—¿Tiene alguna pregunta sobre su medicación, señora?

Me estaba juzgando. Lo sentía. Modulaba la voz de una cierta manera, como para no sonar despectiva.

—Por supuesto que quiero hacer una consulta —dije—. Estoy enferma y esta es mi medicación y quiero saber que estás haciendo tu trabajo como debes. Mira estas pastillas. Podrían ser peligrosas. ¿No querrías tú consultar si estuvieras tan enferma como yo?

La miré por encima de las gafas de sol. Desenrolló los papeles grapados a las bolsitas y me indicó los efectos secundarios potenciales de cada medicamento y las interacciones potenciales con los demás medicamentos que tomaba.

—No beba alcohol con esto. Si toma esto y no se duerme, tal vez vomite. Puede producirle migraña. Si empieza a sentir calor, llame a una ambulancia. Podrían darle convulsiones o ataques. Si le salen ampollas en las manos, deje de tomarlo y vaya a urgencias —no me estaba diciendo nada que no supiera. Golpeteó los envoltorios de papel con las largas uñas—. Mi consejo es que no beba mucha agua antes de acostarse. Si se levanta en mitad de la noche para ir al baño, podría hacerse daño.

—No me voy a hacer daño —dije.

—Yo solo le digo que tenga cuidado.

Le di las gracias, elogié su laca de uñas dorada, tecleé los botones para pagar y me fui. Prefería la farmacia Rite Aid a la CVS y a la Duane Reade por una razón. Las que trabajaban en Rite Aid no se tomaban mis cambios de humor a la tremenda. A veces las escuchaba morirse de risa detrás de las altas estanterías llenas de pastillas, hablando de sus fines de semana, cotilleando sobre sus amigas y compañeras, sobre el mal aliento de alguna o lo estúpida que era la voz de alguien por teléfono. Yo entraba cada dos por tres a putearlas. Les echaba la culpa si no tenían el medicamento, las maldecía si en la cola del mostrador de recogida había más de dos personas, me quejaba si no habían llamado a mi seguro a tiempo, les decía que eran todas unas brutas idiotas sin educación ni sentimientos. Pero parecía que nada las provocaba y no me contestaban más que con una sonrisa y un movimiento de ojos. Nunca se enfrentaban a mí por mi actitud. «No me llames señora, es muy condescendiente», dije una vez. Estaba claro que a la chica con las uñas doradas nunca le había llegado aquella circular. Eran todas tan joviales y eran tan distendidas unas con otras, incluso fraternales. Quizá les tuviera envidia. Era evidente que tenían vidas.

De camino a casa desgarré las bolsitas de papel, tiré todo el material impreso y me metí los botes de medicamentos en el fondo de los bolsillos del abrigo. Las pastillas repiqueteaban como maracas mientras me arrastraba por la nieve. Tiritaba dentro del chaquetón de esquí. El viento me daba bofetadas en la cara. Me lloraban los ojos. Me ardían las manos de frío. Desde fuera del colmado, vi que los egipcios estaban colocando la decoración navideña en el ventanal. Entré, agachándome por debajo del espumillón rojo que ondeaba, me llevé mis dos cafés, me fui a casa y me tragué unas cuantas pastillas de zolpidem y me fui al sofá a dormir mientras veía *Las dos caras de la verdad*.

Los siguientes días, los recuerdos de Trevor me sacaban del sueño como ratas escarbando dentro de las paredes. Me tuve que dominar con todas mis fuerzas para no llamarle. Un día me hizo falta fenobarbital y un bote de Bisolvon, al siguiente Nembutal y Zyprexa. Reva iba y venía, hablando sin parar sobre sus últimas citas y sus penas por lo de su madre. Vi un montón de películas de Indiana Jones, pero seguía ansiosa. Trevor Trevor Trevor. Si estuviese muerto, pensé, quizá me sentiría mejor, porque detrás de cada recuerdo suyo se escondía la posibilidad de reconciliarnos y, por tanto, más sufrimiento y humillación. Me sentía débil. Tenía los nervios crispados y frágiles, como seda hecha jirones. El sueño aún no me había resuelto la irritabilidad, la impaciencia, la memoria. Toda parecía enlazar de alguna forma con recuperar lo que había perdido. Me imaginaba mi identidad, mi pasado, mi psique como un camión de la basura lleno de deshechos. El sueño era el pistón hidráulico que elevaba la cama del remolque, listo para desecharlo todo en algún sitio, pero Trevor estaba atascado en la puerta trasera e impedía que fluyese la basura. Me daba miedo que las cosas fuesen a ser así siempre.

Mi última cita con Trevor había sido la Nochevieja del 2000. Lo invité a que viniese a celebrarla conmigo en la zona del DUMBO, en la orilla del East River. Me dio la impresión de que estaba entre una novia y otra.

—Me pasaré un rato, pero tengo otras fiestas a las que ya me he comprometido a ir. Me quedaré en la tuya una hora y luego me tendré que ir, así que no te pongas sensible con el tema.

—Está bien —dije, aunque ya había herido mis sentimientos.

Me hizo pasar a buscarlo a la entrada de su edificio en Tribeca. Rara vez me había invitado a subir a su casa. Creo que pensaba que si veía el sitio me darían ganas de casarme con él. A decir verdad, su apartamento le hacía parecer patético: trepador, conformista, frívolo. Me recordaba al *loft* que alquila Tom Hanks en *Big* —ventanas enormes a lo largo de tres paredes, techos altos—, solo que en vez de máquinas de *pinball* y trampolines y juguetes, Trevor había llenado el suyo con muebles caros, un estrecho sofá sueco de color gris, un escritorio enorme de caoba, una araña de cristal. Supuse que alguna exnovia se lo había elegido todo, o varias exnovias. Eso explicaría la estética dispar. Era gestor patrimonial y trabajaba en las Torres Gemelas, le encantaba Bruce Springsteen y, sin embargo, encima de la cabecera de la cama tenía unas máscaras africanas horripilantes. Coleccionaba espadas antiguas. Le gustaban la cocaína y la cerveza barata y el whisky de primera calidad, tenía siempre la última consola de videojuegos. Tenía un colchón de agua. Tocaba la guitarra acústica, mal. Guardaba un arma en una caja fuerte en el armario del dormitorio.

Llamé cuando llegué a su edificio y bajó. Llevaba un esmoquin debajo de un abrigo negro largo con detalles de satén azul marino muy elegantes. Entonces supe que había sido un error invitarlo a la fiesta. Estaba claro que tenía otro sitio más importante al que ir para estar con alguien más importante que yo en cuanto se terminase su hora conmigo. Se puso los guantes, paró un taxi.

—¿De quién era la fiesta?

Una videoartista representada por Ducat me había invitado a su fiesta porque me había encargado de un problema importante de derechos mientras Natasha estaba en el extranjero. En realidad, lo único que hice fue mandar un fax.

—Va a proyectar partos en vivo, es una emisión de vídeo que un tío ha montado en un hospital de un pueblo de Bolivia —le dije a Trevor en el taxi. Sabía que le iba a horrorizar.

—En Bolivia hay una hora más que en Nueva York —dijo—. Si de verdad se creen que pueden coordinar los partos, esos bebés no nacerán hasta las once, y yo no me voy a quedar más tarde de las diez y media. De todas formas, qué asco.

—¿Te parece una explotación?

—No, es que no quiero ver a un montón de mujeres bolivianas sangrando y gritando durante horas.

Jugueteaba con el teléfono mientras yo le recitaba el vocabulario con el que la galería describía la obra de la videografista. Trevor repetía las palabras con sarcasmo. —«Tectónico» —decía—. «Quasi.» ¡Dios! Luego llamó a alguien y mantuvo una conversación muy breve de sí y no y dijo: «Te veo en un rato».

—¿Te gusto, al menos? —le pregunté cuando colgó.

—¿Qué clase de pregunta es esa?

—Te quiero —estaba lo bastante enfadada como para decirlo.

—¿Y eso qué tiene que ver?

—¿Estás de broma?

Trevor le dijo al taxista que me dejara en la estación de metro más cercana. Aquella era la última vez que lo había visto. No fui a la fiesta. Me subí al metro y volví a casa.

Estuve mirando el cielo que oscurecía por la ventana. Intenté restregar la mugre del cristal, pero me fue imposible, estaba pegada por el lado de fuera. Todos los árboles se veían desnudos y oscuros contra la nieve pálida. El East River estaba tranquilo y negro. El cielo, negro y pesado sobre la manta de luces amarillas que se extendían hasta el infinito de Queens. Sabía que había estrellas en el cielo, pero no las veía. Ahora se veía más la luna, era una llama blanca brillando en lo alto mientras parpadeaban las luces rojas de los aviones que bajaban hacia el aeropuerto de LaGuardia. A lo lejos, la gente vivía sus vidas, se divertía, aprendía, ganaba dinero, se peleaba y caminaba, se enamoraba y se desenamoraba. Nacían, crecían, se morían de repente. Trevor seguramente estaría pasando las vacaciones de Navidad con alguna en Hawái o Bali o Tulum. Seguramente estaría metiéndole los dedos en aquel preciso momento, diciéndole que la quería. De hecho, podría estar siendo feliz. Cerré la ventana y bajé todas las persianas.

—Feliz Navidad —decía Reva en un mensaje de voz—. Estoy en el hospital, pero vuelvo mañana a la ciudad para la fiesta de la oficina. Ken estará allí, claro...

Borré el mensaje y me dormí de nuevo.

El día de Navidad, al anochecer, me desperté en el sofá en una confusión inquieta. Incapaz de dormir o de usar las manos para manejar el mando a distancia o abrir el bote de temazepam, salí a buscar mi dosis de café. Abajo, el portero estaba leyendo el periódico en su taburetito.

—Feliz Navidad —bostezó mientras pasaba la página, casi sin mirarme.

Las aceras estaban llenas de montones de nieve. Habían abierto con pala una vía de treinta centímetros de ancho desde la entrada de mi edificio hasta el colmado. Mis zapatillas eran de terciopelo marrón con borreguito por dentro y la sal del suelo las manchaba de costras blancas. Fui con la cabeza gacha, apartándome del aire mordiente y de la alegría de las fiestas. No me apetecía que me recordasen las navidades pasadas. Nada de asociaciones, nada de fibras sensibles enredadas en algún árbol de un escaparate, nada de recuerdos. Desde que había empezado a hacer frío, vivía metida en pijamas de franela y en el enorme chaquetón de esquí de plumas. A veces hasta me dormía con él puesto porque mantenía la temperatura del interior del piso muy baja.

El egipcio de guardia me dio los cafés gratis porque el cajero se había quedado sin efectivo. Había un montón de periódicos que no se habían vendido apilados contra una ventana vacía, al lado del frigorífico de la leche y los refrescos. Leí los titulares despacio; cuando me quedaba mirando fijamente, se me desenfocaba la vista y bizqueaba. El nuevo presidente iba a ser muy duro con los terroristas. Una adolescente de Harlem había tirado a su bebé recién nacido a una alcantarilla. Una mina se había derrumbado en algún lugar de América del Sur. Habían pillado a un concejal local manteniendo relaciones sexuales con un inmigrante ilegal. Alguien que antes estaba gordo ahora estaba demasiado flaco. Mariah Carey les había llevado regalos navideños a los huérfanos de República Dominicana. Un superviviente del Titanic había muerto en un accidente de tráfico. Tenía una idea vaga de que Reva iba a pasarse por la noche. Seguramente quería aparentar que venía a levantarme el ánimo.

—Te pago luego un paquete de Parliaments —le dije al egipcio—. Y un helado Klondike. Y estos M&M's.

Le señalé los de cacahuete. Asintió con la cabeza. Miré a través de la puerta corredera de cristal del congelador donde guardaban todos los helados y los polos. Al fondo había cosas congeladas como piedras que llevaban allí años, incrustadas en los blancos mechones de hielo. Un mundo glacial. Me quedé mirando las montañas de escarcha y me distraje un momento imaginándome que estaba allí abajo escalando el hielo, rodeada de la blancura del aire humeante, en un paisaje ártico. Había una fila de Häagen-Dazs antiguos, de antes de que les cambiaran el embalaje. Había cajas enteras de helados Klondike. Donde debería ir, pensé, es a Klondike. Al Yukón. Podía mudarme a Canadá. Me incliné dentro del congelador y raspé la escarcha y conseguí con dificultad un Klondike para Reva. Si me traía un regalo de Navidad y yo no tenía nada para ella, se avivarían sus dictámenes y su «preocupación» durante semanas. Pensé que también le podía dar algo de la ropa interior fucsia de Victoria's Secret que nunca me había puesto. Y unos vaqueros. Los de estilo más suelto a lo mejor le valían, pensé. Me sentía generosa. El egipcio me pasó los cigarrillos y los M&M's por encima del mostrador junto con un trozo que le había arrancado a una bolsa de papel marrón.

—Todavía me debes seis con cincuenta de la semana pasada —dijo, y escribió lo que le debía ahora encima de la antigua deuda, al lado de mi nombre.

Me quedé de piedra cuando vi que lo sabía. Lo único que se me ocurría es que había bajado a por algo de comer en alguna de mis ausencias. El egipcio pegó el trozo de papel en la pared al lado de los rasca y gana. Me metí los cigarrillos y el Klondike y los M&M's en el bolsillo del chaquetón, cogí los cafés y volví a mi casa.

Supongo que una parte de mí deseaba que, al meter la llave en la cerradura, la puerta diese como por arte de magia a una casa distinta, una vida distinta, un lugar tan lleno de luz por la alegría y la emoción que cuando lo viese por primera vez me quedaría cegada por un momento. Me imaginaba la expresión que captaría en mi rostro el equipo de rodaje de un documental cuando contemplara ante mí aquel mundo completamente nuevo, como en los programas de mejorar casas que le gustaba ver a Reva cuando venía a la mía. Primero, me estremecería de sorpresa, pero luego, una vez que me acostumbrase a la luz, se me abrirían muchísimo los ojos y resplandecerían de admiración. Dejaría las llaves y el café y deambularía por la casa, daría vueltas con la boca abierta, conmocionada por la transformación de mi piso sombrío y gris en aquel paraíso de los sueños cumplidos. Pero ¿qué aspecto tendría en realidad? Ni idea. Cuando intentaba imaginarme aquel sitio nuevo, lo único que se me ocurría era un mural cursi con un arcoíris, un hombre disfrazado de conejo blanco, una dentadura postiza en un vaso, una rodaja enorme de sandía en un plato amarillo; era una extraña predicción, quizá, de cuando tuviera noventa y cinco años y perdiera la cabeza en un geriátrico en el que tratasen a los residentes ancianos como si fuesen niños deficientes. Ojalá tuviese esa suerte, pensé. Abría la puerta del piso y, por supuesto, todo seguía igual.

Tiré el primer café vacío en la pila de basura que iba derrumbándose alrededor del cubo de la basura de la cocina, rompí la tapa del segundo café, me tragué unas cuantas pastillas de trazodona, me fumé un cigarro con la ventana abierta, luego me dejé caer en el sofá. Rasgué el paquete de M&M's, me los comí con dos pastillas de Zyprexa y vi *A propósito de Henry* mientras dormitaba y el helado se derretía olvidado en el bolsillo del abrigo.

Reva apareció a mitad de la película con un cubo enorme de palomitas caramelizadas. Le abrí la puerta a cuatro patas.

—¿Puedo dejarlas aquí? —preguntó—. Si me las llevo a casa, me las comeré todas.

—Ajá —gruñí.

Me ayudó a levantarme del suelo. Fue un alivio que no me trajese ningún regalo envuelto con ostentación. Aunque Reva fuese judía, celebraba todas las fiestas cristianas. Fui al baño, me quité el chaquetón, le di la vuelta al bolsillo y lo eché en la bañera. Enjuagué con agua el helado derretido. El chocolate que corría hacia el desagüe parecía sangre.

—¿Qué haces aquí? —le pregunté a Reva cuando volví al salón.

Ignoró la pregunta.

—Está nevando otra vez —dijo—. He venido en taxi.

Se sentó en el sofá. Recalenté en el microondas la segunda taza de café que me había dejado a medias. Me acerqué al vídeo, moví el elefantito de adorno que había colocado delante del reloj digital para tapar el resplandor. Me froté los ojos. Eran las diez y media. Casi se había terminado la Navidad, gracias a Dios. Cuando miré a Reva, vi que debajo de la capa de lana negra llevaba puesto un vestido rojo brillante y medias negras con ramitas de acebo bordadas. Tenía el rímel corrido, la cara mustia e hinchada y cubierta de base y polvos bronceadores. Llevaba el pelo tirante y reluciente de gomina sujeto hacia atrás en un moño. Se había quitado los tacones de una patada y ahora se estaba crujiendo los nudillos del pie contra el suelo. Los zapatos estaban bajo la mesa de centro, volcados de lado como dos cuervos muertos. No me echó ninguna de sus miradas celosas ni despectivas, no me preguntó si había comido algo ese día, no se puso a ordenar o a meter las cintas de vídeo de la mesa en sus cajas. Estaba callada. Me dejé caer en la pared y la observé mientras sacaba el teléfono del bolso y lo apagaba; luego abrió las palomitas, se comió unas cuantas y volvió a tapar el envase. Estaba claro que había pasado algo. A lo mejor había ido a la fiesta navideña de Ken y lo había visto de juerga con su mujer, que Reva había descrito como pequeña y japonesa y cruel. A lo mejor él le había puesto fin a su aventura. No le pregunté. Me terminé el café y cogí las palomitas, las llevé a la cocina y las tiré a la basura, que al parecer había sacado Reva mientras yo lavaba el chaquetón.

—Gracias —dijo cuando me senté a su lado en el sofá.

Resoplé y encendí la tele. Nos repartimos los M&M's que quedaban y vimos un documental sobre el Triángulo de las Bermudas y me tomé unas pastillas de melatonina y algo de Benadryl y babeé un poco. En algún momento escuché sonar el teléfono desde dondequiera que estuviera escondido.

«¿Es un vórtice a otra dimensión? ¿Es un mito? ¿O hay una conspiración para ocultar la verdad? ¿Dónde va la gente cuando desaparece? Quizá no lo sepamos nunca.»

Reva fue al termostato, lo subió y volvió al sofá. Se terminó el capítulo del Triángulo de las Bermudas y empezó otro sobre el monstruo de lago Ness. Cerré los ojos.

—Mi madre ha muerto —dijo Reva en los anuncios.

—Mierda —dije.

¿Qué otra cosa podía decir?

Nos eché la manta por encima del regazo.

—Gracias —volvió a decir Reva, llorando bajito esta vez.

La voz macabra del narrador de la tele y el ruido que hacía Reva al sorberse los mocos y suspirar deberían de haberme servido de arrullo para dormirme, pero no podía dormir. Cerré los ojos. Cuando empezó el siguiente capítulo, sobre los círculos en los cultivos, Reva me dio con el dedo.

—¿Estás despierta?

Hice como que no. La escuché ponerse de pie y calzarse, taconear hasta el baño, sonarse la nariz. Se fue sin decir adiós. Fue un alivio quedarme sola otra vez.

Me levanté, fui al baño y abrí el botiquín. Las pastillas de Infermiterol que me había dado la doctora Tuttle eran pequeñas y con forma de bolitas con la letra I grabada, muy blancas, muy duras y sorprendentemente pesadas. Casi parecía que estaban hechas de piedra pulida. Pensé que si había algún momento oportuno para darle duro al sueño, era entonces. No quería tener que pasarme la Navidad con la peste persistente de la tristeza de Reva. Me tomé un solo Infermiterol, según lo indicado. Los bordes afilados y biselados de la pastilla me rasparon en su camino garganta abajo.

Me desperté empapada en sudor y me encontré con una docena de cajas de comida china para llevar sin abrir en la mesa de centro. Apestaba a cerdo y a ajo y a aceite vegetal rancio. A mi lado en el sofá había un montón de palillos desenfundados. En la televisión sin sonido echaban un anuncio de un deshidratador de alimentos. Busqué el mando pero no lo encontré. El termostato estaba puesto en treinta y tantos grados. Me levanté y lo bajé y me di cuenta de que la alfombra oriental grande, una de las pocas cosas que me había quedado de casa de mis padres, estaba enrollada y colocada a lo largo de la pared, debajo de las ventanas del salón. Y las persianas estaban levantadas. Eso me sobresaltó. Escuché sonar el teléfono y seguí el sonido hasta el dormitorio. Estaba en un cuenco de cristal envuelto en plástico de envolver en el centro del colchón desnudo.

—¿Eh? —contesté. Me sabía la boca a rayos.

Era la doctora Tuttle. Carraspeé e intenté sonar como una persona normal.

—Buenos días, doctora Tuttle —dije.

—Son las cuatro de la tarde —dijo—. Siento haber tardado tanto en devolverte la llamada. Mis gatos han tenido una urgencia. ¿Te sientes mejor? Los síntomas que me has descrito en el mensaje, francamente, me han dejado desconcertada.

Me di cuenta de que llevaba una sudadera rosa eléctrico de Juicy Couture. Le colgaba de la manga una etiqueta de la tienda de segunda mano del Consejo de Mujeres Judías. En el suelo vacío del pasillo había apiladas cintas de vídeo usadas que antes no tenía, todas pelis de Sydney Pollack: *Los tres días del cóndor, Ausencia de malicia, Tal como éramos, Tootsie, Memorias de África*. No recordaba haber pedido comida china ni haber ido a la tienda de segunda mano. Y tampoco me acordaba de lo que había dicho en mensaje alguno. La doctora Tuttle dijo que se había quedado «perpleja con la intensidad emocional» de mi voz.

—Estoy preocupada por ti. Estoy muy pero que muy preocupada —se la oía igual que siempre, con su voz de pito aguda y entrecortada—. Cuando dices que te estás cuestionando tu propia existencia, ¿quieres decir que estás leyendo libros de filosofía o es algo que has pensado tú sola? Porque si estás pensando en el suicidio, te puedo dar algo para eso.

—No, no, nada de suicidio. Solo estaba filosofando —dije—. Creo que pienso demasiado.

—Eso no es buena señal, podrías terminar psicótica. ¿Cómo estás durmiendo?

—No mucho —dije.

—Lo sospechaba. Prueba con una ducha caliente y una infusión de manzanilla. Eso debería calmarte. Y prueba el Infermiterol. Hay estudios que han demostrado que aniquila la ansiedad existencial mejor que el Prozac.

No quise admitir que ya lo había probado y que, como poco, había terminado en aquella extraña mezcla de comida y compras de segunda mano.

—Gracias, doctora —dije.

Colgué y me encontré un mensaje de voz de Reva con los detalles del funeral de su madre y el convite posterior en Long Island esa misma semana. Sonaba tierna, triste y un poco ensayada.

—Las cosas siguen su curso. Supongo que así es el tiempo, sigue transcurriendo. Espero que puedas venir al funeral. A mi madre le caías muy bien.

Había visto a su madre una vez, cuando fue a visitar a Reva el último año de universidad, pero me había olvidado completamente.

—Hemos fijado la fecha del funeral para la Nochevieja. Si pudieras aparecer temprano por casa, estaría muy bien. Sale un tren cada hora de la Penn Station —me daba instrucciones específicas para comprar el billete de tren, dónde colocarme en el andén, en qué vagón sentarme, dónde bajarme—. Por fin vas a conocer a mi padre.

Casi borro el mensaje, pero luego pensé que sería mejor guardarlo y dejar que se llenara el contestador para que nadie me dejase más mensajes.

El chaquetón seguía empapado en la bañera, así que me puse una chaqueta vaquera, un gorro de punto lleno de bolas, las zapatillas y bajé donde los egipcios a por mis cafés, temblando con fuerza por el camino lleno de sal y nieve sucia. Ya habían quitado las decoraciones navideñas del colmado. Según los periódicos, era 28 de diciembre de 2000.

—Ahora me debes esto —dijo uno de los egipcios más bajitos, señalando el trozo de papel pegado en el mostrador. Parecía un perrito faldero, tan mono y pequeño y esquivo—. Cuarenta y seis cincuenta. Anoche compraste siete helados.

—¿En serio?

Podría estar tomándome el pelo, no habría notado la diferencia.

—Siete helados —repitió, moviendo la cabeza y estirándose para alcanzar un paquete de mentolados de la pared que tenía a su espalda para el cliente que iba después de mí. No me iba a poner a discutir. Los egipcios no eran como las de la farmacia, así que saqué dinero del cajero y le pagué lo que debía.

En casa me encontré con siete tarrinas de Häagen-Dazs de los antiguos en la encimera de la cocina. Seguramente me costó lo mío sacarlos de las profundidades del congelador del colmado: café con crujiente de caramelo, vainilla con dulce de leche, frambuesa con dulce de leche, ron con pasas, fresa, praliné de pacana con bourbon y sandía. Todos se habían derretido. Me pregunté si no habría estado esperando invitados. La comida china repartida por la mesa de centro quizá fuera un indicio de celebración, pero parecía como si me hubiese dormido o frustrado con los palillos y lo hubiese dejado todo allí para que me apestara la casa mientras dormía. El piso seguía oliendo muchísimo a fritanga. Abrí unos centímetros una de las ventanas del salón, luego me senté en el sofá y me empecé el segundo café. Levanté una a una las cajas de comida china, intenté adivinar el contenido, luego abrí la parte de arriba para ver si había acertado. Lo que creía que era arroz con cerdo frito eran en realidad tallarines babosos revoloteando entre rodajas de zanahoria y cebolla y salpicados de gambas diminutas que me recordaron a ladillas. Tampoco adiviné lo que creí que era brócoli con salsa de ajo. La cajita estaba llena de pollo al curri amarillo brillante. Lo que creí que era arroz blanco eran rollitos de primavera rellenos de col flatulenta. Una mezcla de verduras. Costillas. Cuando encontré el arroz, era integral. Lo probé con los dedos. Con frutos secos y emplastado y frío. Mientras masticaba, escuché sonar el teléfono. Sabía que podía ser Reva, que llamaba para asegurarse de que me había enterado de lo del funeral, para que le prometiera que estaría allí para ella, que llegaría a tiempo y confirmar que sentía muchísimo la muerte de su madre, que me importaba, que sentía su dolor, que haría cualquier cosa para aliviar su sufrimiento con la ayuda de Dios.

No respondí. Escupí el arroz y tiré todas las cajitas de comida china a la basura. Después abrí todos los envases de helado derretido y tiré el contenido por el desagüe. Me imaginaba a Reva dando un grito si me viera tirar toda aquella comida, como si comérsela y luego vomitarla no fuese desperdiciarla de igual forma.

Saqué la basura al pasillo y la tiré por la bajada de basuras. Tener una bajada de basuras era una de mis cosas favoritas del edificio. Me hacía sentir importante, como si participara en el mundo. Mi basura se mezclaba con la basura de los demás. Las cosas que tocaba tocaban cosas que otros habían tocado. Estaba contribuyendo, estaba conectada.

Me tomé un Trankimazin y un Infermiterol, saqué el abrigo empapado de la bañera y me preparé un baño caliente. Luego fui al dormitorio a buscar un pijama limpio para ponérmelo en cuanto saliera del baño y me dormí con *Jumpin' Jack Flash* de fondo. Los muebles del dormitorio habían cambiado de sitio. La cama estaba dada la vuelta, de modo que la cabecera miraba a la pared. Me imaginé a mí misma, en mi bloqueo narcotizado, evaluando mi entorno doméstico y dedicando mis pensamientos —no estoy segura de con qué parte de mi mente— a tomar decisiones estratégicas sobre cómo mejorar el ambiente espacial. La doctora Tuttle había predicho aquella clase de comportamiento.

—Un poco de actividad durante el sueño está bien, mientras no manejes maquinaria pesada. No tienes niños, ¿verdad? Qué pregunta más estúpida.

Andar dormida, hablar dormida, chatear dormida, comer dormida era lo que cabía esperar, sobre todo tomando zolpidem. Ya había hecho un montón de compras dormida en el ordenador y en el colmado. Había pedido comida china dormida. Había fumado dormida. Había mandado mensajes dormida y había llamado por teléfono dormida. No era nada nuevo.

Pero la experiencia con el Infermiterol era diferente. Recuerdo sacar unas mallas y una camiseta termal de la cómoda. Recuerdo escuchar el murmullo del agua llenando la bañera mientras me lavaba los dientes. Recuerdo escupir espuma sanguinolenta en el lavabo costroso. Hasta me acuerdo de haber probado la temperatura del agua del baño con el pulgar del pie, pero no recuerdo meterme en el agua, bañarme, lavarme el pelo. No recuerdo salir de casa, andar por ahí, subirme a un taxi, ir a sitios o hacer lo que fuera que hiciese aquella noche o al día siguiente o al siguiente.

Como si acabara de pestañear, me desperté en un tren de Long Island con unos vaqueros y mis zapatillas de deporte viejas y un abrigo largo de piel blanca y el tema de *Tootsie* metido en la cabeza.

4

La doctora Tuttle me había advertido de que podría tener «pesadillas prolongadas», «viajes mentales en tiempo real», «parálisis de la imaginación», «anomalías en la percepción del espacio-tiempo», «sueños que parezcan incursiones en el multiverso», «viajes a dimensiones ulteriores», etcétera. Y me dijo que un pequeño porcentaje de los que tomaban medicación similar a la que ella me recetaba declaraba haber tenido alucinaciones en horas de vigilia.

—Suelen ser visiones agradables, espíritus etéreos, diseños de luces celestiales, ángeles, fantasmas amistosos. Duendecillos. Ninfas. Purpurina. Tener alucinaciones es completamente inofensivo. Sobre todo le pasa a los asiáticos. ¿Cuáles son tus orígenes étnicos, si puedo preguntar?

—Inglés, francés, sueco, alemán.

—No vas a tener ningún problema.

El tren de Long Island no era exactamente celestial, pero me pregunté si no estaría teniendo uno de aquellos sueños lúcidos. Me miré las manos. Me costaba mucho moverlas. Olían a tabaco y a perfume. Soplé sobre ellas, acaricié el increíble pelo blanco del abrigo, cerré los puños y me golpeé en los muslos. Canturreé. Todo parecía bastante real. Me revisé entera. No estaba sangrando. No me había meado encima. No llevaba calcetines. Sentía los dientes como si fueran de goma, me sabía la boca a cacahuetes y a tabaco, aunque no encontré ningún cigarrillo en los bolsillos del abrigo. Llevaba la tarjeta de débito y las llaves en el bolsillo trasero de los vaqueros. A mis pies tenía una de esas bolsas grandes de papel manila de Bloomingdale's. Dentro de la bolsa había un traje de Theory de falda y chaqueta color negro de la talla treinta y cuatro y un conjunto de sujetador y braguitas Calvin Klein color crudo. Una caja pequeña de terciopelo con un collar con un colgante de topacio muy feo engarzado en oro falso. En el asiento de al lado llevaba un ramo enorme de rosas blancas. Había un sobre cuadrado metido dentro, con mi caligrafía en el anverso: «Para Reva».

Además de las flores, había un ejemplar de *People*, una botella de agua medio vacía y los envoltorios de dos chocolatinas Snickers. Bebí un sorbo de la botella y me encontré con que estaba llena de ginebra.

Más allá de la ventana, el sol palpitaba en el horizonte, amarillo y pálido. ¿Estaba saliendo o se estaba poniendo? ¿Dónde iba el tren? Volví a mirarme las manos y la línea gris de mugre que llevaba bajo las uñas mordidas. Cuando pasó un hombre de uniforme, lo paré. Era demasiado tímida para hacerle las preguntas importantes —qué día es hoy, adónde voy, es de noche o de día—, así que le pregunté cuál era la próxima parada.

—Ahora viene Bethpage. La suya es la siguiente —sacó de un tirón mi billete de donde estaba metido, el respaldo del asiento de delante—. Puede dormir unos minutos más —me guiñó un ojo.

Ya no podía dormir. Me quedé mirando por la ventana. Definitivamente, el sol estaba saliendo. El tren retumbaba, luego redujo la marcha. Al otro lado del andén de Bethpage, un grupo pequeño de gente de mediana edad con abrigos largos y cafés para llevar esperaba que llegase el tren en dirección contraria. Pensé que podía bajarme allí y coger otro de vuelta a Manhattan. En cuanto se paró el tren, me levanté. El abrigo de pieles resbaló hasta el suelo. Las pieles pesaban y las llevaba atadas a la cintura con un cinturón de cuero blanco. Tenía los pies descalzos y mojados dentro de las zapatillas. Tampoco llevaba sujetador. Los pezones se me iban restregando contra la pelusa suave del interior de la sudadera, que parecía nueva y barata, como las que te compras por cinco dólares en Walgreens o Rite Aid. Sonó una campana. Tenía que darme prisa, pero, mientras recogía las cosas, me entró una necesidad abrumadora y repentina de cagar. Dejé la bolsa y las rosas en el asiento y me fui deprisa por el pasillo hasta el servicio. Tuve que quitarme el abrigo y darle la vuelta antes de colgarlo para que el forro rosa de seda fuese lo único que rozara la pared mugrienta. No sé qué había comido, pero desde luego no eran mis galletitas saladas con formas de animales o ensalada de la cafetería. Sentí que el tren volvía a ponerse en marcha mientras estaba allí sentada. Me subí las largas mangas de la sudadera para examinarme los brazos, buscando algún sello o marca o moretón o venda. No encontré nada.

Volví a buscar mi teléfono en los bolsillos del abrigo; lo único que encontré fue un recibo de un té boba de Koreatown y una goma que usé para recogerme el pelo. Por lo que pude distinguir en el rayado espejo sin brillo, no tenía tan mal aspecto. Me di palmaditas en las mejillas y me espabilé los ojos del sueño. Seguía siendo guapa. Noté que llevaba el pelo más corto. Seguramente me lo había cortado durante mi «ausencia». Podía mirar el extracto de la tarjeta del banco para averiguar lo que había hecho mientras estaba puesta de Infermiterol, pensé, aunque en realidad me daba igual mientras estuviera intacta, no estuviera sangrando, no me hubiesen golpeado o roto algo. Sabía dónde estaba. Tenía la tarjeta de crédito y las llaves, eso era lo único que importaba. No estaba avergonzada. Un Infermiterol me había quitado días de vida. En ese sentido, era la droga perfecta.

Me eché agua en la cara, hice gárgaras, me quité el sarro de los dientes con una toallita de papel. Cuando volví a mi asiento, me tomé un trago de ginebra, le di vueltas en la boca y lo escupí de nuevo dentro de la botella. El tren volvió a aminorar la marcha. Recogí mis cosas, acuné entre mis brazos el ramo engorroso como si fuera un bebé. Las rosas estaban inmaculadas y no tenían aroma. Las toqué para ver si eran de verdad. Sí que lo eran.

El paisaje de Farmingdale era feo, plano y estaba jalonado de postes de teléfono. A lo lejos, se veían filas de edificios largos de dos plantas revestidos de aluminio de color beis, árboles desnudos sacudidos por el viento, quizá un silo, un penacho oscuro de humo de origen invisible que subía hacia el ancho cielo gris pálido. Personas empaquetadas dentro de abrigos y bufandas y gorros cruzaban en ráfagas la placita cubierta de hielo hacia furgonetas y turismos baratos cuyos motores encendidos llenaban el pequeño aparcamiento con el humo de los tubos de escape. Un Lincoln Continental blanco enorme se detuvo junto a la acera e hizo una señal con las luces.

Era Reva. Bajó el elevalunas eléctrico del asiento del copiloto y me saludó con la mano. Sopesé ignorarla y volver cruzando las vías para subirme en el siguiente tren a la ciudad. Pitó. Salí a la calle y me subí al coche. El interior era de piel granate y madera falsa. Olía a puros y a ambientador de cereza. El regazo de Reva estaba lleno de pañuelos arrugados de papel.

—¿Abrigo nuevo? ¿Es auténtico? —preguntó mientras se sorbía los mocos.

—Es un regalo de Navidad —murmuré. Metí la bolsa a empujones entre los pies y me puse el ramo en el regazo—. Para mí misma.

—Este coche es de mi tío —dijo Reva—. No me puedo creer que hayas venido. No me lo podía creer cuando me lo dijiste anoche por teléfono.

—¿No te creíste cuando te dije *qué* por teléfono?

—Es solo que me alegro de que hayas venido.

Tenía puesta música clásica en la radio.

—El funeral es hoy —dije, confirmando lo que me resistía a creer.

En realidad no quería ir, pero ahora estaba atrapada. Bajé la música.

—Creí que llegarías tarde o que te quedarías durmiendo todo el día o algo. Sin ánimo de ofender. Pero ¡has venido! —me acarició la rodilla—. Bonitas flores. A mi madre le habrían encantado.

Me desplomé en el asiento.

—No me siento muy bien, Reva.

—Estás muy guapa —dijo, mirando de reojo otra vez el abrigo.

—He traído ropa para cambiarme —dije, pateando la bolsa de la compra—. Negra.

—Te puedo prestar lo que quieras —dijo Reva—. Maquillaje, lo que sea.

Se giró hacia mí y sonrió con falsedad, me acarició la mano. Tenía un aspecto horrible, con las mejillas hinchadas, los ojos rojos, la piel amarillenta. Era el mismo aspecto que tenía cuando vomitaba todo el tiempo. En el último año de la universidad hasta tuvo derrames en los ojos, así que durante semanas llevó gafas oscuras por todo el campus. En la residencia se las quitaba. Se me hacía difícil mirarla.

Empezó a conducir.

—¿No es preciosa la nieve? Aquí hay mucha tranquilidad, ¿a que sí? Lejos de la ciudad. Te da otra perspectiva de las cosas. Ya sabes, de la vida.

Reva me miró, esperando alguna respuesta, pero no dije nada. Se iba a poner insoportable, lo sabía. Estaría esperando que le dijese cosas reconfortantes, que la abrazara mientras lloraba en el funeral. Me sentía atrapada. El día sería un infierno. Iba a sufrir. Pensé que quizá no sobreviviera. Necesitaba una habitación oscura y silenciosa, mis vídeos, mi cama, mis pastillas. No me había alejado tanto de mi casa desde hacía meses. Tuve miedo.

—¿Podemos parar a por un café?

—Hay café en casa —dijo Reva.

En aquel momento, mientras la observaba circular por las calles heladas, estirar el cuello para mirar por encima del salpicadero desde el asiento hundido, la odié de verdad. Entonces se puso a soltarme una letanía sobre todo lo que había estado haciendo: limpiar la casa, llamar a familiares y amigos, organizar los preparativos con la funeraria.

—Mi padre ha decidido incinerarla. No ha podido ni esperar hasta después del funeral. Me parece tan cruel. Y ni siquiera es una costumbre judía, solo quería ahorrarse el dinero.

Se le hundían las mejillas cuando fruncía el ceño. Se le llenaron los ojos de lágrimas. Siempre me admiraba lo predecible que era Reva, como el personaje de una película. Cada expresión emocional le salía justo a tiempo.

—Mi madre está ahora en una cajita de madera barata —lloriqueó. Soltó el volante y moviendo las manos me hizo una demostración del tamaño—. Los de la funeraria querían que comprásemos una urna enorme de metal. La gente intenta aprovecharse de ti todo el rato, te lo juro. Es un asco. Pero mi padre es un tacaño. Le he dicho que quería esparcir las cenizas en el mar y me ha dicho que es indigno. ¿Cómo? ¿Cómo va a ser indigno el mar? ¿Hay algo más digno que el mar? ¿La repisa de la chimenea? ¿Un armario de la cocina? —se atragantó un poco de lo indignada que estaba, luego se volvió hacia mí con dulzura—. He pensado que a lo mejor podrías venir conmigo y que vaya-

116

mos en coche hasta Massapequa y tirar las cenizas allí y almorzar. El fin de semana que viene, si tienes tiempo. O cualquier otro día. A lo mejor cuando haga un poco más de calor. Por lo menos cuando no nieve. ¿Qué hiciste con tu madre?

—La enterré al lado de mi padre —dije.

—¿Lo ves? Tendríamos que haberla enterrado. Por lo menos tus padres están en un sitio, no los has quemado y reducido a cenizas. Por lo menos están bajo tierra, sus huesos siguen ahí, quiero decir, en algún sitio. Sigues teniendo eso.

—Para aquí —le dije. Había visto un McDonald's un poco más adelante—. Vamos al McAuto. Déjame que te invite a desayunar.

—Estoy a dieta —dijo Reva.

—Entonces déjame que me invite a desayunar —dije. Entró en el aparcamiento y se puso en la cola.

—¿Visitas las tumbas de tus padres? —preguntó.

Reva confundió mi suspiro de frustración con una expresión de tristeza enterrada. Se giró hacia mí con un sollozo agudo, frunciendo el ceño para solidarizarse y por accidente se apoyó en el claxon, que sonó como un coyote herido. Reva dejó escapar un grito ahogado. El del coche de delante nos hizo un corte de mangas.

—¡Ay, Dios, perdón! —gritó, y volvió a pitar para disculparse. Me miró—. Hay comida en casa. Hay café, de todo.

—Lo único que quiero es un café de McDonald's. Es lo único que te pido. He venido hasta aquí.

Reva metió el coche en el aparcamiento. Esperamos.

—No te puedo explicar qué mal rollo daba el crematorio. Es el último sitio al que te apetece ir si estás de duelo. Te dan un montón de folletos sobre cómo incineran los cuerpos, como si tuviera yo que saberlo. Y en uno de los panfletos te describen cómo incineran a los bebés muertos en una planchita metálica individual. Así las llaman, «planchitas metálicas». No se me va de la cabeza. «Planchita metálica.» Es tan asqueroso. Es como si estuviesen preparando pizzas individuales. ¿No te parece horrible? ¿No te pone mala?

El coche de delante se fue. Le hice un gesto a Reva para que se acercase al intercomunicador.

—Dos cafés grandes con mucha azúcar y mucha leche —dije, y le indiqué a Reva que repitiese el pedido. Lo hizo y se pidió un Oreo McFlurry para ella.

—Te puedes quedar a dormir si quieres —dijo Reva, avanzando con el coche hasta la primera ventanilla—. Es Nochevieja y eso.

—Tengo planes en la ciudad.

Reva sabía que le estaba mintiendo. La miré, desafiándola a que se enfrentase a mí, pero se limitó a sonreír y darle mi tarjeta de débito a la mujer de la ventanilla.

—Ojalá tuviese yo planes en la ciudad —dijo.

Avanzamos hasta la siguiente ventanilla y Reva me alargó los cafés. Las tapas olían a colonia barata y a hamburguesa quemada.

—Puedo llamarte un taxi después del funeral para que vuelvas a la estación —siguió con la voz en falsete, mientras se metía cucharadas de McFlurry en la boca—. Creo que viene Ken. Y unos cuantos más de la oficina. ¿Te quieres quedar a cenar, por lo menos?

Que hablase con la boca llena era otra de las cosas que no podía soportar de ella.

—Primero necesito dormir un poco —dije—. Luego veré cómo me siento.

Se quedó callada un rato, le salían de la lengua bocanadas de aire blancas y frías cada vez que chupaba la larga cucharilla de plástico. La calefacción estaba muy alta. Yo sudaba bajo el abrigo. Reva se puso el helado entre las rodillas y siguió conduciendo y comiendo.

—Puedes dormir en mi cuarto —dijo—. Allí estarás tranquila. Ha venido mi familia, pero no van a pensar que eres una maleducada ni nada. No tenemos que ir a la funeraria hasta las dos. Pasamos un instituto, una biblioteca, un centro comercial. Me resultaba incomprensible que alguien quisiera vivir en un sitio así. La universidad pública de Farmingdale, una tienda de la cadena Costco, cinco cementerios seguidos, un campo de golf, manzana tras manzana de cercas blancas con caminos de entrada y aceras con la nieve perfectamente apartada. Tenía sentido que Reva viniese de un sitio tan convencional como aquel. Aquello explicaba por qué trabajaba como una esclava para intentar integrarse y hacerse un hogar en Nueva York. Su padre, me dijo, era contable. Su madre había sido secretaria de un colegio judío. Reva, igual que yo, era hija única.

—Es aquí —dijo mientras aparcaba en el camino de entrada de una casa de ladrillos de color tostado. Era pequeña y de una sola planta, seguramente construida en los años cincuenta. Solo con verla por fuera, podía asegurar que estaría enmoquetada de pared a pared, que el ambiente sería húmedo y pegajoso y los techos bajos. Me imaginé las alacenas llenas de porquerías, las moscas como locas alrededor de plátanos pasados metidos en un cuenco de madera, el frigorífico viejo lleno de imanes sujetando cupones caducados de papel higiénico y lavavajillas, la despensa atiborrada de comida barata de marca blanca. Era lo opuesto a la casa de mis padres, que era de estilo Tudor colonial, sobrecogedoramente sobria, muy austera, muy marrón. Todos los muebles eran de madera oscura y pesada y la gobernanta los pulía religiosamente con limpiamuebles con olor a limón. Un sofá de piel marrón, un sillón de piel marrón. Los suelos estaban barnizados y brillantes. Las ventanas del salón eran vidrieras y había unas cuantas plantas enormes y lustrosas en el recibidor. Aparte de eso, el interior era incoloro. Cortinas y alfombras monocromáticas. Había pocas cosas que llamaran la atención, las encimeras estaban despejadas, todo estaba vacío y en penumbra. Mi madre no era de las que ponían las letras del alfabeto imantadas en el frigorífico para sujetar mis dibujos de dactilopintura de la guardería o mis primeros intentos de escribir. Las paredes de la casa estaban vacías en su mayor parte. Era como si cualquier cosa que fuese visualmente interesante supusiera un agravio terrible para los ojos de mi madre. Quizá por eso salió corriendo del Guggenheim la única vez que vino a verme a la ciudad. El único lugar en el que había desorden era el dormitorio principal, el de mi madre; frascos de cristal de perfume y ceniceros, aparatos de gimnasia que no usó nunca, montañas de ropa de colores pastel o beis. La cama tenía dos metros de ancho, estaba casi pegada al suelo y cada vez que dormía en ella, me sentía muy lejos del mundo, como si fuese en un cohete o estuviese en la luna. Echaba de menos aquella cama. La blancura almidonada de las sábanas de mi madre color cáscara de huevo.

Me tragué lo que quedaba del café número uno y metí el vaso vacío en la bolsa de papel manila de Bloomingdale's. Reva aparcó entre una furgoneta oxidada de color bermellón y una vieja ranchera Volvo amarilla.

—Ven a conocer a mi familia y luego te enseño dónde te puedes tumbar un rato —me condujo por el sendero del que habían quitado la nieve con pala. Se puso a hablar otra vez—. Desde que murió mi madre, estoy exhausta todo el tiempo. No he dormido bien porque tengo unos sueños muy raros. Espeluznantes. No son pesadillas, solo sueños raros. Muy estrambóticos.

—Todo el mundo cree que tiene sueños raros, Reva.

—Estoy sobrepasada, me parece. Ha sido duro, pero también un poco bonito a su manera triste y tranquila. ¿Sabes lo que me dijo antes de morir? Dijo: «No te preocupes tanto por intentar ser la favorita de todo el mundo. Tú ve y diviértete». Eso me llegó un montón, lo de «la favorita de todo el mundo». Porque es verdad. Me siento presionada para ser así. ¿Te parece que soy así? Creo que nunca me he sentido lo bastante buena. Esto seguramente me vendrá muy bien, enfrentarme a la vida sola, sabes. Mi padre y yo no estamos muy unidos. Te presento a mi familia, es un momento solo —dijo mientras abría la puerta de entrada.

El interior de la casa era como había predicho: cómoda, con moqueta color verde lima, arañas de cristal amarillo, empapelado con motivos dorados y techos bajos de estuco. El calor era brutal y había un olor en el aire a comida, café y lejía. Reva me llevó a una sala de estar con ventanas que daban al jardín delantero cubierto de nieve. Había una televisión enorme encendida sin voz y una fila de hombres calvos con gafas sentados en un sofá largo con estampado de cachemir cubierto con un plástico transparente y brillante. Mientras Reva se sacudía la nieve de las botas en el felpudo, salieron de la cocina tres mujeres gordas vestidas de negro con rulos en el pelo, llevando bandejas de rosquillas y caracolas con pasas.

—Esta es mi amiga, a la que he ido a recoger —le dijo Reva a las mujeres.

Asentí. Saludé con la mano. Noté que una de las mujeres miraba mi abrigo de pieles, mis zapatillas. Tenía los mismos ojos que Reva, de color miel. Reva cogió una rosquilla de la bandeja que llevaba la mujer.

—¿Tiene hambre tu amiga? —preguntó una.

—Bonitas flores —dijo otra.

—Así que tú eres la amiga de la que tanto hemos oído hablar —dijo la tercera.

—¿Tienes hambre? —me preguntó Reva.

Negué con la cabeza, pero Reva me llevó a la cocina iluminada con mucha intensidad.

—Hay muchísima comida, ¿ves?
Las encimeras y la mesa estaban cubiertas de cuencos con *pretzels,* patatas fritas, frutos secos, una bandeja de quesos, ensaladas, salsas para untar, galletas.
—Nos hemos terminado todos los *bagels* —dijo Reva.
Estaban preparando café en un samovar sobre la encimera. Había ollas enormes humeando en el fuego.
—Pollo, espaguetis, una especie de *ratatouille* —dijo, levantando las tapaderas.
Era muy raro que estuviera tan poco avergonzada. Parecía haber prescindido de sus pretensiones e ínfulas habituales. No hacía ningún intento de disculparse por ser hogareña, campechana o la palabra que hubiese usado ella para describir una casa como aquella, sin glamur. A lo mejor, simplemente, se había desconectado del todo. Abrió el frigorífico para enseñarme los estantes llenos de fiambreras redondas de verduras al vapor que había dejado hechas antes para, dijo, tener algo que picotear todo el día. No pisaba el gimnasio desde Navidad.
—Pero qué importa. No es el momento. ¿Quieres brócoli?
Le quitó la tapa a una de las fiambreras. El olor me pegó una bofetada y casi vomito.
—¿Esta es la cosa esa de sentarse? ¿Cuando te sientas diez días seguidos? —pregunté, dándole el ramo.
—El Shivá son siete días, pero no. Mi familia no es religiosa ni nada, es solo que les gusta sentarse y comer un montón. Mis tías y tíos han venido en coche desde Nueva Jersey.
Reva puso las flores en el fregadero se sirvió una taza de café, le puso un poco de edulcorante de un sobrecito arrugado que se sacó del bolsillo y lo removió ausente mirando al suelo. Engullí lo que me quedaba del café de McDonald's y lo rellené con café del samovar. Los fluo-

rescentes relumbraban en el suelo de linóleo y me hacían daño en los ojos.

—Reva, necesito tumbarme, de verdad. No me siento muy bien —le dije.

—Sí, claro. Ven conmigo —dijo. Cruzamos la sala de estar—. Papá, no dejes que baje nadie. Mi amiga necesita un poco de intimidad.

Uno de los hombres calvos movió la mano con desdén y le pegó un bocado a una caracola. El glaseado se desmenuzó y le cayó encima del chaleco de lana marrón. Tenía pinta de acosador de menores. Todos aquellos hombres la tenían. Bajo la luz adecuada, cualquiera la tendría, pensé, hasta yo. Hasta Reva. Su padre intentaba que no se le cayeran los trocitos de hojaldre del pecho, las mujeres se levantaron y fueron hacia él a sacudirle las migas del jersey en sus platos mientras él protestaba. De no haber sido por el espectro de muerte que lo cubría todo, me habría sentido como si estuviera dentro de una película de John Hughes. Intenté imaginarme que aparecía Anthony Michael Hall, podía ser el hijo del vecino con un pastel o un guiso que venía a dar el pésame. O podía ser una comedia negra y Whoopi Goldberg haría de directora de la funeraria. Me habría encantado. Solo con pensar en Whoopi me calmé. De verdad que era mi heroína.

Reva me llevó al sótano por la escalera de caracol. Había una especie de sala recreativa con moqueta azul áspera, paneles de madera, ventanitas casi a nivel del techo, un conjunto de acuarelas medio decentes colgando torcidas sobre un sofá de vinilo malva triste y arrugado.

—¿Quién las ha pintado? —pregunté.

—Mi madre. ¿A que son bonitas? Mi cuarto está por aquí.

Reva abrió una puerta que daba a un baño estrecho con azulejos rosas. La cisterna corría.

—Siempre está así —dijo, zangoloteando la palanca sin que pasara nada.

Otra puerta daba a su dormitorio, oscuro y sofocante.

—Hace bochorno aquí abajo. No hay ventanas —susurró.

Encendió la lamparita de la mesilla de noche. Las paredes estaban pintadas de negro. La puerta corredera del armario estaba resquebrajada. La había sacado del carril y la había dejado apoyada en la pared. En el armario solo había un vestido negro y unas cuantas perchas con jerséis. Aparte de una cómoda pequeña con cajones, también pintada de negro y coronada con una caja de cartón combada, había pocas cosas. Reva encendió el ventilador del techo.

—¿Este era tu cuarto? —le pregunté.

Asintió y quitó el saco de dormir azul de nailon resbaladizo que cubría la cama, que era solo un canapé de noventa y un colchón en el suelo. Las sábanas tenían flores y mariposas estampadas. Eran sábanas viejas, tristes, llenas de bolitas.

—Me mudé aquí abajo y pinté el cuarto de negro en el instituto. Para ser guay —dijo Reva con sarcasmo.

—Es muy guay —dije. Solté la bolsa y me terminé el café.

—¿A qué hora te despierto? Tendríamos que salir a eso de la una y media. Así que súmale el tiempo que necesites para prepararte.

—¿Tienes zapatos que prestarme? ¿Y medias?

—No tengo muchas cosas aquí —dijo Reva, abriendo y cerrando cajones—. Aunque te puedo dejar algo de mi madre. Calzas un cuarenta, ¿no?

—Cuarenta y medio —dije, metiéndome en la cama.

—Seguramente haya algo que te quede bien. Te despertaré sobre la una.

Cerró la puerta. Me senté en la cama y apagué la luz. Reva estaba haciendo ruidos en el baño.

—Te dejo toallas limpias en el baño, aquí al lado del lavabo —dijo a través de la puerta.

Me pregunté si mi presencia le impedía vomitar. Deseaba poder decirle que no me habría importado que vomitase, de verdad que no me habría importado. Lo habría entendido. Si vomitar me hubiese ofrecido algún consuelo, ya lo habría probado hacía años. Esperé hasta que la escuché cerrar la puerta del baño y subir por las escaleras que crujían antes de ir a revisarle el botiquín. Había una botella vieja de amoxicilina con sabor a chicle y un tubo medio vacío de pomada de miconazol contra los hongos vaginales. Me tomé la amoxicilina. Hice pis en el inodoro que soltaba agua. Las braguitas que llevaba eran de algodón blanco y tenían una mancha antigua de sangre marrón. Me acordé de que hacía meses que no menstruaba.

Volví a meterme bajo el saco de dormir y escuché a la familia de Reva a través del techo; pasos, sollozos, toda aquella energía neurótica y la comida que pasaba de mano en mano, el chirriar de dientes, la pena y las opiniones y la angustia reprimida o la furia o lo que quiera que fuese que Reva intentaba tragarse.

Me quedé tumbada despierta mucho tiempo. Era como estar sentada en el cine después de que apagasen las luces, esperando que empezaran los avances de las películas. Pero no pasaba nada. Me arrepentí del café. Sentía la desgracia de Reva allí en el cuarto conmigo. Era esa tristeza peculiar de una mujer joven que ha perdido a su madre, compleja y airada y blanda, y aun así extrañamente llena de esperanza. La reconocía, pero no la sentía en mi interior. La tristeza flotaba en el aire. Se densificaba más en el veteado de las sombras. Era evidente que Reva había querido a su madre de una manera en que yo no había querido a la mía. No era fácil querer a mi madre. Estoy segura de que mi madre fue compleja y de que se merecía un análisis más detallado y era guapísima, pero nunca la conocí de verdad, así que la tristeza del cuarto me parecía enlatada. Trivial. Como la nostalgia de una madre que había visto en la televisión, alguien que cocinara y limpiara, me besara en la frente y me pusiera tiritas en las rodillas, me leyese libros antes de dormir, me abrazase y me acunara cada vez que llorase. Mi madre habría puesto los ojos en blanco solo de pensarlo. «No soy tu niñera», me dijo muchas veces, aunque nunca tuve niñera. Tuve canguros, chicas de la universidad a las que buscaba la secretaria de mi padre. Siempre tuvimos gobernanta, Dolores. Mi madre la llamaba «la doncella». Podría dar como argumento del rechazo de la domesticidad de mi madre una especie de reivindicación feminista de su derecho al tiempo libre, pero en realidad creo que se negaba a cocinar y a limpiar porque le parecía que, si lo hacía, se consolidaría su fracaso como reina de belleza.

Ay, mi madre. Cuando estaba operativa, se mantenía a base de una dieta estricta de café solo y un puñado de ciruelas para desayunar. Para almorzar, Dolores le preparaba un sándwich al que le daba unos bocaditos y luego dejaba las sobras en la encimera en un plato de porcelana china, cosa que yo me tomaba de lección sobre cómo no excederse. Por las noches, bebía Chardonnay color pis con hielo. Había cajas enteras en la despensa. Día tras día, veía cómo se le hinchaba y se le deshinchaba la cara según la cantidad que bebiese. Me gustaba imaginármela llorando en privado, lamentándose por sus deficiencias como madre, pero dudo que llorase por eso. Una inflamación sutil bajo los ojos. Usaba crema hemorroidal para bajar la hinchazón. Eso lo supe después de que muriera, cuando limpié el cajón donde guardaba el maquillaje. Crema antihemorroides y sombra de ojos color Sweet Champagne y base de maquillaje color Silk Ivory, que se ponía hasta para estar en casa. Barra de labios Fetish Pink. Odiaba el sitio en el que vivíamos, decía que era «barbárico» porque estaba muy lejos de la ciudad.

—Aquí no hay cultura ninguna —decía.

Pero si hubiese habido un teatro de la ópera o una orquesta sinfónica —eso era para ella la cultura—, no habría ido nunca. Creía ser sofisticada, le gustaban la ropa fina, los licores de buena calidad, pero no sabía nada de arte. Solo leía novelas románticas. Nunca había flores recién cortadas en la casa. Por lo general y hasta donde yo sé, se pasaba el día entero viendo la tele y fumando en la cama. Aquella era su «cultura». Todos los años por Navidad me llevaba al centro comercial. Me compraba un solo bombón en la tienda de Godiva, luego recorríamos todas las tiendas y a mi madre todo le parecía «ordinario» y «paleto» y «esa blusa es para la fulana del diablo». Parecía revivir en la perfumería. «Esto huele a braga de puta.» Aquellas salidas fueron las pocas veces que nos lo pasamos bien juntas.

Mi padre también era sombrío en casa. Era aburrido y callado. De pequeña, nos cruzábamos en el pasillo por la mañana como dos desconocidos. Era serio, yermo, un científico. Estaba mucho más cómodo con sus alumnos que con mi madre o conmigo. Era de Boston, hijo de un cirujano y de una profesora de francés. La cosa más personal que me contó nunca fue que sus padres habían muerto en un accidente de barco el año después de que yo naciera. Tenía una hermana en México. Se había mudado allí en los ochenta. Para «ser una *beatnik*», decía mi padre. «No nos parecemos en nada.»

Mientras reflexionaba sobre estas cosas en el dormitorio negro de Reva, entre sus sábanas tristes y llenas de bolitas, no sentía nada. Podía pensar en los sentimientos, las emociones, pero no podía hacerlos brotar en mí. Ni siquiera sabía localizar de dónde procedían mis sentimientos. ¿Del cerebro? No tenía sentido. Lo que reconocía mejor era la irritación: un peso en el pecho, una vibración en el cuello como si la cabeza estuviese calentando motores antes de salir disparada del cuerpo. Era algo que parecía estar ligado al sistema nervioso, una reacción fisiológica. ¿Sería la tristeza lo mismo? ¿Y la alegría? ¿Y el deseo? ¿Y el amor?

En el tiempo que tuve que matar allí en la oscuridad del dormitorio de cuando Reva era pequeña, decidí que me pondría a prueba para ver qué quedaba de mis sentimientos, en qué estado me encontraba después de tanto dormir. Mi esperanza era haberme curado lo bastante después de más de medio año de hibernación, haberme vuelto inmune a los recuerdos dolorosos, así que volví a pensar en la muerte de mi padre. Me afectó mucho cuando pasó, me imaginé que si me quedaba alguna lágrima por llorar, sería por él.

—Tu padre quiere pasar sus últimos días en casa —me dijo mi madre por teléfono—. No me preguntes por qué.

Llevaba semanas muriéndose en el hospital, pero ahora quería morirse en casa. Me fui de la universidad y cogí el tren hacia el norte para ir a verlo el día siguiente mismo, no porque creyese que significaba algo para él que yo fuera, sino para demostrarle a mi madre que era mejor persona que ella: estaba dispuesta a que el sufrimiento de otro me causara inconvenientes. Y no es que esperase que el sufrimiento de mi padre me fuese a importar mucho. Apenas lo conocía. Su enfermedad había sido sigilosa, como si formara parte de su trabajo, algo que no me concernía, nada que yo pudiese entender.

Me perdí una semana de clases sentada en mi casa, viéndolo marchitarse. Habían colocado una cama enorme en la sala de estar, junto con equipos médicos que yo intentaba ignorar. Siempre había allí una enfermera de las dos que venían, tomándole el pulso a mi padre, humedeciéndole la boca con una esponjita empapada, surtiéndolo de analgésicos. Mi madre estaba casi siempre en su dormitorio, sola, salía de vez en cuando para llenarse el vaso de hielo. Entraba de puntillas a la sala de estar para susurrarle algo a la enfermera, casi nunca me dirigía la palabra, casi ni miraba a mi padre. Me sentaba en el sillón al lado de la cama, haciendo como que me estaba documentando sobre Picasso. No quería avergonzar a mi padre mirándolo, pero era difícil no hacerlo. Las manos se le habían vuelto enormes y huesudas. Se le habían hundido y oscurecido los ojos. Se había quedado en el pellejo. Los brazos parecían ramas de árboles desnudas. Era una escena extraña. Estudié *El viejo guitarrista ciego* y *La muerte de Casagemas* de Picasso. Mi padre encajaba en su periodo azul. *Hombre con morfina*. A veces balbuceaba y tosía, pero no tenía nada que decirme.

—Está demasiado medicado para hablar —me decía la enfermera para consolarme.

Me ponía los cascos y escuchaba cintas viejas en el *walkman* mientras leía. Prince. Bonnie Raitt. Lo que fuera. El silencio, si no, resultaba exasperante.

Entonces, de pronto, un domingo por la mañana, mi padre estaba lúcido y me dijo con toda naturalidad que se moriría por la tarde. No sé si lo que me perturbó fue la franqueza y la certidumbre de su afirmación —siempre fue desapegado, siempre racional, siempre parco— o que su muerte ya no fuese una idea —estaba pasando, era real— o que, a lo largo de la semana que pasé a su lado había nacido un vínculo entre nosotros sin mi conocimiento ni mi consentimiento y, de repente, lo quería. Así que perdí la cabeza. Empecé a llorar.

—Estaré bien —me dijo mi padre.

Me arrodillé a su lado y escondí la cara en la manta azul gastada. Quería que me acariciase la cabeza. Quería que me calmara. Se quedó mirando al techo mientras yo le rogaba que no me dejase sola con mi madre. Fui muy vehemente al suplicarle.

—Prométeme que me mandarás una señal —rogué, buscando su mano enorme y extraña. La apartó de un tirón—. Una señal importante, más de una, de que sigues aquí, de que hay vida al otro lado. ¿Vale? Prométeme que te manifestarás de alguna forma. Mándame una señal inesperada. Algo para que sepa que velas por mí. Algo enorme. ¿Vale? ¿Por favor? ¿Me lo prometes?

—Vaya a buscar a mi mujer —le dijo a la enfermera.

Cuando entró mi madre, mi padre pulsó el botón del gotero de morfina.

—¿Últimas palabras? —preguntó mi madre.

—Espero que todo esto haya valido la pena —contestó.

Durante el resto de su vida —unas cuatro horas— me senté en el sillón y lloré mientras mi madre se emborrachaba en la cocina y asomaba la cabeza de vez en cuando para ver si ya se había muerto.

Por fin, se murió.

—Ya está, ¿no? —preguntó mi madre.

La enfermera le tomó el pulso a mi padre y luego le tapó la cabeza con la sábana.

El recuerdo debería haber alimentado mi pena, reavivado las brasas de mi aflicción, pero no fue así. Al recordarlo todo en la cama de Reva, apenas sentí nada, solo una leve irritación por los bultos del colchón, por el frufrú escandaloso que hacía el saco de dormir cada vez que me daba la vuelta. Arriba, la familia de Reva tenía puesta la televisión muy alta. Los efectos de sonido de suspense de *Ley y orden* atravesaban el techo.

No había estado en un funeral desde el de mi madre, casi siete años exactos antes. El suyo había sido rápido e informal en la capilla de la funeraria. Los asistentes apenas llenaban las primeras filas. Éramos solo la hermana de mi padre, unos cuantos vecinos, la gobernanta y yo. Los nombres de la agenda de mi madre eran todos médicos, suyos y de mi padre. Estaba allí mi profesor de arte del instituto.

—Que esto no te hunda, cielo —dijo—. Si necesitas un adulto en el que apoyarte, me puedes llamar a mí. Nunca lo llamé.

El funeral de mi padre, por el contrario, había sido toda una producción. Hubo programas impresos, largos discursos. Vino gente en avión desde la otra punta del país a presentar sus respetos. Los bancos de la capilla universitaria no estaban acolchados y los huesos del culo se me clavaban contra la madera dura. Me senté al lado de mi madre en la primera fila e intenté ignorar sus suspiros y carraspeos. Se había puesto una capa de pintalabios nacarado tan espesa que se empezó a derretir y a resbalarle por la barbilla. Cuando el rector de la universidad anunció que el departamento de Ciencias ofrecería una beca de investigación con el nombre de mi padre, mi madre gimió. Le agarré la mano. El gesto fue muy atrevido por mi parte, pero pensé que bien podríamos crear un vínculo ahora que teníamos algo tan grande en común, un hombre muerto cuyo apellido compartíamos. Tenía la mano fría y huesuda, igual que mi padre en su lecho de muerte pocos días antes, lo que ahora me parece un presagio evidente, pero que entonces no se me ocurrió. Menos de un minuto después, me soltó la mano y se puso a rebuscar su pastillerito en el bolso. No sé qué estaría tomando exactamente aquel día; un estimulante, pensé. Se quedó con el abrigo puesto durante toda la ceremonia, jugueteando con las medias, el pelo, mirando con saña los bancos abarrotados que teníamos detrás cada vez que oía suspirar o sorber o susurrar. Las horas se hicieron interminables, mientras esperábamos a que llegara todo el mundo, sentadas todo el tiempo que duraron las formalidades. Mi madre lo veía igual que yo.

—Es como esperar el tren que va al infierno —susurró en un momento dado, no a mí directamente, sino al techo de la capilla—. Estoy agotada. Autopista que va al infierno. Carril lento que va al infierno. Autobús exprés. Taxi. Canoa. Billete de primera clase. El infierno era el único destino que usaba en sus metáforas.

Cuando llegó la hora de que la gente subiera al estrado para decir cosas buenas de mi padre, le lanzó una mirada asesina a la fila que se estaba formando en el pasillo central.

—Se creen especiales porque conocen a alguien que se ha muerto —elevó una rápida mirada al techo con los ojos enrojecidos—. Así se dan importancia.Ególatras.

Amigos, colegas, compañeros, estudiantes fieles hablaron desde el estrado con mucho sentimiento. La gente lloraba. Mi madre se retorcía incómoda. Nos veía reflejadas en el barniz brillante del ataúd que teníamos enfrente. No éramos más que cabezas temblorosas, pálidas, flotantes.

Era incapaz de dormir en la cama de Reva, era una causa perdida.

Decidí darme una ducha. Me levanté y me desnudé y abrí el agua de un manotazo, me quedé mirando cómo se iba llenando el baño de vapor. Desde que había empezado a dormir todo el tiempo, me había quedado muy delgada. Se me habían ablandado los músculos. Vestida, seguía teniendo buen aspecto, pero desnuda parecía frágil, extraña. Me sobresalían las costillas, tenía arrugas alrededor de las caderas, la piel del abdomen flácida. Se me marcaban las clavículas. Las rodillas eran enormes. A aquellas alturas, era toda esquinas puntiagudas. Codos, clavículas, los huesos de la cadera, las vértebras protuberantes del cuello. Mi cuerpo parecía una escultura de madera sin lijar. A Reva le habría horrorizado verme desnuda.

—Pareces un esqueleto. Pareces Kate Moss. No es justo —habría dicho.

La única vez que Reva me había visto completamente desnuda fue en los baños rusos de la calle 10 Este, pero eso había sido un año y medio atrás, antes de que me pusiera con mi «dieta de sueño», como insistía ella en llamarla. Reva quería bajar de peso antes del Cuatro de Julio, porque iba a una fiesta en una piscina de los Hamptons.

—Ya sé que lo que estoy sudando es solo líquido —dijo Reva—. Pero es una solución rápida y efectiva.

Fuimos el único día de la semana en el que permitían la entrada solo a las mujeres. La mayoría llevaba biquini. Reva se puso un bañador y se tapaba las caderas con una toalla cada vez que se levantaba, lo que me parecía una idiotez. Yo iba desnuda.

—¿Por qué estás tan tensa, Reva? —le pregunté mientras descansábamos junto a la piscina de agua helada—. No hay hombres. Nadie te va a comer con los ojos.

—No es por los hombres —dijo—. Las mujeres son tan críticas. Siempre están comparando.

—Pero qué más te da, esto no es una competición.

—Sí que lo es. Tú no te das cuenta porque siempre ganas.

—Qué ridiculez —dije.

Pero sabía que tenía razón. Yo era la hostia. Siempre me decían que me parecía a Amber Valletta. Reva también era guapa. Se parecía a Jennifer Aniston y a Courteney Cox juntas. No se lo dije. Habría sido más guapa si hubiese sabido relajarse.

—Relájate —dije—. No es para tanto. ¿Te crees que te van a juzgar porque no parezcas una supermodelo?

—Es en lo primero que se fija la gente de esta ciudad.

—¿Qué más te da lo que piense de ti la gente? Los neoyorquinos son unos cabrones.

—A mí sí me importa, ¿vale? Quiero encajar. Quiero disfrutar de la vida.

—Dios mío, Reva, qué patético.

Entonces se levantó y desapareció en la niebla con olor a eucalipto de la sauna. Fue una de las cientos de refriegas afables sobre lo arrogante que era yo porque no apreciaba mi suerte. Ay, Reva.

La cabina de la ducha del baño del sótano era pequeña, la puerta era de cristal gris esmerilado. No había jabón, solo un bote de champú con acondicionador. Me lavé el pelo y me quedé debajo del agua hasta que salió fría. Cuando salí, se escuchaban resonar las noticias a todo volumen a través del techo. Las toallas que me había dejado Reva en el lavabo eran rosas y aguamarina y olían vagamente a moho. Quité el vaho del espejo y me volví a mirar. Tenía el pelo mojado pegado al cuello. Pensé que a lo mejor podría cortármelo todavía más. A lo mejor disfrutaría de eso. Un corte de chico. A lo *garçon*. Me parecería a Edie Sedgwick. «Te parecerías a Charlize Theron», diría Reva. Me envolví con la toalla y me tumbé en la cama.

Había más cosas que podían ponerme triste. Pensé en *Eternamente amigas*, *Magnolias de acero*, el asesinato de Martin Luther King Jr., en River Phoenix muriéndose en la acera frente al Viper Room, *La decisión de Sophie*, *Ghost*, *E.T.*, *Los chicos del barrio*, el sida, Ana Frank. *Bambi* era triste. *Fievel y el Nuevo Mundo* y *En busca del valle encantado* eran tristes. Pensé en *El color púrpura*, en cuando echan a Nettie y tiene que dejar a Celie en esa casa como esclava de su marido maltratador. «¡Solo si me muero dejaré de escribirte!» Eso era triste. Eso tendría que haber bastado, pero no pude llorar. Nada me llegaba lo bastante hondo como para presionar el botón que controlaba la efusión de mi tristeza.

Aun así lo seguí intentando.

Pensé en el día del funeral de mi padre, en que me cepillé el pelo frente al espejo con un vestido negro, me arranqué las cutículas hasta que me sangraron, las lágrimas me nublaron la vista mientras bajaba las escaleras y casi me resbalo, en las ráfagas de hojas otoñales que salían volando mientras llevaba a mi madre a la capilla de la universidad en su Pontiac Firebird Trans Am, en que el espacio que había entre nosotras se iba llenando de jirones de humo azul enmarañados de sus Virginia Slim, porque mi madre no quería que abriese la ventanilla para evitar que el viento la despeinase. Sin embargo, nada de tristeza.

—Lo siento tanto —dijo Peggy una y otra vez en el funeral de mi padre.

Peggy era la única amiga que le quedaba a mi madre al final, estilo Reva, sin duda. Vivía a la vuelta de la esquina en una casa colonial holandesa color lavanda con un patio delantero lleno de flores silvestres en verano y muñecos de nieve estrafalarios y fuertes que construían sus dos hijos pequeños en invierno, banderas de plegarias tibetanas andrajosas colgadas sobre la puerta principal, un montón de carillones, un cerezo. Mi padre la llamaba «la casa *hippie*». Intuía que Peggy no era muy inteligente y que a mi madre no le caía muy bien, pero Peggy le tenía mucha lástima a mi madre y a mi madre le encantaba que le tuviesen lástima.

Me quedé en casa una semana después del funeral de mi padre. Quería hacer lo que suponía que tenía que hacer, el luto. Lo había visto en las películas, cuando tapaban los espejos y paraban los relojes de péndulo, las tardes lánguidas silenciosas salvo por los sollozos y el crujir de los viejos suelos de madera cada vez que alguien con un delantal salía de la cocina diciendo: «Deberías comer algo». Y quería una madre. Lo admito. Quería que me abrazara mientras lloraba, que me trajese tazas de leche caliente con miel, zapatillas cómodas, que me alquilara vídeos y los viese conmigo, que pidiese comida china y pizza. Claro que no le dije a mi madre que quería eso. Por lo general, ella perdía el conocimiento en su cama a puerta cerrada. Esa semana vinieron unas cuantas visitas y mi madre se peinaba, se maquillaba, echaba ambientador y subía las persianas. Peggy la llamaba dos veces al día.

—Estoy bien, Peggy. No, no vengas. Me voy a dar un baño y a dormir un poco. ¿El domingo? Muy bien, pero llama antes.

Por las tardes, yo sacaba el coche y conducía sin rumbo o hasta el centro comercial o el supermercado. Mi madre me daba listas de la compra con una nota para el de la tienda de bebidas alcohólicas. «Esta chica es mi hija y le doy permiso para que compre alcohol. Llame si quiere comprobar su identidad. El número es...» Le compraba el vodka. Le compraba el whisky y los refrescos. No pensé que estuviese en peligro. Hacía años que era alcohólica. Quizá disfrutaba un poco al contribuir a su autodestrucción comprándole las bebidas, pero no quería que se muriera. Recuerdo una tarde; salió de su dormitorio y pasó por mi lado, yo lloraba tirada en la alfombra. Fue a la cocina, le firmó un cheque a la gobernanta, cogió una botella de vodka del congelador, me dijo que bajase la tele y volvió a su cuarto.

Eso fue lo peor de todo. Yo estaba muy afligida. No podría haber descrito con exactitud cómo me sentía. Y nadie llamó para preguntármelo. Todas las personas que conocía en la universidad me odiaban porque era muy guapa. En retrospectiva, Reva fue una pionera: fue la única amiga que se atrevió a intentar conocerme de verdad. No nos hicimos amigas hasta después, ese mismo año. Durante el resto de mi semana de duelo, mis estados de ánimo transgredieron las categorías normales que reconocía. Un momento era silencioso y gris, tecnicolor y estridente y absurdo el siguiente. Me sentía como si estuviese drogada, aunque no me había tomado nada. Ni siquiera bebí alcohol aquella semana hasta que un colega de mi padre de la universidad, el profesor Plushenko, vino a casa y mi madre intentó entretenerlo.

Con la excusa del pésame, el profesor Plushenko se presentó con un savarín de supermercado y una botella de brandy polaco. Quería convencer a mi madre para que le diese los papeles de mi padre. Yo tenía la sensación de que quería algo que mi padre no le habría dado por voluntad propia. Sentí la responsabilidad de vigilarlo y asegurarme de que el tipo no se aprovechaba del frágil estado de mi madre. Al parecer, conocía a mis padres desde hacía muchos años.

—Eres idéntica a tu madre —dijo aquella noche, mirándome con lascivia. Tenía la piel mate, del color del cartón, los labios extrañamente rojos y suaves. Llevaba un traje a rayas grises y olía a colonia dulzona.

—Mi hija tiene diecinueve años —se burló mi madre.

No me estaba defendiendo de su lujuria. Estaba alardeando. En realidad, en aquel momento yo ya había cumplido los veinte.

Por supuesto, no había cena, mi madre era incapaz de encargarse de eso, pero sí había bebidas. Me dejaron beber. Después de unas cuantas copas, el hombre se sentó en el sofá, en medio de las dos. Habló de la contribución de valor incalculable de mi padre a las futuras generaciones de científicos, de lo afortunado que se sentía por haber trabajado con él.

—Su legado son sus estudiantes y sus artículos. Quiero encargarme de que nada caiga en el olvido. Es un material muy preciado. Hay que estudiarlo con mucho detenimiento.

Mi madre casi no podía hablar. Permitió que una lágrima se deslizase por la mejilla dejándole una raya gris y embarrada en el maquillaje. El hombre le pasó el brazo por encima de los hombros.

—Ay, pobrecita. Qué pérdida más trágica. Fue un gran hombre. Sé que te quería mucho.

Supongo que mi madre estaba demasiado ofendida, demasiado borracha o demasiado sedada para ver que el hombre había arrastrado la mano de su rodilla a la mía en algún momento de la conversación. Yo también estaba borracha y permanecí quieta. Cuando mi madre se levantó para ir al baño, nos quedamos solos en el sofá y me besó en la frente, con un dedo me recorrió el cuello y el pezón izquierdo. Yo sabía lo que estaba haciendo. No me resistí.

—Pobrecita.

Mi pezón seguía erecto cuando mi madre volvió, tropezándose con el borde de la alfombra.

Mi padre le había dejado todo a mi madre, hasta lo que había en su estudio. Cuando ella murió, fui yo la que entró ahí y empaqueté las cosas y arrastré las cajas al sótano. Aquel colega suyo no vio nunca una sola página. Qué ganaba yo al dejar que aquel tipo me besara no me quedó claro en ese momento. Quizá la dignidad de mi madre. O quizá solo quería un poco de afecto. Trevor y yo llevábamos meses peleados por aquel entonces. No lo llamé para contarle que se había muerto mi padre. Me lo guardaba para después, para que se sintiera fatal.

Pedí un taxi para que me llevase a la estación de tren la mañana después de aquel beso. No desperté a mi madre para decirle que me volvía a la universidad. No le dejé una nota. Pasó una semana. No me llamó. Cuando «tuvo el accidente», así lo denominaron en el hospital, Peggy fue la que la encontró.

—Ay, cariño —dijo al teléfono—. Sigue viva, pero los médicos dicen que deberías venir lo antes posible. Lo siento tanto, tanto.

No me temblaron las rodillas. No me caí al suelo. Estaba en la residencia de la hermandad. Oía a las chicas cocinando en la cocina, charlando sobre dietas sin grasa y sobre cómo «no hincharse» en el gimnasio.

—Gracias por avisarme —le dije a Peggy, que lloriqueaba y moqueaba. No le conté a nadie de la residencia lo que pasaba. No quería hacerle frente al oprobio de toda la situación.

Me llevó casi un día entero llegar hasta allí. Escribí en el tren el trabajo final sobre Hogarth para una clase. Una parte de mí deseaba que mi madre estuviese muerta cuando llegara.

—Sabe que estás aquí —dijo Peggy en la habitación del hospital.

Yo sabía que no era cierto. Mi madre estaba en coma. Ya estaba muerta. De vez en cuando, le parpadeaba el ojo izquierdo. Un ojo celeste inmóvil, ciego, terrorífico, vacío, desalmado. Recuerdo darme cuenta en la habitación del hospital de que se le notaban las raíces del pelo. Siempre estaba atenta a tener el pelo de color rubio hielo desde que tenía memoria, pero le había crecido su color natural, de un tono más cálido, rubio miel, mi color. Nunca antes había visto su color de pelo de verdad.

El cuerpo de mi madre siguió vivo tres días exactamente. Hasta con un tubo en la garganta y una máquina pegada a la cara para que respirase seguía siendo guapa. Seguía siendo una señora.

—Se le están apagando los órganos —me explicó el médico. Fallo del sistema. No sentía nada, me aseguró.

Tenía muerte cerebral. No estaba pensando ni soñando ni experimentando nada, ni siquiera su propia muerte. Apagaron la máquina y me senté allí, esperando, observando cómo pitaba y luego se paraba. No estaba descansando. No estaba en paz. No estaba en ningún estado, en ningún modo de existir. Si iba a haber paz para alguien, pensé mientras veía cómo la tapaban con la sábana, sería para mí.

—Ay, cariño. Lo siento tanto, tanto —Peggy sollozó y me abrazó—. Pobrecita. Pobrecita huérfana.

A diferencia de mi madre, odiaba que me compadecieran.

De aquellos recuerdos no podía sacar nada, claro. No podía resucitar a mi madre y castigarla. Se suicidó antes de que pudiésemos tener una conversación de verdad. Me pregunté si habría tenido celos de mi padre, de lo concurrido que había estado su funeral. Dejó una nota. La encontré en casa la noche que volví del hospital. Peggy me llevó en coche. Fui estoica. Fui insensible. La nota estaba en el escritorio de mi padre. Mi madre había usado una hoja amarilla de cuaderno para escribirla. La caligrafía al principio eran mayúsculas muy marcadas que luego iban desapareciendo y se convertían en cursiva apretada y ansiosa. La carta era del todo convencional. Escribió que sabía que no estaba capacitada para lidiar con la vida, que se sentía como una extraterrestre, un bicho raro, que estar consciente era insoportable y que le daba miedo volverse loca. «Adiós», escribió, seguido de una lista de conocidos. Yo era la sexta de una lista de veinticinco. Reconocí algunos nombres; amigas hacía tiempo abandonadas, sus médicos, su peluquero. Guardé la carta y nunca se la enseñé a nadie. Con los años, de vez en cuando, si me sentía abandonada y asustada y escuchaba una voz que decía «quiero a mi mamá», sacaba la nota y la leía para recordarme cómo había sido mi madre de verdad y lo poco que le importé. Me ayudaba. He llegado a saber que el rechazo es el único antídoto para el autoengaño.

Mi madre fue lo que yo terminé siendo, hija única de padres difuntos, así que no quedaba nadie a quien hacerle frente. La hermana de mi padre volvió en avión desde México en Navidad y se llevó lo que quiso de la casa: unos cuantos libros, los objetos de plata. Se vestía con sarapes coloridos y chales de seda con flecos, pero tenía la misma actitud séptica de mi padre ante la vida. No parecía estar triste por haber perdido a su hermano, sino enfadada con los residuos tóxicos, como ella los llamaba.

—Hace mil años la gente no tenía cáncer. La culpa es de los productos químicos. Están por todos lados, en el aire, en la comida, en el agua que bebemos.

Supongo que me ayudó en la medida en que asintió cuando le dije que era un alivio que mi madre hubiese muerto pero que ojalá mi padre hubiese aguantado lo bastante por lo menos para ayudarme a encargarme de la casa y dejar las cosas en orden. Intenté guardar la compostura mientras estuvo ella.

Cuando se fue, pasé días sola en la casa, mirando con atención las fotos de mi infancia, sollozando por las pilas de cajas de medias sin abrir de mi madre. Lloré por el pijama que llevó mi padre en su lecho de muerte, por las biografías manoseadas de Theodore Roosevelt y Josef Mengele que tenía en la mesita de noche, por una moneda de cinco centavos verde que había en el bolsillo de sus pantalones preferidos, un cinturón en el que tuvo que abrir agujeros para estrecharlo porque los meses anteriores a su muerte cada vez estaba más enfermo y más flaco.

No fue un dramón. Todo estaba en silencio.

Pensé en qué le diría a mi madre si apareciese de pronto en el sótano de Reva. Me imaginé su gesto asqueado por la ordinariez de las cosas, por el olor a cerrado.

No se me ocurría nada que quisiera preguntarle. No sentía el ansia de manifestar furia o tristeza. «Hola», eso era todo a lo que llegaba en nuestro diálogo hipotético.

Me levanté de la cama y curioseé una de las cajas de cartón que había en el escritorio de Reva. En el anuario del instituto encontré una foto suya, un retrato al uso. Sobresalía entre las filas de caras insulsas. Tenía el pelo muy crespo, las mejillas regordetas, las cejas depiladísimas disparadas a lo largo de la frente como flechas torcidas, los labios muy oscuros, la raya del ojo pintada de negro, muy gruesa. La mirada estaba levemente descentrada, distraída, infeliz, poseída. Tenía pinta de haber sido mucho más interesante antes de ir a la universidad, una gótica, un bicho raro, una punk, una marginada, una delincuente, una paria, una fracasada. Desde que la conocía, había sido una vasalla, una plebeya, puritana y conformista, pero al parecer tuvo una vida interior rica y hermética en el instituto, con deseos que sobrepasaban las veladas habituales de beber y jugar al futbolín que ofrecía el Long Island suburbano. Así que deduje que Reva se había mudado a Manhattan para ir a la universidad y que allí decidió integrarse, ser delgada, ser guapa, hablar como las demás chicas flacas y guapas. Era lógico que quisiera que yo fuese su mejor amiga. Quizá en el instituto su mejor amiga había sido una de las raritas, como ella. Alguien con alguna minusvalía, un brazo tullido, síndrome de Tourette, gafas de culo de botella, alopecia. Me las imaginé a las dos juntas en aquel cuarto negro del sótano escuchando música: Joy Division. Siouxsie and the Banshees. Me puse un poco celosa al pensar en Reva deprimida y dependiendo de alguien que no fuese yo.

Después del funeral de mi madre, volví a la universidad. Mis «hermanas» de la hermandad estudiantil no me preguntaron si estaba bien, si quería hablar. Todas me evitaban. Solo unas pocas me dejaron notas bajo la puerta. «Siento mucho que tengas que pasar por esto.» Claro que agradecía ahorrarme la humillación de enfrentarme a una docena de jovencitas condescendientes que seguramente se limitarían a culparme por no «ser más abierta». No eran amigas mías. Reva y yo íbamos a la misma clase de francés. Éramos compañeras de conversación. Me cogía los apuntes cuando no estaba y, cuando volvía, no le daba miedo preguntarme cosas. En clase se salió del plan de estudios y me preguntó en mal francés cómo estaba, qué había ocurrido, si estaba triste o enfadada, si quería que quedásemos fuera de clase para hablar. Dije que sí. Reva quiso saber todos los detalles del calvario de lo de mis padres, escuchar las percepciones profundas que había cosechado, cómo me sentía, cómo había pasado el luto. Le hice una síntesis general. Hablar con ella de sufrimiento era insoportable.

—Mira el lado bueno —era lo que le decía a todo el mundo. Pero al menos se preocupaba.

En el último curso, me mudé de la residencia y me fui con Reva a un apartamento de dos dormitorios y baño fuera del campus. Vivir juntas afianzó nuestro vínculo. Yo era la depresiva ausente y reprimida y ella la bocazas obsesiva que llamaba a mi puerta todo el tiempo para hacerme preguntas aleatorias y buscar cualquier excusa para hablar. Aquel año me pasé un montón de tiempo mirando al techo, intentando neutralizar los pensamientos sobre la muerte con pensamientos sobre la nada. Las frecuentes interrupciones de Reva me impedían tirarme por la ventana. Toc, toc.

—¿Descanso para charlar?

Le gustaba curiosear en mi armario, darle la vuelta a las etiquetas para ver el precio, comprobar las tallas de toda la ropa que me compraba con el dinero que había heredado. Su obsesión por el mundo material me sacaba del agujero espacio-temporal existencial por el que anduviera deambulando.

Nunca me enfrenté a Reva contándole que la oía vomitar todas las noches cuando volvía del comedor. Lo único que comía en casa eran miniyogures sin azúcar y zanahorias pequeñas acompañadas con mostaza. Tenía las palmas de las manos naranjas por todas las zanahorias que comía. Docenas de vasitos de yogur abarrotaban el cubo de reciclaje.

Aquella primavera, me daba largos paseos por la ciudad con tapones en los oídos. Me sentía mejor con solo escuchar los ecos de mi respiración, la flema que me bajaba por la garganta al tragar, el parpadeo de los ojos, el débil palpitar del corazón. Los días grises que pasé con la cabeza gacha mirando al suelo, saltándome las clases, comprándome cosas que nunca me ponía, pagando un dineral para que un gay me metiera un tubo por el culo y me restregara las tripas, diciéndome lo bien que me iba a sentir cuando tuviese el colon limpio. Mirábamos juntos cómo fluían los copitos de mierda por el tubo saliente. Su voz era suave pero entusiasta.

—Lo estás haciendo genial, querida —me decía.

Más veces de las que necesitaba, me hacía tratamientos faciales y pedicuras, masajes, la cera, me cortaba el pelo. Era mi forma de estar de luto, supongo. Le daba dinero a desconocidos para que hiciesen que me sintiera bien. Lo mismo podría contratar a una prostituta, pensé. Era un poco lo que sería la doctora Tuttle años después, una puta que me surtía de canciones de cuna. Si algo me podía hacer llorar, era la idea de perder a la doctora Tuttle. ¿Y si le quitaban la licencia? ¿Y si se moría de pronto? ¿Qué haría sin ella? Entonces, al fin, en el cuarto de Reva del sótano, sentí un dejo de tristeza. Lo sentía en la garganta, como un hueso de pollo atragantado en la tráquea. Quería a la doctora Tuttle, pensé. Me levanté y bebí agua del grifo del lavabo. Volví a la cama.

Unos minutos después, Reva llamaba a la puerta.

—Te he traído un poco de quiche —dijo—. ¿Puedo entrar?

Llevaba puesta una bata enorme de forro polar de color rojo. Ya se había peinado y maquillado. Yo seguía envuelta en la toalla, bajo las sábanas. Cogí la quiche y me la comí, Reva se sentó al borde de la cama. Parloteó y parloteó sobre su madre, de cómo ella no apreció nunca el talento artístico que su madre tenía. Iba a ser una tarde muy larga.

—Podría haber sido genial, ¿sabes? En su generación se esperaba que las mujeres fuesen madres y se quedasen en casa. Renunció a su vida por mí. Sus acuarelas son increíbles, ¿no te parece?

—Son acuarelas de principiante muy decentes, sí —dije.

—¿Qué tal la ducha?

—No había jabón —dije—. ¿Has encontrado zapatos para mí?

—Deberías subir y mirar tú misma —dijo Reva.

—No quiero ir.

—Sube y coge algo. No sé qué quieres.

Me negué.

—¿Vas a hacerme subir?

—Dijiste que me traerías cosas donde elegir.

—No puedo mirar en su armario. Es demasiado triste. ¿Por qué no vas tú?

—No. No me sentiría cómoda, Reva. Supongo que me puedo quedar aquí si quieres y perderme el funeral —dije, soltando la quiche.

—Vale, bueno, iré —suspiró Reva—. ¿Qué necesitas?

—Zapatos, medias, alguna blusa.

—¿Qué tipo de blusa?

—Negra, supongo.

—Vale. Pero si no te gusta lo que te traigo, no me digas nada.

—No te voy a decir nada, Reva. Me da igual.

—Pues no me digas nada —repitió.

Se levantó y dejó pelusas rojas en el sitio de la cama donde había estado sentada. Salí de la cama y miré en la bolsa de Bloomingdale's. El traje era de rayón tieso. El collar no me lo habría puesto jamás. El Infermiterol parecía arruinar mi buen gusto habitual, aunque el abrigo de pieles blanco me resultaba interesante. Tenía personalidad. Cuántos zorros habrían tenido que morir, me pregunté. ¿Cómo los mataban para que la sangre no manchara la piel? A lo mejor Ping Xi podría responderme a eso, pensé. ¿Cuánto frío tendría que hacer para que un zorro blanco vivo se congelase? Les quité las etiquetas al sujetador y a las braguitas y me los puse. Debajo de las braguitas tenía el vello púbico erizado. Era un buen chiste, ropa interior sensual con un matojo enorme. Ojalá hubiese tenido una cámara Polaroid para capturar la imagen. Me sorprendió lo desenfadado del deseo y por un momento me sentí feliz y luego completamente agotada.

Cuando volvió Reva con los brazos cargados de zapatos y blusas y una caja sin abrir de medias color carne de los años ochenta, le di el collar.

—Te he traído algo —dije—, para condolerte.

Reva dejó todo sobre la cama y abrió la caja. Se le llenaron los ojos de lágrimas, como en una película, y me abrazó. Fue un buen abrazo. A Reva siempre se le había dado bien abrazar. Yo me sentía como una mantis religiosa entre sus brazos. El tejido de su bata era suave y olía a suavizante. Intenté apartarme pero me apretó más fuerte. Cuando por fin me soltó, estaba llorando y sonriendo. Sorbió y se rio.

—Es precioso. Gracias. Qué detalle más bonito. Lo siento —dijo, y se limpió los mocos en la manga. Se puso el collar y se apartó el cuello de la bata para mirarse en el espejo. La sonrisa se volvió un poco falsa—. Una cosa, creo que «condoler» no se puede usar así. Creo que te puedes condoler con alguien, pero no condoler a alguien.

—No, Reva. Yo no te conduelo. El collar te conduele.

—Pero creo que no es la palabra apropiada. Consolar a alguien sí se puede.

—No, no se puede —dije—. De todas formas, ya sabes lo que quiero decir.

—Es precioso —repitió, esta vez con rotundidad y acariciando el collar. Señaló el revoltijo de cosas negras que había bajado—. Es todo lo que he encontrado. Espero que esté bien.

Sacó su vestido del armario y fue al baño a cambiarse. Me puse las medias, revisé los zapatos, encontré un par que me cabía. De la maraña de blusas saqué una negra con cuello de cisne. Me la puse y me puse el traje.

—¿Tienes un cepillo que prestarme?

Reva abrió la puerta del baño y me alargó un cepillo viejo con mango de madera. Había un trozo en la parte de atrás todo arañado. Lo miré bajo la luz y distinguí marcas de dientes. Olisqueé el cepillo pero no pude detectar olor a vómito, solo a la crema de manos de coco de Reva.

—No te había visto nunca con un traje —dijo Reva con frialdad cuando salió del baño. Llevaba un vestido ceñido con una raja larga en el medio—. Se te ve muy arreglada —me dijo—. ¿Te has cortado el pelo?

—Obvio —dije, y le devolví el cepillo.

Nos pusimos los abrigos y subimos. La sala de estar estaba vacía, gracias a Dios. Me volví a llenar la taza de McDonald's de café mientras Reva se metía en la boca brócoli frío al vapor frente al frigorífico. Estaba nevando otra vez.

—Te lo advierto —dijo Reva mientras se limpiaba las manos—. Voy a llorar un montón.

—Lo raro sería que no lloraras —dije.

—Me pongo tan fea cuando lloro. Ken dijo que vendría —me dijo por segunda vez—. Tendríamos que haber esperado hasta después de Año Nuevo. A mi madre le habría dado lo mismo, ya está incinerada.

—Ya me lo has contado.

—Voy a procurar no llorar mucho. Derramar lágrimas vale, pero es que la cara se me queda muy hinchada —metió la mano en una caja de Kleenex y sacó un montón—. En realidad, me alegro de que no la hayan embalsamado. Es un asco. De todas formas, era toda piel y huesos. Debía de pesar la mitad de lo que peso yo ahora. Bueno, a lo mejor la mitad no, pero estaba superflaca. Más flaca que Kate Moss.

Se metió los pañuelitos en el bolsillo del abrigo y apagó las luces.

Salimos al garaje por la puerta de la cocina. En una esquina había un congelador, estanterías con herramientas y macetas y botas de esquí, unas cuantas bicicletas viejas, pilas de contenedores de plástico azul en una pared.

—Está abierto —dijo Reva, dirigiéndose a un Toyota gris metalizado pequeño—. Era el coche de mi madre. Espero poder arrancarlo. Mi madre hacía tiempo que había dejado de conducir, claro.

El interior olía a ungüento de mentol. En el salpicadero había un oso polar cabezón y en el asiento del copiloto un ejemplar del *New Yorker* y un bote de crema de manos. Reva arrancó el coche, suspiró, pulsó el mando para abrir la puerta del garaje que estaba pegado a la visera del coche y empezó a llorar.

—¿Lo ves? Te lo advertí —dijo, sacando el fajo de pañuelitos—. Voy a llorar mientras el coche se calienta. Un segundo.

Siguió llorando y temblando un poco dentro del chaquetón acolchado.

—Ea, ea —dije mientras me tragaba el café.

Ya estaba hartísima de Reva. Presentí que aquello sería el final de nuestra amistad. No faltaba mucho para que me pasara de la raya con mi crueldad y, ahora que su madre había muerto, Reva empezaría a sacarse de la cabeza todas las tonterías superficiales. Seguramente volvería a terapia. Caería en la cuenta de que no había ninguna razón para que siguiéramos siendo amigas y que de mí nunca conseguiría lo que necesitaba. Me mandaría una carta larguísima explicándome sus resentimientos, sus fallos, que tenía que dejarme para seguir adelante con su vida. Me podía hasta imaginar su fraseología. «He terminado dándome cuenta de que nuestra amistad ya no me sirve, lo que no es una crítica hacia ti.» Así sería el lenguaje que le enseñase su terapeuta. Pero por supuesto sí que tendría que ver conmigo: yo era la amiga de aquella amistad a la que se refería.

Mientras cruzábamos Farmingdale en el coche, le escribí mentalmente una respuesta a su hipotética carta de ruptura, que empezaba así: «He recibido tu nota. Es la ratificación de lo que ya sé desde la universidad». Intenté pensar en lo peor que se podría decir de alguien. Lo más cruel, lo más hiriente y sincero. ¿Valía la pena decirlo? Reva era inofensiva. No era mala persona. No me había hecho ningún daño. Era yo la que estaba allí sentada indignada, con los zapatos de su madre muerta en los pies. «Adiós.»

El resto del día, el tiempo que duró el funeral en la Solomon Schultz, me quedé al lado de Reva, aunque observándola desde la distancia. Empecé a sentirme rara; no culpable *per se,* sino responsable de alguna manera de su sufrimiento. Era como si fuese una desconocida a la que había atropellado con mi coche, y yo estuviese esperando a que se muriera para que no pudiera identificarme. Cuando me hablaba, era como ver una película.

—Ese de allí es Ken. ¿Ves a su mujer? —la cámara recorrió las filas y se centró en una mujer guapa medio asiática con pecas y una boina negra—. No quiero que me vea así. ¿Por qué lo habré invitado? No sé en qué estaría pensando.

—No te preocupes —es lo único que se me ocurrió decir—. No te va a despedir por estar triste en un funeral.

Reva sorbía y asentía, se daba toques en los ojos con un pañuelito de papel.

—Esa es la amiga de mi madre de Cleveland —dijo cuando subió al estrado una mujer obesa con un caftán negro. Cantó «On My Own» de *Les Misérables* a *cappella*. Era doloroso de ver. Reva lloraba y lloraba. En su regazo se iban acumulando pañuelitos de papel manchados de máscara de pestañas que parecían test de Rorschach aplastados. Una docena de personas subió a decir cosas bonitas de la madre de Reva. Unas cuantas hicieron chistes, otras se vinieron abajo sin ningún pudor.

Todos convinieron en que la madre de Reva había sido una mujer buena, en que su muerte era una lástima pero que la vida era un misterio y la muerte más y de qué sirve especular, es mejor recordar los buenos tiempos, al menos había vivido. Había sido valiente, había sido generosa, una buena madre y esposa, una buena cocinera y una buena jardinera.

—El único deseo de mi mujer fue que lo superásemos pronto y fuésemos felices —dijo el padre de Reva—. Ya habéis dicho un montón de cosas de ella.

Miró a los presentes, se encogió de hombros, luego pareció quedarse desconcertado y se sonrojó, pero en vez de ponerse a llorar, empezó a toser delante del micrófono. Reva se tapó los oídos. Alguien le llevó a su padre un vaso de agua y le ayudó a volver a su asiento.

Luego le tocó hablar a Reva. Se miró en su espejito, se empolvó la nariz, se dio golpecitos en los ojos con más pañuelitos de papel, luego subió a la tribuna y leyó frases de unas fichas que barajaba delante y atrás mientras sorbía y lloraba. Todo lo que dijo sonó como si lo hubiese sacado de una tarjeta de Hallmark. Se detuvo a la mitad y me miró como buscando aprobación. Le levanté el pulgar.

—Fue una mujer con mucho talento. Me inspiró a seguir mi propio camino —dijo Reva, luego siguió un rato, mencionó las acuarelas, la fe de su madre en Dios, luego se quedó en blanco—. A decir verdad... Es, ya sabéis...

Sonrió y se disculpó y se tapó la cara con las manos y volvió a sentarse a mi lado.

—¿He parecido una reverenda idiota? —susurró.

Negué con la cabeza y la rodeé con el brazo con toda la torpeza con la que puede hacerse algo así y seguí allí sentada hasta que terminó el funeral con aquella mujercita extraña en plena agonía desesperada temblando contra mi axila.

La recepción posterior fue en casa de Reva. Allí estaban las mismas mujeres de mediana edad, los mismos hombres calvos, solo que multiplicados. Nadie pareció darse cuenta de que habíamos entrado.

—Me muero de hambre —dijo Reva, y se fue directa a la cocina.

Volví a arrastrarme escaleras abajo y caí en una especie de sopor.

Pensé en qué impulso subliminal me habría hecho subir al tren de Farmingdale. Ver a Reva en todo su apogeo me deleitaba tanto como me repelía. Su represión, su negación evidente, sus intentos fútiles de explotar el sufrimiento conmigo en el coche me calmaban de alguna manera. Reva saciaba una necesidad a la que yo sola no tenía acceso. Ver cómo arruinaba todo lo profundo y real y doloroso expresándolo de una forma tan banal me daba razones para pensar que Reva era idiota y que por tanto podía despreciar su dolor y, con él, el mío. Reva era como las pastillas que me tomaba: transformaba todo, hasta el odio, hasta el amor, en borra que se podía descartar. Y eso era justo lo que quería, que mis sentimientos pasaran como luces que brillan delicadas a través de la ventana, que me sobrepasaran, que iluminasen algo vagamente familiar, luego se desvanecieran y me volvieran a dejar en la oscuridad.

Me despertó apenas el ruido del agua del grifo corriendo y de Reva vomitando en el baño. Era una canción rítmica y violenta de arcadas puntuadas con rociadas y salpicaduras. Cuando terminó, tiró de la cadena tres veces, cerró el grifo y volvió a la planta de arriba. Me quedé despierta hasta que me pareció que había pasado el tiempo suficiente. No quería que Reva pensara que la había estado escuchando vomitar. Hacerme la tonta era el único consuelo real que me veía capaz de darle.

Me levanté de la cama por fin, junté mis cosas y subí a pedir un taxi que viniera a recogerme y llevarme a la estación. La mayoría de los invitados se había ido. Los hombres calvos del principio estaban en la terraza cerrada de la cocina. La nieve caía con fuerza. Las mujeres estaban recogiendo platos y tazas de la mesa de la sala de estar. Reva estaba sentada en el sofá, comiendo guisantes congelados que sacaba directamente de la bolsa frente a la tele sin sonido.

—¿Puedo usar el teléfono? —pregunté.

—Yo te llevo a la ciudad —dijo Reva muy tranquila.

—Pero, Reva, ¿te parece prudente? —preguntó una de las mujeres.

—Iré despacio —dijo Reva. Se levantó, dejó la bolsa de guisantes en la mesa de centro y me agarró por el brazo—. Vámonos antes de que mi padre intente impedírmelo.

Fue a la cocina a recoger el ramo de rosas blancas de donde había quedado, entre los platos sucios del fregadero. Seguían envueltas.

—Coge unas cuantas —dijo, señalando las rosas que había en la encimera con las botellas de vino.

Cogí tres. Las mujeres observaban. Las puse tumbadas en la bolsa de papel manila, encima de los vaqueros y la sudadera y las zapatillas de deporte sucias.

—Ahora vuelvo —dijo Reva y se fue por el pasillo a oscuras.

—¿Eres la amiga de Reva, la de la universidad? —preguntó una mujer. Me hablaba a través de la puerta brillante de la cocina mientras vaciaba el lavavajillas—. Qué bien que os tengáis la una a la otra. Si tienes amigas, pase lo que pase estarás bien.

El aire a su alrededor estaba lleno de vapor. Era exactamente como me imaginaba a la madre de Reva. Tenía el pelo castaño y corto. Llevaba pendientes grandes de perlas falsas, un vestido marrón oscuro largo, ceñido y elástico con puntitos dorados. Se le veía la celulitis de las piernas a través de la tela. El vapor del lavavajillas olía a vómito. Di un paso atrás.

—La madre de Reva era mi mejor amiga. Hablábamos todos los días por teléfono. Ni con mis hijos hablo tanto. A veces, las amigas son mejores que la familia, porque puedes contarles cualquier cosa. Nadie se enfada. Es un amor distinto. La echo mucho de menos —hizo una pausa para buscar dentro de una alacena—. Pero sigue aquí, en espíritu. La siento. Está justo aquí, a mi lado,

153

diciéndome «Debra, los vasos altos van en el estante de las copas de vino». Me está mangoneando, como siempre. Lo noto. El espíritu nunca muere, esa es la verdad.

—Muy bonito —dije, bostezando—. Siento mucho su pérdida.

Reva apareció con un abrigo enorme de castor de su madre, seguro, botas de nieve grandes y el bolso del gimnasio colgado del hombro.

—Vámonos —dijo con brusquedad—. Estoy lista.

Nos dirigimos a la puerta del garaje.

—Decidle a papá que mañana lo llamo —le dijo a las mujeres de la sala de estar, que empezaron a protestar. Pero Reva siguió andando. La seguí fuera y volvimos a subir al coche de su madre.

No hablamos mucho en el viaje de vuelta a la ciudad. Antes de entrar en la autopista, sugerí que parásemos a tomar café, pero Reva no reaccionó. Subió la radio, puso la calefacción al máximo. Tenía la cara tirante y seria, pero tranquila. Me sorprendió que me diera curiosidad saber en qué estaría pensando, pero me quedé callada. Cuando nos metimos en la autopista de Long Island, el locutor de la radio les pidió a los oyentes que llamasen para compartir sus propósitos de Año Nuevo.

«En 2001, quiero aprovechar todas las oportunidades. Voy a decir que sí a todas las invitaciones que me hagan.»

«2001 es el año en el que por fin aprenderé a bailar tango.»

—Este año no tengo ningún propósito —dijo Reva. Bajó el volumen de la radio y cambió de emisora—. Soy incapaz de mantener las promesas que me hago a mí misma. Soy como mi peor enemigo. ¿Y tú?

—A lo mejor intento dejar de fumar, pero con las pastillas es muy complicado.

—Ajá —dijo sin pensar—. Yo a lo mejor intento perder tres kilos.

No sabía si estaba tratando de insultarme con su sarcasmo o si estaba siendo sincera. Lo dejé pasar. La visibilidad era mala. Los limpiaparabrisas chirriaban al limpiar las salpicaduras húmedas de nieve. En Queens, Reva volvió a subir la radio y empezó a cantar siguiendo la música. Santana. Marc Anthony. Enrique Iglesias. Después de un rato, empecé a preguntarme si no estaba borracha. A lo mejor nos morimos en un accidente de coche, pensé. Apoyé la frente contra el cristal frío de la ventanilla y miré el agua oscura del East River. Morirse no estaría tan mal, pensé. El tráfico se ralentizó.

Reva bajó la radio.

—¿Puedo dormir en tu casa? —preguntó un poco tensa—. No quiero ser dependiente, pero ahora mismo me da miedo quedarme sola. No me siento yo misma y tengo el presentimiento de que va a pasar algo malo.

—Vale —dije, aunque di por sentado que cambiaría de opinión poco después de la medianoche.

—Podemos ver una peli —dijo—. La que quieras. Oye, ¿puedes sacarme un chicle del monedero? No quiero soltar el volante.

El bolso falso de Gucci de Reva estaba entre las dos. Rebusqué entre tampones y colonia y desinfectante de manos y el neceser con el maquillaje y números de *Cosmopolitan* y *Marie Claire* enrollados y un cepillo del pelo y un cepillo de dientes y dentífrico y su monedero enorme y su móvil y su agenda y sus gafas de sol y por fin encontré un solo chicle de canela en el bolsillito lateral, lleno por otro lado de billetes de tren usados. El papel se había puesto rosa y grasiento.

—¿Quieres compartir? —me preguntó.

—Qué asco —dije—. No.

Reva extendió la mano. La miré mirar la carretera. A lo mejor no estaba borracha, pensé, solo agotada. Le puse el chicle en la mano. Lo desenvolvió, se lo metió en la boca y tiró el envoltorio hacia atrás y masticó y siguió conduciendo. Volví a mirar el East River allí abajo, negro y brillante por el reflejo de las luces de la ciudad. El tráfico no avanzaba. Pensé en mi casa. Llevaba días sin poner un pie en ella, por lo menos despierta no. Me imaginé el desastre que nos íbamos a encontrar al entrar. Confié en que, siendo el día que era, a Reva no le daría por hacer comentarios.

—Siempre pienso en terremotos cuando voy por este puente —dijo Reva—. Ya sabes, como en San Francisco cuando se cayó el puente.

—Esto es Nueva York, no hay terremotos —dije.

—Cuando pasó, estaba viendo el campeonato de béisbol —dijo Reva—. Con mi padre. Me acuerdo perfectamente. ¿Tú te acuerdas?

—No —mentí. Por supuesto que me acordaba, pero no le daba importancia.

—Estás viendo un partido de béisbol y de pronto dices zas, se acaban de morir miles de personas.

—No fueron miles.

—Pero un montón sí.

—Quizá cientos, como mucho.

—Un montón de gente murió aplastada en esa autopista. Y en el puente —insistió Reva.

—Está bien, Reva —dije.

No quería que volviese a llorar.

—Y al día siguiente en las noticias entrevistaron a uno que había estado en el nivel inferior de la autopista y le preguntaron: «¿Qué saca usted de esta experiencia?» y él dijo: «Cuando salí del coche, había un cerebro temblando en el suelo. Un cerebro entero, temblando como si fuera gelatina».

—La gente se muere todo el rato, Reva.

—Pero ¿no te parece horrible? ¿Un cerebro temblando en el suelo como gelatina?

—Suena a invento.

—Y el presentador del telediario estaba callado. Sin habla. Y el otro dijo: «Tú querías saberlo. Tú preguntaste, así que te lo cuento. Es lo que vi».

—Reva, déjalo, por favor.

—Bueno, no estoy diciendo que vaya a pasar eso.

—No ha pasado en ninguna parte. El cerebro no se le sale a la gente de la cabeza y se pone a temblar.

—Supongo que habría réplicas.

Subí el volumen de la radio y bajé la ventanilla.

—Sabes lo que quiero decir, ¿no? Podría ser peor —gritó Reva.

—Siempre puede ser peor —grité yo también. Volví a subir la ventanilla.

—Soy muy buena conductora —dijo Reva.

Nos quedamos calladas el resto del viaje, mientras el coche se iba llenando de olor a chicle de canela. Ya me había arrepentido de acceder a que Reva durmiese en mi casa. Cruzamos el puente por fin y subimos por la autovía del East Side. La carretera estaba helada. El tráfico era muy lento. Cuando llegamos a mi calle, ya eran las diez y media. Tuvimos suerte con el aparcamiento, encontramos un sitio justo enfrente del colmado.

—Quiero pillar solo un par de cosas —le dije a Reva.

No protestó. Los egipcios jugaban a las cartas detrás del mostrador. Había una exposición de champán barato en una pila de cajas al lado de la cerveza y los refrescos. Vi cómo Reva no le quitaba el ojo de encima al champán, luego abrió el congelador y se inclinó sobre él, forcejeando para desenterrar algo incrustado en el hielo. Pedí mis dos cafés.

Pagó Reva.

—¿Es tu hermana? —le preguntó el egipcio a Reva, dirigiéndose a mí con un gesto de la cabeza, mientras yo engullía mi primer café. Estaba superquemado y la leche que le había puesto se había cortado, así que se me quedaban en los dientes hebras blandas de nata. Me dio igual.

—No, es mi amiga —respondió Reva un poco hostil—. ¿Crees que nos parecemos?

—Parecéis hermanas —dijo el egipcio.

—Gracias —dijo Reva, seca.

Cuando llegamos a mi edificio de la 84 Este, el portero dejó el periódico.

—Feliz Año Nuevo —dijo.

—Los tíos esos de la tienda de la esquina, ¿no te parecen raros? —dijo Reva en el ascensor.

—No seas racista.

Reva me sujetó los cafés mientras yo abría la puerta. Dentro del piso, la televisión estaba encendida en silencio y en ella centelleaban enormes pechos desnudos.

—Tengo que hacer pis —dijo Reva, mientras soltaba el bolso del gimnasio—. Creía que odiabas el porno.

Olisqueé el aire buscando rastros de algo raro, pero no olí nada. Me encontré en la encimera una pastilla extraviada de doxepina y me la tragué.

—Tu teléfono está en la bañera metido en una fiambrera —gritó Reva desde el cuarto de baño.

—Ya lo sé —mentí.

Nos sentamos en el sofá, yo con mi segundo café y con mi bote de muestra de Infermiterol, Reva con su helado de yogur de fresa desnatado. Vimos lo que quedaba de peli porno en completo silencio. Después de un día entero meditando sobre la muerte, era un gusto ver a gente liándose. «Procreación —pensé—. El ciclo de la vida». En la escena de la mamada, me levanté a mear. En la escena de comida de coño, Reva se levantó y vomitó, creo. Luego fue a la cocina a buscar un sacacorchos, abrió una botella de vino del funeral, volvió al sofá y se sentó. Nos fuimos pasando la botella y vimos cómo se escurría el esperma por la cara de la chica. Se le quedaron pegotes en las pestañas postizas. Pensé en Trevor y todos sus goteos y salpicaduras en mi barriga y en mi espalda. Cuando nos acostábamos en su casa, terminaba y de inmediato salía corriendo y volvía con un bollo de pañuelos de papel y me tendía la papelera mientras me limpiaba. «Es que estas sábanas...» Trevor nunca se corrió dentro, ni siquiera cuando yo tomaba la píldora. Lo que más le gustaba era follarme la boca mientras yo, tumbada de espaldas, fingía que estaba dormida y que no sentía cómo me clavaba la polla en el fondo de la garganta.

Se terminaron los créditos. Empezó otra peli porno. Reva buscó el mando y puso el sonido.

Abrí el bote de muestra de Infermiterol y me tomé uno, tragándomelo con el vino.

Recuerdo escuchar el diálogo envarado del principio, la chica era fisioterapeuta y el chico era un jugador de rugby con un dolor en la ingle. Reva lloró un rato. Cuando empezaron a liarse, Reva bajó el volumen y me contó su Nochevieja del año anterior.

—No estaba de humor para ir a ninguna fiesta de parejas, ¿entiendes? Todo el mundo se iba a poner a besarse a medianoche. Ken se portó como un idiota, pero quedamos a eso de las tres de la mañana en un hotel de Times Square.

Me alegraba saber que ahora sí estaba borracha. Alivió un poco la tensión que llenaba el salón. En la pantalla, alguien llamaba a la puerta. El sexo seguía. Yo entraba y salía del sueño. Reva continuaba hablando.

—Y Ken fue... Aquella fue la primera vez... Se lo conté a mi madre... Me dijo que hiciera como que no había pasado... ¿Estoy loca?

—Guau —dije, señalando la pantalla. Acababa de entrar en escena una chica negra vestida con un uniforme de animadora—. ¿Será la novia celosa?

«¿Qué pasa aquí?», preguntó la animadora, tirando los pompones.

—¿Sabes que eres mi única amiga soltera? —fue la reacción de Reva—. Me encantaría tener una hermana mayor, alguien que me emparejase con alguien. A lo mejor le pido dinero a mi padre para pagar a un casamentero.

—No vale la pena pagar por ningún hombre —le dije.

—Lo voy a pensar —dijo Reva.

En ese momento yo ya estaba entre tinieblas, con los ojos abiertos solo por una rendija. A través de ellas, vi cómo la chica negra se separaba los labios de la vagina con las uñas largas, rosas y afiladas. El interior relucía. Pensé en Whoopi Goldberg. De eso me acuerdo. Me acuerdo de que Reva dejó la botella de vino vacía sobre la mesa de centro. Y recuerdo que dijo «feliz Año Nuevo» y me dio un beso en la mejilla. Sentí que me elevaba flotando lejos, cada vez más alto en el éter hasta que mi cuerpo no era más que una anécdota, un símbolo, un retrato colgado en otro mundo.

—Te quiero, Reva —me escuché decir a lo lejos—. Siento mucho lo de tu madre.

Luego me desvanecí.

5

Me desperté sola en el sofá unos días después. El ambiente olía a viciado, a humo de tabaco y a perfume. La televisión estaba puesta con el volumen muy bajito. Tenía la lengua pastosa y áspera, como si tuviese tierra en la boca. Escuché el parte meteorológico mundial: inundaciones en la India, un terremoto en Guatemala, se acercaba otra ventisca por el noreste de Estados Unidos, un incendio quemaba casas que costaban un millón de dólares en el sur de California, «pero, hoy, el sol brilla en Washington D. C., donde Yasir Arafat visita la Casa Blanca para tratar con el presidente Clinton sobre cómo reavivar el estancado proceso de paz en Oriente Medio. Comentaremos esta noticia dentro de un minuto».

Abrí los ojos. El cuarto estaba en penumbra, las persianas estaban bajadas. Mientras me incorporaba y levantaba despacio la cabeza del brazo del sofá, me fluyó la sangre del cerebro como la arena de una ampolleta. Se me pixeló la vista, vi todo con efecto moaré, luego se me nubló y volvió a enfocarse. Me miré los pies. Tenía puestos los zapatos de la madre muerta de Reva, marinas de sal rodeaban las punteras de piel. Medias de red color maquillaje. Me quité el cinturón del abrigo blanco de pieles y me encontré con que lo único que llevaba debajo era un corsé enterizo color maquillaje. Me miré la entrepierna. Me habían depilado con cera el pubis no hacía mucho. Bien depilado, no tenía la piel roja ni tenía bultitos ni me picaba. Me habían hecho la manicura francesa. Me olía el sudor. A ginebra. A vinagre. Tenía un sello en los nudillos que indicaba que había estado en una discoteca llamada Dawn's Early. No había oído hablar de ella. Me recosté y cerré los ojos e intenté acordarme de la noche anterior. Todo era un espacio negro y vacío.

—Veamos cuál es el pronóstico de nevadas en la ciudad de Nueva York.

Abrí los ojos. El hombre del tiempo de la tele se parecía a Rick Moranis pero en negro. Señalaba el dibujo de una nube blanca que giraba. Me acordé de haber dicho «feliz Año Nuevo, Reva». Era lo único que recordaba.

Había cubiteras de hielo vacías y una garrafa de cuatro litros de agua destilada llena y otra de ginebra Gordon's de dos litros y una página arrancada de un libro titulado *El arte de la felicidad* repartidas por la mesa de centro. Reva me había regalado el libro por mi cumpleaños unos años antes, diciéndome que «aprendería mucho del dalái lama. Es muy profundo». No lo leí jamás. En la página arrancada había un renglón subrayado con bolígrafo azul: «No pasó de la noche a la mañana», decía. Deduje que había estado aplastando pastillas de Trankimazin con el mango de un cuchillo de carnicero y esnifándolas con un anuncio enrollado de un club de la calle Hester llamado Portnoy's Porthole que organizaba noches de micrófono abierto. No había oído hablar de él. Gracias a unas cuantas docenas de Polaroids esparcidas entre las cintas de vídeo y las fundas vacías comprobé que lo que había estado haciendo durante mi laguna mental había quedado documentado, aunque no veía mi cámara por ningún lado.

Las fotos eran de gente guapa de fiesta, jóvenes desconocidos poniendo caras seductoras y de autosuficiencia. Muchachas con pintalabios oscuro, muchachos atrapados por sorpresa con las pupilas rojas por el *flash* potentísimo de mi cámara, otros que posaban con estilo o fingían grandes sonrisas. Algunas fotos parecían tomadas de noche en una calle del centro, otras en un interior oscuro con techos bajos y paredes pintadas con grafitis falsos fluorescentes. No reconocía a nadie en las fotos. En una, un grupo de seis habituales de la vida nocturna estaban apretados muy juntos haciendo un corte de mangas. En otra, una pelirroja muy flaca enseñaba unos atrevidos cubrepezones de color lavanda. Un muchacho negro regordete con un sombrero de fieltro flexible y una camiseta con un esmoquin dibujado lanzaba anillos de humo. Dos gemelos encorvados con trajes de lamé dorado chocaban las manos delante de una copia de Basquiat, disfrazados de Elvis cuando estaba flaco por culpa de la heroína. Una muchacha sostenía una rata atada con una correa a la cadena de bicicleta que llevaba ella al cuello. Una lengua rosa pálido en primer plano, partida en dos para que pareciese la de una serpiente, con las dos puntas perforadas con dos brillantes enormes. Una serie de instantáneas de lo que supuse que era la cola del baño. El sitio parecía una *rave* artística.

—Se prevé que haya cortes en las carreteras, vientos huracanados e inundaciones en la línea costera —decía el hombre del tiempo.

Saqué el mando de entre los cojines del sofá y apagué la tele. Había una foto caída debajo de la mesa de centro. La cogí y le di la vuelta. Se veía a un asiático bajito quieto y apartado del grupo del bar. Llevaba un mono azul salpicado de pintura. Lo miré más de cerca. Tenía la cara redonda y cicatrices rojizas de acné, los ojos cerrados. Me resultó familiar. Entonces, lo reconocí. Era Ping Xi. Una raya de purpurina rosa le cruzaba las mejillas. Solté la foto.

Hacía meses que no pensaba en Ping Xi. Cada vez que me venía Ducat a la mente, procuraba concentrarme solo en el recuerdo del largo paseo a la estación de metro de la calle 86, el tren expreso a Union Square, la línea L para cruzar la ciudad, la caminata por la Octava Avenida arriba y el giro a la izquierda en la calle 33, renquear por el empedrado antiguo con los tacones altos. Valía la pena aferrarme al recuerdo de la geografía de Manhattan, aunque habría preferido olvidarme de los nombres y pormenores de la gente que había conocido en Chelsea. El mundo artístico había resultado ser como el mercado de valores, un reflejo de las tendencias políticas y las convicciones del capitalismo, alimentado por la avaricia y la maledicencia y la cocaína. Habría dado lo mismo que hubiese trabajado en Wall Street. La especulación y los asesores dirigían no solo el mercado sino, por desgracia, también los productos, cuyos valores estaban sujetos no a la cualidad inefable del arte como ritual humano sagrado, valor de todas formas imposible de medir, sino a lo que un puñado de imbéciles millonarios consideraba que engrandecía sus porfolios y despertaba envidias e, ilusos como eran, respeto. No me importaba para nada sacarme toda aquella basura de la cabeza.

Nunca había estado en una fiesta como la de las Polaroids, pero las había observado a distancia: gente guapa y joven y fascinante que para taxis y se lanza cigarrillos, cocaína, máscara de pestañas, el diamante en polvo de una noche en la ciudad, el sexo casual como si fuese un simple gesto en un cubículo del baño, que salta a la pista de baile y luego sale otra vez, pide bebidas a gritos en la barra, empeñados todos en el éxtasis del sueño del mañana, cuando se divertirían más, serían más guapos, se rodearían de gente todavía más interesante. Siempre preferí los bares infectos de los hoteles, quizá porque era donde a Trevor le gustaba llevarme. Los dos pensábamos que la gente parecía idiota cuando se divertía.

Los becarios de la galería me habían contado sus fines de semana en Tunnel, Life, Sound Factory, Spa,

Lotus, Centro-Fly, Luke + Leroy, así que algo sabía de lo que pasaba por la noche en la ciudad. Como asistente de Natasha, era mi responsabilidad llevar una lista de la gente que tuviera más peso social para las reuniones artísticas, sobre todo los jóvenes promotores y sus ayudantes. Natasha los invitaba a las inauguraciones y me decía que me estudiase sus vidas. El padre de Maggie Kahpour había sido el propietario de la mayor colección privada de garabatos de Picasso del mundo y, cuando murió, ella los donó a una abadía del sur de Francia. Los monjes le pusieron su nombre a un queso. Gwen Elbaz-Burke era sobrina nieta de Ken Burke, un artista de *performance* al que devoró el tiburón que tenía en la piscina, e hija de Zara Ali Elbaz, una princesa siria exiliada por haber hecho una película pornográfica artística con su novio alemán, descendiente de Heinrich Himmler. Stacey Bloom era la fundadora de la revista *Kun(s)t,* sobre «mujeres en las artes», casi todas muchachas ricas habituales de las fiestas de artistas que empezaban su propia colección de ropa de diseño o abrían galerías o discotecas o protagonizaban películas independientes. Su padre era el presidente de Citibank. Zaza Nakazawa era una heredera de diecinueve años que había escrito un libro sobre su relación sexual con su tía, la pintora Elaine Meeks. Eugenie Pratt era medio hermana del director de documentales y arquitecto Emilio Wolford, que como es bien sabido le hizo comerse el corazón crudo de un cordero delante de una cámara cuando tenía doce años. Estaban Claudia Martini-Richards; Jane Swarovski-Kahn; Pepper Jacobin-Sills; Kylie Jensen; Nell «Nikita» Patrick; Patsy Weinberger. Quizá fuesen las chicas de las fotos. No las habría reconocido fuera de la galería. Imogene Behrman; Odette Quincy Adams; Kitty Cavalli. Me acordaba de los nombres. Dawn's Early debía de ser algún *after* nuevo para la generación siguiente de niños ricos y arpías del arte si Ping Xi andaba por allí, al parecer entre sus adeptos. Recordaba vagamente que Natasha me había contado que Ping Xi fue a un internado con unos gemelos gais de la realeza de Prusia. Pero ¿cómo lo había encontrado? ¿O cómo me había encontrado él a mí?

Junté las fotos y las metí debajo del cojín del sofá, luego me levanté a mirar en el dormitorio para asegurarme de que no había nadie. Toda la ropa de cama estaba en un montón en el suelo, el colchón estaba al descubierto. Me acerqué más para asegurarme de que no había manchas de sangre de aspecto humano ni nadie envuelto en las sábanas ni ningún cadáver escondido bajo la cama. Abrí el armario y no descubrí a nadie atado y amordazado, solo las bolsitas de plástico de lencería de Victoria's Secret esparcidas. Todo estaba bien. Estaba sola.

Volví al salón. El teléfono estaba apagado en el alféizar de la ventana, al lado de una zapatilla que había usado de cenicero. Bajé con un dedo una lama de la persiana para mirar por la ventana. Ya estaba empezando a caer la nieve. Qué bien, pensé, me quedaría en casa lo que durase la ventisca y me dedicaría a dormir a lo loco. Volvería a mi antiguo ritmo, a mis rituales cotidianos. Necesitaba la estabilidad de mi rutina conocida. Y dejaría de tomar Infermiterol, por lo menos un tiempo. Atentaba contra mi objetivo de no hacer nada. Enchufé el teléfono para que se cargara y tiré la zapatilla en la cocina. La basura estaba llena de pieles rotas de clementina y envolturas de plástico blanquecino de lonchas de queso en porciones individuales que no recordaba haber comprado ni comido. En el frigo lo único que había era el embalaje pequeño de madera clara en el que venían las clementinas y otra garrafa de cuatro litros de agua destilada.

Me quité el abrigo blanco de pieles y el corsé y las medias de red y fui al cuarto de baño a abrir el agua caliente de la ducha. Tenía las uñas de los pies pintadas de lila y las plantas antes llenas de callos impresentables estaban ahora lisas y suaves. Usé el baño y observé cómo me latía una vena del muslo. ¿Qué había hecho? ¿Me había pasado el día en un spa y luego había salido de fiesta? Era un disparate. ¿Me había convencido Reva de que fuese a divertirme o algo igual de estúpido? Hice pis, y cuando me limpié, estaba pringosa. Me habían excitado hacía poco. ¿Quién había sido? No me acordaba de nada. Me sacudió una oleada de náusea y regurgité un glóbulo acre de flema que escupí en el lavabo. Por el sabor arenoso que tenía en la boca, lo que esperaba encontrarme en la saliva eran granos de tierra o el polvillo de alguna pastilla aplastada, pero en vez de eso había brillantina rosa.

Abrí el botiquín y me tomé dos pastillas de Valium y dos de Orfidal, bebí agua del grifo. Cuando me incorporé, apareció alguien en el espejo como a través de un ojo de buey y me sobresaltó. Mi cara asustada me asustó. Se me había corrido el rímel por las mejillas y parecía una máscara de carnaval. Tenía los bordes y las comisuras de la boca manchados con restos de barra de labios fucsia. Me cepillé los dientes e hice lo que pude para quitarme el maquillaje. Me volví a mirar en el espejo. Las arrugas de la frente y las de alrededor de la boca parecían dibujadas a lápiz. Tenía las mejillas flácidas. Estaba pálida. Algo destelló en el brillo del globo ocular. Me acerqué al espejo y me miré con detenimiento. Allí estaba, un diminuto reflejo oscuro en el fondo de la pupila derecha. Alguien dijo una vez que las pupilas eran un espacio vacío, agujeros negros, grutas gemelas de infinita vacuidad. «Cuando desaparece algo suele desaparecer ahí, en el abismo de los ojos.» No me acordaba de quién lo había dicho. Vi cómo desaparecía mi reflejo entre el vapor.

En la ducha, me vino un recuerdo del colegio: un policía visitó mi clase de séptimo para advertirnos de los peligros de las drogas. Colgó un cartel con las descripciones de todas las drogas ilegales de la civilización occidental y fue señalando los dibujitos uno a uno: un montoncito de polvo blanco, turbios cristales amarillos, pastillas azules, pastillas rosas, pastillas amarillas, pasta negra. Debajo de cada uno estaba el nombre de la droga y sus apodos callejeros. Heroína: jaco, caballo, brea, arpón, H, chino, bonita, polvo blanco, chiva, alquitrán negro, azúcar negro. Esto produce esto. Esto produce lo otro. El poli tenía algún tipo de trastorno que le impedía controlar el volumen de su voz.

—¡Cocaína! ¡Metanfetamina! ¡Psilocibina! ¡Polvo de ángel! —gritaba y luego, de pronto, bajaba la voz para señalar el Rohypnol—. Pastilla del olvido, ropis, valium mexicano, borramentes, reinoles, rufis, rochas...

Era casi inaudible. Y luego se ponía otra vez a gritar.

—¡Por eso, señoritas, no hay que aceptar bebidas de desconocidos! ¡No dejéis solas nunca a vuestras amigas en una fiesta! ¡La ventaja es que la víctima luego se olvida de todo!

Cogió aire. Era un rubio sudoroso con forma de V, como Superman.

—Pero no es adictivo —dijo como quien no quiere la cosa y luego volvió al cartel.

Así que si podía recordar con claridad prístina aquel momento de mi adolescencia, mi memoria seguía intacta, pero no me acordaba de lo que había pasado mientras estaba bajo los efectos del Infermiterol. ¿Tenía más lagunas en la memoria? Esperaba que sí. Me puse a prueba: ¿Quién firmó la Carta Magna? ¿Cuánto mide la Estatua de la Libertad? ¿Cuál fue la época del Purismo nazareno? ¿Quién disparó a Andy Warhol? Las preguntas de por sí demostraban que seguía en mis cabales. Me sabía mi número de la seguridad social. Bill Clinton era presidente, aunque no por mucho más tiempo. De hecho, me parecía que el pensamiento era más penetrante y las rutas de mis reflexiones más directas que antes. Me acordaba de cosas en las que llevaba años sin pensar: recordé que una vez en el último curso de carrera me rompí el tacón camino a la clase de Teoría feminista y práctica artística: de los años sesenta a los noventa, y llegué tarde, cojeando y disgustada y la profesora me señaló y dijo:

—Justo estábamos hablando del arte performativo feminista entendido como deconstrucción política del mundo del arte como industria comercial.

Me dijo que me quedara de pie frente a la clase, lo que hice, con el pie izquierdo arqueado como el de una Barbie y la clase me analizó como si fuese una *performance*.

—No puedo ir más allá del contexto de la clase de Historia del Arte —dijo una alumna del Barnard College.

—Son maravillosas todas las capas en conflicto que hay —dijo el ayudante de cátedra barbudo.

Y entonces, solo para humillarme, la profesora, de pelo largo lustroso y alhajas de plata sin pulir, me preguntó cuánto me habían costado los zapatos. Eran unas botas de tacón de aguja de ante negro y me habían costado casi quinientos dólares, una de las muchas compras que hice para mitigar el dolor de haber perdido a mis padres o lo que fuese que sintiera. Me acordaba de todo, de todos y cada uno de los lloricas que hacían pucheros en aquella clase. Una idiota dijo que «la mirada masculina me había roto». Recuerdo que sonaba el tictac del reloj mientras me estudiaban.

—Con esto basta —dijo por fin la profesora.

Me dejó sentarme en mi sitio. Por la ventana de la clase veía caer hasta el hormigón gris las hojas amarillas, anchas y planas de un árbol aislado. Dejé la asignatura, tuve que explicarle a mi asesor que quería centrarme más en el Neoclasicismo y me cambié a Jacques-Louis David: arte, virtud y revolución. *La muerte de Marat* era uno de mis cuadros favoritos. Un hombre apuñalado hasta la muerte en su bañera.

Salí de la ducha, me tomé una pastilla de zolpidem y dos de Benadryl, me puse una toalla llena de moho por los hombros y volví al salón a mirar el teléfono, que se había cargado lo suficiente como para poder encenderlo. Revisé el historial de llamadas; los números que había marcado eran el de Trevor y otro sin identificar con el prefijo de Manhattan, que asumí que sería de Ping Xi. Lo borré y me tomé una pastilla de Risperdal, saqué un jersey gris de ochos y unas mallas de la montaña de ropa sucia que había en el pasillo, me volví a poner el abrigo de pieles, me calcé las zapatillas y busqué las llaves. Seguían en la cerradura de la puerta.

Por las nubes flotando a la deriva como sábanas arrugadas deduje que era media tarde. En el vestíbulo, ignoré el saludo y la advertencia sobre la tormenta del portero y fui arrastrando los pies por el camino que serpenteaba medio desaparecido a través de los altos bancos de nieve amontonados en la acera y en el bordillo. Todo estaba en silencio, pero el viento era borrascoso y húmedo. Con que nevase un poco más, quedaría cubierta toda la ciudad. En la esquina me crucé con un pomerania tembloroso al que le habían puesto un jersey y con su cuidadora; lo vi levantar la pata y mear en una placa de hielo plana y vidriosa de la acera, oí la quemadura del líquido caliente derritiéndola, el vapor extendiéndose en un momento con un borboteo contenido y luego disipándose.

Los egipcios no me recibieron de forma rara cuando entré en el colmado. Me saludaron con la cabeza como siempre y siguieron con sus móviles. Pensé que era buena señal. Lo que fuese que hubiera hecho puesta de Infermiterol, con quien fuese que me hubiese revolcado o por mucho que me hubiese enfiestado, no me había portado tan mal en la tienda, al menos como para atraer sobre mí ninguna atención especial. No fui el ave mala que caga en su nido, como dice el refrán. Saqué dinero del cajero, me puse los dos cafés, la leche y el azúcar y los removí, luego cogí una rebanada de budín de plátano empaquetado, un pote de yogur orgánico y una pera dura como una piedra. Tres alumnas del Brearley en chándal hacían cola delante del mostrador. Mientras esperaba para pagar, les eché un vistazo a los periódicos. No había pasado nada devastador, al parecer. Strom Thurmond le había dado un abrazo a Hillary Clinton. Habían avistado una manada de lobos en Washington Heights, al norte de Manhattan. Los nigerianos que entraban de manera ilegal en Libia terminarían algún día fregando los platos en tu restaurante favorito del centro. Giuliani había dicho que insultar a un policía debería ser un crimen. Era el 3 de enero de 2001.

De vuelta a mi casa, en el ascensor, planeé combinaciones de pastillas que confiaba en que me anestesiaran. Zolpidem más Placidyl más Bisolgrip. Fenobarbital más zolpidem más Ilvico. Quería un cóctel que me frenara la imaginación y me indujese un sueño profundo, aburrido, inerte. Tenía que deshacerme de aquellas fotos. Nembutal más Orfidal más Benadryl. En casa, me tomé una buena dosis de pastillas de Benadryl con el segundo café. Luego me tomé un puñado de melatonina con el yogur y vi *El juego de Hollywood* y *Escándalo en el plató,* pero no podía dormirme. Me distraían las Polaroids que había debajo de los cojines. Puse *Presunto inocente,* la rebobiné, saqué las Polaroids, las llevé al descansillo y las tiré por la rampa de la basura. Mejor así, pensé, y volví a entrar y me senté.

Caía la noche. Estaba cansada y cargada pero no es que tuviera sueño exactamente, así que me tomé otro Nembutal, vi *Presunto inocente,* luego me tomé unas cuantas pastillas de Lunesta y me bebí la segunda botella de vino del funeral. De alguna forma, el alcohol deshizo el efecto de las pastillas para dormir y estaba más despierta que antes. Luego me dieron ganas de vomitar y vomité. Había bebido de más. Me tumbé en el sofá. Luego me dio hambre, así que me comí el budín de plátano y vi *Frenético* tres veces seguidas; me tomaba unas cuantas pastillas de Orfidal cada media hora o así, pero seguía sin poder dormir. Vi *La lista de Schindler,* que esperaba que me deprimiese, pero solo me enfureció, y luego salió el sol, así que tomé Lamictal y vi *El último mohicano* y *Juego de patriotas,* pero aquello tampoco surtió efecto, así que me tomé unas cuantas pastillas de Placidyl y volví a poner *El juego de Hollywood.* Cuando terminó, miré la hora en el reloj del vídeo. Era mediodía.

Pedí *pad thai* al tailandés, me comí la mitad y vi la versión de 1995 de *Sabrina* con Harrison Ford, me di otra ducha, me bajé la última pastilla de zolpidem que me quedaba y volví a poner el canal porno. Bajé el sonido y me alejé de la pantalla para que me arrullaran los gruñidos y los gemidos. Pero seguí sin dormir. La vida podría continuar así para siempre, pensé. Lo haría, si no tomaba medidas. Me masturbé en el sofá bajo la manta, me corrí dos veces, luego apagué la tele. Me levanté, subí las persianas y me senté un rato, aturdida, y vi cómo se ponía el sol —¿cómo era posible?—, luego rebobiné *Sabrina* y la volví a ver y me comí lo que quedaba de *pad thai.* Vi *Paseando a Miss Daisy* y *El otro lado de la vida.* Me tomé una pastilla de Nembutal y me bebí medio bote de Bisolvon. Vi *El mundo según Garp* y *Stargate* y *Pesadilla en Elm Street 3: Los guerreros del sueño* y *Hechizo de luna* y *Flashdance,* luego *Dirty Dancing* y *Ghost,* después *Pretty Woman.*

Ni siquiera un bostezo. No estaba ni remotamente dormida. Podría afirmar que había perdido el sentido del equilibrio, casi me caigo al intentar levantarme, pero lo superé y me puse a ordenar un rato, metí las cintas de vídeo en las fundas y las coloqué en la estantería. Pensé que algo de actividad me cansaría. Me tomé una pastilla de Zyprexa y más de Orfidal. Me tragué un puñado de pastillas de melatonina, masticándolas igual que una vaca el bolo alimenticio. No funcionaba nada.

Así que llamé a Trevor.

—Son las cinco de la mañana —dijo. Sonaba irritado y confuso, pero había contestado. Mi nombre tenía que haberle salido en el identificador de llamadas, pero había contestado.

—Me han violado —mentí. Hacía días que no hablaba en voz alta y ahora la voz me sonaba ronca y sensual. Me dieron ganas de vomitar otra vez—. ¿Puedes venir? Necesito que vengas a ver si tengo desgarros en la vagina. No confío en nadie más que en ti. ¿Por favor?

—¿Quién es? —oí la voz de una mujer murmurando a lo lejos.

—Nadie —le dijo Trevor—. Se ha equivocado de número —me dijo a mí. Y colgó.

Me tomé tres pastillas de fenobarbital y seis de Benadryl, puse a rebobinar *Frenético,* abrí la ventana para que se aireasse el salón, me encontré con que fuera rugía la ventisca y luego me acordé de que había comprado cigarrillos, así que fumé echando el humo por la ventana, le di al *play* y me tumbé en el sofá. Me pesaba la cabeza. Harrison Ford era el hombre de mis sueños. El corazón me latía más despacio, pero seguía sin poder dormir. Bebí de la jarra de ginebra y se me asentó el estómago.

A las ocho de la mañana, volví a llamar a Trevor. Esta vez no contestó.

—Es solo para saber cómo andas —le decía en el mensaje—. Cuánto tiempo. Quería saber cómo andas y qué has estado haciendo. A ver si nos vemos pronto.

Volví a llamar quince minutos después.

—Mira, no sé cómo contarte esto. Soy seropositiva. Debo de haberlo pillado de uno de los chavales negros del gimnasio.

A las ocho y media, lo llamé y le dije:

—He estado pensando en operarme las tetas y quitármelas. ¿Qué te parece? ¿Crees que me quedaría bien el pecho plano?

A las ocho cuarenta y cinco, lo llamé y le dije:

—Necesito consejo financiero. Hablo en serio, de verdad. Estoy metida en un lío.

A las nueve en punto, volví a llamar. Contestó.

—¿Qué quieres? —preguntó.

—Esperaba oírte decir que me echas de menos.

—Te echo de menos —dijo—. ¿Eso es todo?

Colgué.

Heredé de mi padre la colección completa en vídeo de *Star Trek: La nueva generación*. Seguramente la única vez que mi padre llamó a un número 900 fue para pedir esa serie. La primera vez que contemplé a Whoopi Goldberg con la reverencia que se merecía fue cuando vi *Star Trek* de adolescente. Whoopi era una intrusa sin sentido en la Enterprise. Cada vez que la veía aparecer en pantalla, tenía la sensación de que se estaba riendo de todo el mundo. Su presencia volvía absurda toda la serie. Pasaba lo mismo con todas sus películas. Whoopi con hábito de monja. Whoopi vestida como una georgiana de los años treinta que va a misa con su sombrero de los domingos y su biblia. Whoopi en *Mujeres bajo la luna* con la paliducha de Elizabeth Perkins. Allá donde estuviera, todo lo que la rodeaba se convertía en una parodia torpe y ridícula. Era reconfortante verla. Gracias, Dios, por Whoopi. No había nada sagrado. Whoopi era la demostración.

Después de unos cuantos episodios, me levanté y me tomé unas pastillas de Nembutal y un Placidyl y me tragué otro medio bote de Bisolvon infantil y me senté a ver a Whoopi con su túnica de terciopelo azul aciano y un sombrero como de obispo futurista con forma de cono invertido hablando en serio con Marina Sirtis. Era un contrasentido, pero no podía dormir. Seguí viendo la serie. Me vi tres temporadas completas. Tomé fenobarbital. Tomé zolpidem. Hasta me preparé una taza de manzanilla; el olor dulce y nauseabundo salía de la taza desportillada como de un pañal caliente. ¿Y se suponía que eso me iba a relajar? Me di un baño y me puse un pijama nuevo de satén resbaladizo que encontré en el armario. Seguía sin sueño. No funcionaba nada. Se me ocurrió volver a ver *Braveheart,* así que la metí en el vídeo y la puse a rebobinar.

Y entonces, se rompió el vídeo.

Escuché cómo giraban los cabezales, luego chirriaron, luego rechinaron y al final se pararon. Le di al botón de *eject* y no pasó nada. Le di a todos los botones. Desenchufé y volví a enchufar el aparato. Lo agarré y lo sacudí. Le di porrazos con la mano y después con el zapato. No funcionaba. Estaba oscuro fuera. En mi teléfono ponía que eran las 23:52 del 6 de enero.

Así que me había quedado colgada con solo la tele. Fui cambiando de canales. Un anuncio de comida para gatos. Un anuncio de saunas domésticas. Un anuncio de mantequilla baja en grasa. Suavizante para la ropa. Patatas fritas en paquetes individuales. Yogur de chocolate. Viaja a Grecia, la cuna de la civilización. Bebidas energéticas. Crema facial rejuvenecedora. Pescado para los gatitos.

Coca-Cola quiere decir «Te quiero». Duerme en la cama más cómoda del mundo. El helado no es solo para los niños, señora, a su marido también le gusta. Si tu casa huele a mierda, prende esta vela que huele a pastel de chocolate recién hecho.

Mi madre me solía decir que si no podía dormir, me pusiera a contar algo que valiese la pena, cualquier cosa menos ovejas. Cuenta estrellas. Cuenta Mercedes-Benz. Cuenta presidentes del gobierno. Cuenta los años que te quedan por vivir. Sería capaz de tirarme por la ventana, pensé, si seguía sin poder dormir. Me subí la manta hasta el pecho. Conté capitales. Conté clases de flores. Conté tonos de azul. Cerúleo. Azafata. Eléctrico. Pavo real. Turquesa. Aciano. Lapislázuli. Ultramar. No me dormía. No me iba a dormir. No podía. Conté todos los tipos de pájaros que fui capaz de recordar. Conté programas de televisión de los ochenta. Conté películas ambientadas en Nueva York. Conté famosos que se habían suicidado: Diane Arbus, los Hemingway, Marilyn Monroe, Sylvia Plath, Van Gogh, Virginia Woolf. Pobre Kurt Cobain. Conté las veces que había llorado desde que murieron mis padres. Conté los segundos que pasaban. El tiempo podría seguir así eternamente, volví a pensar. Así seguiría. El infinito se cernía sobre mí de forma constante y por completo, para siempre, conmigo o sin mí. Amén.

Me quité la manta. En la tele, una pareja joven que hacía espeleología en una gruta de Nueva Zelanda bajaba por una enorme grieta oscura, trepaba por una grieta estrecha en la roca, atravesaba un sector de lo que parecían mocos gigantes que goteaban desde el techo y luego entraba en un espacio iluminado por gusanos de luz azules. Traté de imaginarme alguna de las estupideces que me habría dicho Reva para intentar tranquilizarme, pero no se me ocurrió nada. Estaba tan cansada. Pensé de verdad que no volvería a dormir nunca más, así que se me hizo un nudo en la garganta. Lloré. Lo hice. Mi respiración crepitó como una rodilla raspada en el patio de recreo. Fue tan estúpido. Conté hacia atrás desde mil y me sequé las lágrimas de la cara con las manos. Me temblaban los músculos como un coche que ha recorrido una larga distancia y se deja aparcado en la sombra. Cambié de cadena. Había un documental británico sobre naturaleza. Una zorrita blanca escarbaba en la nieve en un día de sol deslumbrante.

—Muchos mamíferos hibernan durante el invierno, pero la zorra del Ártico no. Gracias a su piel especial y a la grasa que cubren su cuerpo bajo y fornido, las bajas temperaturas no la detienen. Su tolerancia tremenda a los climas fríos se la debe a su extraordinario metabolismo, que no empieza a ralentizarse hasta los cincuenta grados bajo cero. Esto significa que ni tiembla siquiera hasta que la temperatura desciende hasta los setenta bajo cero. Guau.

Conté tipos de pieles: visón, chinchilla, marta cibelina, conejo, rata almizclera, mapache, armiño, mofeta, zarigüeya. Reva se había llevado el abrigo de piel de castor de su madre. La hechura era recta y me hizo pensar en un pistolero forajido en un bosque nevado que huía hacia el oeste siguiendo las vías del tren a la luz de la luna y se protegía del viento cortante con el abrigo de castor. La imagen me impresionó. Era insólito que fuese creativa. A lo mejor estaba soñando, pensé. Me imaginé al hombre con el abrigo de piel de castor enrollándose los bajos del pantalón desgastado para cruzar un riachuelo helado; los pies eran tan blancos que parecían peces dentro del agua. Al fin, pensé. Empieza el sueño. Tenía los ojos cerrados. Me fui quedando dormida.

Entonces, como si lo hubiese cronometrado, como si me hubiese leído el pensamiento, Reva llamó a la puerta. Abrí los ojos. Destellos de luz blanca y nívea rayaban el suelo desnudo. Parecía estar amaneciendo.

—¿Hola? Soy yo, Reva.

¿Habría dormido yo algo?

—Déjame entrar.

Me levanté despacio y fui hasta el vestíbulo.

—Estoy durmiendo —le siseé a través de la puerta.

Entrecerré los ojos para mirar por la mirilla: Reva venía hecha un desastre y parecía trastornada.

—¿Puedo entrar? —preguntó—. Necesito hablar, en serio.

—¿Te puedo llamar luego? ¿Qué hora es?

—La una y cuarto. Te he estado llamando —dijo—. Toma, el portero te manda el correo. Necesito hablar. Es algo grave.

Quizá Reva había estado implicada de alguna manera en mi escapada al centro puesta de Infermiterol. Quizá tenía información privilegiada sobre lo que había hecho. ¿Me importaba? De hecho, sí, un poco. Abrí la puerta y la dejé entrar. Llevaba el abrigo de castor enorme de su madre, como me había imaginado.

—Bonito jersey —dijo, pasando de largo y entrando en el piso; dejaba tras de sí un olorcillo a frío y naftalina—. Esta primavera se lleva el gris.

—Sigue siendo enero, ¿no? —pregunté aún paralizada en el pasillo.

Esperé que Reva me lo confirmase, pero lo único que hizo fue tirar el montón de correo en la mesa del comedor, luego se quitó el abrigo y lo dejó tendido en el respaldo del sofá al lado de mi abrigo de piel de zorro. Dos pieles. Volví a acordarme de los perros muertos de Ping Xi. Me surgió un recuerdo de uno de mis últimos días en Ducat: un brasileño rico, gay, acariciando al caniche disecado y diciéndole a Natasha que quería «un abrigo justo igual, con capucha». Me dolía la cabeza.

—Tengo sed —dije, pero lo que salió de mi garganta fue una especie de carraspeo.

—¿Qué?

Sentí que el suelo se movía un poco bajo mis pies. Fui tanteando el camino hasta el salón, rozando la pared fría con las manos. Reva ya se había puesto cómoda en el sillón. Recobré la compostura y solté las manos antes de ir tambaleándome hasta el sofá.

—Bueno, se acabó —dijo Reva—. De manera oficial. Se acabó.

—¿El qué?

—¡Lo de Ken!

Le tembló el labio. Se puso el dedo doblado bajo la nariz, contuvo la respiración, luego se levantó y se me acercó y me acorraló contra la esquina del sofá. No me podía mover. Me descompuso un poco ver cómo se le iba enrojeciendo la cara por la falta de oxígeno y se aguantaba el llanto, luego me di cuenta de que yo también estaba conteniendo la respiración. Suspiré y, al confundir mi suspiro con una exclamación de pena y compasión, Reva me rodeó con los brazos.

Olía a champú y a perfume. Olía a tequila. Olía un poco a patatas fritas. Me abrazó y tembló y lloró y moqueó un minuto entero.

—Estás tan flaca —dijo mientras se sorbía los mocos—. No es justo.

—Necesito sentarme —le dije—. Quita.

Me soltó.

—Lo siento —dijo, y fue al baño a sonarse la nariz.

Me tumbé y me puse de cara al respaldo del sofá, me acurruqué contra las pieles de zorro y de castor. A lo mejor ahora sí puedo dormir, pensé. Cerré los ojos. Me imaginé al zorro y al castor juntos hechos un ovillo en una pequeña cueva cerca de una cascada, las paletas del castor, su ronquido áspero, el avatar animal perfecto para Reva. Y yo, un zorrito blanco estirado boca arriba con la lengua rosa chicle colgándole del hocico inmaculado y peludo, inmune al frío. Escuché la cisterna.

—No te queda papel higiénico —dijo Reva, interrumpiéndome la visión. Llevaba semanas limpiándome con servilletas de papel del colmado, seguramente se había dado cuenta antes.

—Me vendría muy bien una copa —resopló. Los tacones repiquetearon en las baldosas de la cocina—. Perdona que me haya presentado así. Es que estoy fatal.

—¿Qué pasa, Reva? —gruñí—. Suéltalo ya. No me siento muy bien.

La oí abrir y cerrar unos cuantos armarios. Luego volvió con una taza y se sentó en el sillón y llenó la taza de ginebra hasta arriba. Ya no lloraba. Suspiró una vez taciturna y luego otra vez con vehemencia y bebió.

—Ken me ha trasladado. Y dice que no quiere volver a verme. Así que ya está. Después de todo este tiempo. He tenido un día tan horrible que no te lo puedo ni contar —pero allí estaba, contándomelo. Se pasó cinco minutos enteros explicando lo que fue volver del almuerzo y encontrarse una nota en el escritorio—. Como si pudieras cortar con alguien con una nota. Como si yo no le importase nada de nada. Como si yo fuese su secretaria o algo así. ¡Como si fuese un asunto de negocios, cuando no lo es!

—Entonces qué es, Reva.

—¡Un asunto del corazón!

—Ah.

—Así que entro y va y me dice «deja la puerta abierta» y me empieza a latir como loco el corazón porque, venga ya, ¿nota de qué? Así que cierro la puerta en plan «de qué va esto, cómo puedes hacerme algo así». Y él en plan «se acabó, no puedo seguir viéndote», ¡como en una película!

—¿Qué decía la nota?

—Que me van a ascender y que me trasladan a las Torres Gemelas. El primer día que voy a la oficina desde que se murió mi madre. Ken estuvo en el funeral. Vio cómo estaba y, ahora, de pronto, me dice que se acabó. ¿Así sin más?

—¿Te van a ascender?

—Marsh está empezando una consultora nueva de gestión de crisis. Riesgo de ataque terrorista, bla, bla, bla. Pero ¿has oído lo que te he dicho? Que no me quiere ver más, ni siquiera en la oficina.

—Menudo imbécil —dije sin pensar.

—¿A que sí? Es un cobarde. O sea, estamos enamorados. ¡Enamorados de verdad!

—¿Ah, sí?

—¿Cómo puede cortar así sin más?

Seguí con los ojos cerrados. Reva no paró ni un momento, repitió la historia seis o siete veces, en cada versión destacaba un aspecto nuevo de la experiencia y lo analizaba en consecuencia. Intenté desligarme de las palabras y escuchar solo el sonsonete de su voz. Tuve que admitir que era un consuelo tener allí a Reva. Me sentaba igual de bien que una película de vídeo. La cadencia de su discurso me resultaba tan conocida y predecible como el sonido de cualquier película que hubiese visto cien veces. Por eso me llevaba aferrando a ella tanto tiempo, pensé allí tumbada, sin escucharla. Desde que la conocía, el sonsonete de las descripciones interminables sobre sus proyecciones románticas delirantes se había convertido en una especie de arrullo. Reva atraía mi angustia como un imán, la succionaba. Me convertía en un monje budista zen cuando la tenía cerca. Estaba por encima del miedo, del deseo, por encima de cualquier preocupación mundana en general. En su compañía, podía vivir el presente. No tenía ni pasado ni presente. No tenía pensamientos. Estaba en un nivel muy por encima de su cháchara y era demasiado fría.

Reva se enfadaba, se apasionaba, se deprimía, entraba en éxtasis. Yo no. Me negaba. No sentía nada, hacía tabla rasa. Trevor me dijo una vez que yo le parecía frígida y a mí me dio igual. Vale. Pues sería una cabrona distante. Sería la reina del hielo. No sé quién dijo que si te mueres de hipotermia, te entra frío y sueño, todo se ralentiza y luego te pierdes. No sientes nada. Sonaba bien. Era la mejor manera de morir, despierta y soñando, sin sentir nada. Podía irme en tren a Coney Island, pensé, andar por la playa contra el viento helado y nadar mar adentro. Luego hacer el muerto mirando las estrellas, adormecerme, quedarme aletargada, dejarme ir a la deriva, dejarme ir a la deriva. ¿No sería lo justo elegir cómo quiero morir? No quería morir como mi padre, pasivo y callado mientras el cáncer se lo comía vivo. Por lo menos, mi madre hizo las cosas a su manera. Nunca antes se me habría ocurrido admirarla por algo. Por lo menos, tuvo agallas. Por lo menos se hizo cargo del asunto a su modo.

Abrí los ojos. Había una telaraña en la esquina del techo ondeando con la corriente como un retal de seda apolillada. Me concentré en Reva un momento. Su charla me dejaba limpia la paleta de la mente. Gracias, Dios, por Reva, mi analgésico llorica e idiota.

—Así que cuando le dije que estaba harta de que me hiciese perder el tiempo, empezó a decirme que es mi jefe y todo eso, en plan macho, ¿vale? Y eludió el problema de verdad, lo que te conté que ni me puedo plantear en este momento —no recordaba que me hubiese contado nada. Escuché cómo se echaba más ginebra—. O sea, no lo voy a tener, obvio. Sobre todo ahora. A Ken no se le puede molestar con eso. Lo que a él se le daba bien es escurrir el bulto.

Me giré y la miré de reojo.

—Si se cree que va a poder librarse de mí tan fácilmente... —dijo, acusando con el dedo—. Si se cree que se va a librar de esta...

—¿Qué, Reva? ¿Qué le vas a hacer? ¿Lo vas a matar? ¿Le vas a quemar la casa?

—Si se cree que me voy a comer esta mierda y desaparecer en silencio... No pudo terminar la frase. No tenía nada con lo que amenazar. Su propia rabia la aterrorizaba tanto que no era capaz siquiera de imaginarse un final violento. No es que fuera a vengarse de verdad.

—Cuéntale a su mujer que habéis estado follando. O denúncialo por acoso sexual —le sugerí.

Reva arrugó la nariz y se pasó la lengua por los dientes, la rabia de pronto se transformó en calculado pragmatismo.

—Es que no quiero que nadie lo sepa. Me deja en una situación complicada. Y me suben el sueldo, así que bien. Además, siempre he querido trabajar en el World Trade Center. No es que me pueda quejar. Es solo que quiero que Ken se sienta mal.

—Los hombres no se sienten mal como quisiéramos —le dije—. Se cabrean y se deprimen cuando no consiguen lo que quieren. Por eso te ha despedido. Eres deprimente. Tómatelo como un cumplido si quieres.

—Transferida, no despedida —Reva dejó la taza en la mesa y levantó las manos hasta la altura de la cara—. Mira, estoy temblando.

—No veo nada.

—Tengo un temblor. Lo siento.

—¿Quieres un Trankimazin? —le pregunté con sarcasmo.

Para mi sorpresa, Reva dijo que sí. Le pedí que me trajera el bote del botiquín. Hizo el camino de ida y vuelta al cuarto de baño repiqueteando con los tacones y me acercó el bote.

—Hay como veinte medicamentos —dijo—. ¿Te los tomas todos?

Le di a Reva un Trankimazin. Yo me tomé dos.

—Me voy a recostar aquí un rato y cerrar los ojos, Reva. Quédate si quieres, pero a lo mejor me duermo. Estoy muy cansada.

—Sí, vale —dijo—. Pero ¿puedo seguir hablando?

—Claro.

—¿Me das un cigarro?

Hice un ademán de desdén con la mano. Nunca había visto a Reva tan desbocada y descarada. Hasta cuando bebía un montón era muy estirada. Escuché chispear el mechero. Reva tosió un rato.

—Quizá sea lo mejor —dijo. Parecía más tranquila—. Quizá pueda tirar para delante y conocer a otro. A lo mejor vuelvo a internet. O conozco a alguien en la oficina nueva. Me gustan las Torres Gemelas. Allí arriba se está muy tranquilo. Y creo que si empiezo con buen pie, con un grupo nuevo de gente, no me tratarán como a una esclava. En la oficina de Ken nadie me escuchaba nunca. Cada vez que teníamos una reunión de estrategia, en vez de dejarme hablar, me hacían tomar notas como si fuese una becaria de diecinueve años. Y Ken me trataba como la mierda en el trabajo porque no quería que nadie supiera que estamos liados. Que lo estábamos. ¿No es un poco raro que trajera a su mujer al funeral de mi madre? ¿Quién hace eso? ¿A qué vino eso?

—Es un idiota, Reva —murmuré contra la almohada.

—Qué más da. Ahora todo será distinto —dijo Reva, apagando el cigarrillo en la taza—. Tenía el presentimiento de que esto iba a pasar. Le dije que lo quería, ¿sabes? Y fue la gota que colmó el vaso. Miedica.

—A lo mejor te cruzas con Trevor.

—¿Dónde?

—En las Torres.

—Ni siquiera sé qué aspecto tiene.

—El mismo que cualquier otro imbécil corporativo.

—¿Todavía lo quieres?

—Qué asco, Reva.

—¿Crees que todavía te quiere?

—No lo sé.

—¿Te gustaría que te quisiera?

La respuesta era un sí, pero solo para que sintiese el dolor de mi rechazo.

—¿Y te he contado que mi padre tiene un lío? —dijo Reva—. Una cliente suya que se llama Barbara. Divorciada, sin hijos. La va a llevar a Boca Ratón. Parece que se ha metido en una multipropiedad. Llevaba planeándolo meses. Ahora ya sé por qué estaba en plan tacaño. ¿Incinerar? ¿Florida? ¿Mamá se muere y de pronto a él le gusta el sol? No lo entiendo. Ojalá se hubiese muerto él en vez de ella.

—Dale tiempo —dije.

—¿Puedo tomarme otro Trankimazin? —preguntó Reva.

—No puedo gastar otro, Reva, lo siento.

Se quedó callada un rato. El ambiente se puso tenso.

—Lo único que se me ocurre para que Ken pague por cómo ha jugado conmigo es tenerlo. Pero no lo tendré. De todas formas, gracias por escucharme.

Se inclinó sobre mí en el sofá, me besó la mejilla, dijo que me quería y se fue.

Así que deduje que Reva estaba embarazada. Me quedé tumbada en el sofá meditando sobre eso un rato. Había una criatura diminuta, minúscula, en su vientre. El producto de un accidente. Un efecto secundario de las vanas ilusiones y la dejadez. Me dio lástima, ahí tan solo, flotando en el fluido del vientre de Reva que me imaginaba lleno de refresco *light,* a empellones constantes por culpa de la histeria de Reva con los ejercicios aeróbicos y apretado y empujado cada vez que estirase el tronco con furia en las clases de Pilates. A lo mejor debería tener el bebé, pensé. A lo mejor un bebé la espabilaba.

Me levanté y me tomé una pastilla de fenobarbital y otra de Trankimazin. En ese momento, me habría ayudado a relajarme más que nunca una película. Encendí la tele, las noticias de la ABC7, y la apagué. No quería saber nada de tiroteos en el Bronx, de explosiones de gas en el Lower East Side, de policías reprimiendo a estudiantes de instituto que se saltaban los torniquetes del metro, de esculturas de hielo desfiguradas en Columbus Circle. Me levanté y me tomé otro Nembutal.

Volví a llamar a Trevor.

—Soy yo —es todo lo que me dejó decir antes de ponerse a hablar. Era el mismo discurso que me había soltado una docena de veces: que estaba con alguien y que no podía volver a verme.

—Ni siquiera como amigos —dijo—. Claudia no cree en las relaciones platónicas entre los sexos y estoy empezando a darme cuenta de que tiene razón. Y está pasando por un divorcio, así que está muy sensible. Esta mujer me gusta de verdad. Es increíble. Tiene un hijo autista.

—Te llamo solo para pedirte que me prestes dinero —le dije—. Se me acaba de romper el vídeo. Y estoy salida.

Sabía que sonaba como una loca. Me imaginaba a Trevor recostándose en el sillón y aflojándose la corbata mientras se le crispaba el pene en el regazo en contra de su voluntad. Lo escuché suspirar.

—¿Necesitas dinero? ¿Por eso me llamas?

—Estoy enferma y no puedo salir de casa. ¿Me puedes comprar un vídeo nuevo y traérmelo? De verdad que lo necesito. Estoy tomando un montón de pastillas, no puedo llegar ni a la esquina. Casi no me puedo levantar de la cama.

Conocía a Trevor. No era capaz de resistirse a mi debilidad. Aquella era la paradoja fascinante de Trevor. A la mayoría de los hombres la dependencia les quitaba las ganas, pero, para Trevor, lujuria y lástima iban de la mano.

—Mira, ahora no puedo ocuparme de ti. Tengo que colgar —dijo. Y colgó.

Muy bien. Que se quedara con su señora de vagina flácida y su hijo tonto. Yo ya sabía cómo le iba a ir en la relación esa. Se la ganaría con unos cuantos meses de declaraciones honorables —«Quiero estar para lo que necesites; por favor, cuenta conmigo; te quiero»—, pero en cuanto pasara algo complicado, como que el exmarido pidiera la custodia del hijo, Trevor empezaría a tener dudas. «Me pides que sacrifique mis necesidades por las tuyas. ¿Te das cuenta de lo egoísta que eres?» Discutirían. Trevor saldría corriendo. Hasta puede que me llamase para disculparse por «ser tan frío al teléfono la última vez que hablamos. En aquel momento estaba bajo mucha presión. Espero que podamos superarlo. Tu amistad significa mucho para mí. No quiero perderte». Si no se pasaba ahora, pensé, era cuestión de días. Me levanté y me tomé unas cuantas pastillas de trazodona y me acosté.

Volví a llamar a Trevor. Esta vez no le dejé decir ni una palabra cuando contestó.

—Si no estás aquí follando conmigo en menos de cuarenta y cinco minutos, ya puedes llamar a la ambulancia porque estaré desangrándome hasta la muerte y no me voy a cortar las venas en la bañera como las personas normales. Si no vienes en menos de cuarenta y cinco minutos, me cortaré el cuello aquí mismo en el sofá. Y mientras tanto, llamaré a mi abogado y le diré que te dejo todo lo que hay en el piso, sobre todo el sofá, para que te puedas apoyar en Claudia o quien sea cuando te llegue el momento de lidiar con todo esto. A lo mejor ella conoce a algún buen tapicero.

Colgué. Me sentí mejor. Llamé al portero.

—Mi amigo Trevor está de camino. Deja que suba cuando llegue.

Abrí la puerta del piso, apagué el teléfono, lo metí en una fiambrera sellada con cinta de embalar y lo enterré en lo más profundo del estante más alto del armario de encima del fregadero. Me tomé unas cuantas pastillas más de zolpidem, me comí la pera, vi un anuncio de Exxon-Mobil e intenté no pensar en Trevor.

Mientras esperaba, abrí una lama de la persiana y vi que era noche cerrada, una noche negra y fría y helada y pensé en todas las personas crueles que habría ahí fuera durmiendo tranquilamente como bebés recién nacidos envueltos en mantas y apretados contra el pecho de sus madres amantísimas y pensé en las clavículas huesudas de mi madre, en el encaje blanco de sus sujetadores y el encaje blanco de sus camisolas de seda y en las combinaciones que llevaba debajo de todo y en la blancura de su albornoz de felpa, colgado detrás de la puerta de su cuarto de baño, grueso y suntuoso como los de los hoteles bonitos y en su salto de cama de satén gris cuyo cinturón se salía de las trabillas porque era de satén de seda y hacía ondas como el agua de un río en un grabado japonés, en las piernas tersas y pálidas de mi madre brillando como los vientres blancos de las carpas en los que destellaba el sol, cuyas colas como abanicos removían el cieno y enturbiaban el estanque como una bocanada de humo en un espectáculo de magia, y en la base de maquillaje en polvo de mi madre, en cómo cuando hundía la brocha grande y redonda y luego se la llevaba a la cara demacrada y cetrina, brillante de crema hidratante, también hacía una bocanada de humo y recordé que miraba cómo se «ponía la cara», como ella decía, y me preguntaba si algún día sería como ella, un hermoso pez en un estanque fabricado por el hombre, dando vueltas y vueltas, sobreviviendo al tedio únicamente porque la memoria solo almacenaba lo que había grabado en los últimos minutos de vida y borraba los pensamientos todo el tiempo.

Por un momento, no me pareció para nada mal esa vida, así que me levanté del sofá y me tomé un Infermiterol, me cepillé los dientes, fui al dormitorio, me desnudé, me metí en la cama, me tapé la cabeza con el edredón y me desperté un poco más tarde —unos cuantos días, supuse— atragantada y tosiendo, con los testículos de Trevor bailándome en la cara.

—Dios —farfullaba Trevor.

Seguía descolocada y atontada. Cerré los ojos y así me quedé, mientras escuchaba el chasquido que hacía Trevor con la mano al sacudirse el pene cubierto de saliva, luego sentí que me eyaculaba en las tetas. Una gota se deslizó por el surco entre las costillas. Me di la vuelta, noté cómo se sentaba al borde de la cama, lo escuché respirar.

—Debería irme —dijo un minuto después—. Llevo aquí demasiado tiempo, Claudia se va a empezar a preocupar.

Intenté levantar la mano para hacerle un gesto obsceno con el dedo, pero no pude. Intenté hablar pero en vez de eso gruñí.

—Los vídeos se van a quedar obsoletos en un año o dos —dijo.

Luego lo oí en el cuarto de baño, oí la tapa chocar contra el tanque de la cisterna, el pis salpicar, la cisterna, luego el agua correr un rato largo en el lavabo. Seguramente se estaría lavando el pene. Volvió y se vistió, luego se tumbó en la cama a mi lado, me abrazó como unos veinte segundos. Sentí sus manos frías en el pecho y su aliento caliente en el cuello.

—Esta ha sido la última vez —dijo, como si se hubiese tenido que esforzar mucho, como si me hubiese hecho un gran favor.

Luego se levantó de la cama de una tacada, lo que hizo que yo rebotase como una boya en mar abierto. Lo escuché dar un portazo.

Me levanté, me puse algo de ropa, me tomé unos cuantos ibuprofenos y arrastré el edredón desde el dormitorio al sofá. En la mesa del centro había un reproductor de DVD, todavía en la caja. Me indignó verlo, con el recibo metido debajo de la tapa. Pagado en efectivo. Trevor sabía que yo no tenía ningún DVD. Puse la TeleTienda. Embotada, encargué una arrocera de la Colección Bistró de Wolfgang Puck, una pulsera Rivière de circonitas, dos sujetadores realzadores con relleno de silicona y siete figuritas de porcelana de bebés dormidos. Se los daría a Reva, razoné, para «condolerme» con ella. Por fin, exhausta, me separé un centímetro de mi pensamiento y pasé la noche en el sofá en un duermevela irregular con los huesos enterrados en lo hondo de los cojines hundidos. La garganta me picaba y me dolía, el corazón se me aceleraba y ralentizaba a intervalos, de vez en cuando abría y cerraba los ojos para asegurarme de que de verdad no había nadie más en el salón.

6

Por la mañana, llamé a la doctora Tuttle.

—Se me ha recrudecido el insomnio —dije, y por fin era cierto.

—Te lo oigo en la voz —dijo.

—Me queda poco zolpidem.

—Eso no está bien. Perdóname, que tengo que dejar el teléfono un momentito.

Escuché el ruido de la descarga de la cisterna, un gruñido gutural que supuse que era el que hacía la doctora Tuttle al subirse las medias, luego un chorrito de agua en el lavabo. Volvió al teléfono y tosió.

—Me da igual lo que diga la Administración de Alimentos y Medicamentos: una pesadilla no es más que una llamada para que renueves las conexiones de los circuitos neuronales. Es solo cuestión de escuchar tus instintos. La gente estaría mucho más tranquila si actuase por impulso y no mediante la razón. Por eso los fármacos son tan efectivos para curar las enfermedades mentales, porque reducen nuestra capacidad de juicio. Intenta no pensar tanto. Últimamente digo mucho eso. ¿Te estás tomando el Seroquel?

—Todos los días —mentí. El Seroquel no me hacía nada.

—La retirada del zolpidem tiene sus riesgos. Como profesional, debo disuadirte de que manejes maquinaria pesada, tractores, autobuses escolares o chismes de esos. ¿Has probado con el Infermiterol?

—Todavía no —le volví a mentir.

Pensé que contarle la verdad a la doctora Tuttle —que el Infermiterol me había llevado a hacer cosas impropias de mí durante días sin yo saberlo, que aquella sustancia había anulado todos los demás medicamentos— le despertaría muchas sospechas. «La pérdida de conocimiento puede ser síntoma de una dolencia en torno a la vergüenza —me imaginé que diría—. A lo mejor tu infección se debe a algo de lo que te arrepientas. ¿O quizá Lyme? ¿Sífilis? ¿Diabetes? Quiero que un doctor en medicina, llamémoslo así, te haga un examen exhaustivo».

Aquello lo estropearía todo. Necesitaba la confianza inquebrantable de la doctora Tuttle. No es que faltasen psiquiatras en Nueva York, pero encontrar a una tan irresponsable y rara como ella era un reto que no me veía capaz de manejar.

—No funciona nada —le dije por teléfono—. Estoy perdiendo la fe hasta en el fenobarbital.

—No digas eso —dijo la doctora Tuttle con un grito ahogado muy espontáneo.

Esperaba que me recetase algo más fuerte, más fuerte incluso que el Infermiterol. DMT. Lo que fuese. Pero para que la doctora Tuttle me extendiese la receta, tenía que hacer que pareciera idea suya.

—¿Qué me sugiere usted?

—Les he oído decir a varios estimados colegas brasileños míos que el uso continuado de Infermiterol puede provocar un movimiento profundo de las placas tectónicas. Está demostrado que si se le añade como complemento una filigrana de dosis bajas de aspirina y proyección astral, resulta muy efectivo para curar el terror solipsista. Si no funciona, nos replantearemos todo. Quizá tengamos que reconsiderar el enfoque de tu tratamiento en general —dijo—. Hay alternativas a la medicación, aunque suelen tener más efectos secundarios perjudiciales.

—¿Como qué?

—¿Alguna vez has estado enamorada?

—¿En qué sentido?

—Ya cruzaremos ese puente cuando lleguemos a él. En cuanto a la medicación, el siguiente nivel de sedación mayor de uso doméstico es un fármaco llamado Prognosticrona. Lo he visto obrar maravillas, pero uno de sus efectos secundarios conocidos es que se echa espuma por la boca. De todas formas, no podemos descartar la posibilidad de que tal vez (aunque sea algo excepcional, de hecho no tiene precedentes en toda mi experiencia profesional) haya errado en mi diagnóstico. A lo mejor lo que padeces es algo, a ver cómo lo digo..., psicosomático. Ya que corremos ese riesgo, creo que deberíamos moderarnos.

—Probaré con el Infermiterol —dije con sequedad.

—Bien. Y come una buena tanda de productos lácteos una vez al día. ¿Sabías que las vacas pueden elegir si duermen de pie o tumbadas? Si pudiera elegir, ya sé lo que haría. ¿Has hecho alguna vez yogur casero? No me contestes. Dejaremos la clase de cocina para la siguiente sesión. Ahora anótate esto porque me parece que estás demasiado psicótica para acordarte: sábado, 20 de enero, a las dos. Y prueba con el Infermiterol. Chau, chau.

—Un momento —dije—. El zolpidem.

—Te lo pido ahora mismo.

Colgué y miré el teléfono. Era domingo, 7 de enero.

Fui al baño a hacer inventario del botiquín; conté todas las pastillas sobre las baldosas mugrientas del suelo. En total tenía dos zolpidem pero había treinta más en camino, doce pastillas de Rozerem, dieciséis de trazodona, unas diez pastillas de cada de Orfidal, Trankimazin, Valium, Nembutal y fenobarbital, más cantidades de un solo dígito de una docena de medicamentos arbitrarios que me había recetado la doctora Tuttle una única vez «porque si vuelvo a recetarte algo tan peculiar, los brujos del seguro se pondrían a especular». Antes, este suministro de medicamentos me habría bastado para un mes de sueño moderado, nada demasiado profundo si me controlaba con el zolpidem, pero en el fondo sabía que eran todos inútiles ya, como una colección de monedas extranjeras o una pistola sin balas. El Infermiterol había vuelto irrelevantes los demás fármacos. Pensé que a lo mejor irradiaba una energía que intoxicaba todo lo que había en los estantes a su alrededor, y aunque sabía que era una estupidez, volví a guardar todas las pastillas en el botiquín, pero dejé el bote de Infermiterol en la mesa del comedor; el tapón azul brillaba como un neón mientras revisaba el correo. Me tomé unas cuantas pastillas de Nembutal y apuré los posos de un bote de Bisolvon.

Me topé con un aviso de la oficina de empleo: me había olvidado de llamarlos. De todas formas, se estaban acabando sus míseras pagas, así que no perdía nada. Tiré el aviso a la basura.

Había una postal del dentista que me recordaba mi limpieza anual. A la basura. Estaba la factura de la doctora Tuttle por la visita a la que falté, escrita a mano en el dorso de una ficha. «Tarifa por no asistir el 12 de noviembre: 300 dólares». Seguramente ya se habría olvidado. La aparté. Tiré un cupón de un nuevo restaurante de Oriente Medio de la Segunda Avenida. Tiré catálogos de primavera de Victoria's Secret, J. Crew, Barneys. Un aviso de corte de agua del portero del edificio. Más porquería. Abrí el extracto de la tarjeta de débito del mes anterior y examiné todos los cobros. No encontré nada fuera de lo normal, eran casi todos retiradas de efectivo en el colmado. Solo unos cuantos cientos de dólares en Bloomingdale's. Pensé que a lo mejor había robado el abrigo blanco de piel de zorro.

Había una felicitación navideña de Reva: «Me has acompañado en esta época tan difícil. No sé qué haría sin una amiga como tú para capear los altibajos de la vida...». Estaba tan mal redactada como el aborto de panegírico que le había hecho a su madre. La tiré.

Dudé si abrir una carta del abogado de sucesiones, preocupada por si era una factura que tuviese que pagar, lo que me obligaría a buscar la chequera y salir al mundo a comprar un sello. Pero inspiré hondo y vi las estrellas y abrí la carta de todas formas. Era una nota breve escrita a mano.

«He intentado contactar con usted varias veces por teléfono pero al parecer su contestador está lleno. Espero que haya tenido una feliz Navidad. El profesor deja la casa. Creo que debería ponerla en venta en vez de buscar otro inquilino. Desde el punto de vista económico, haría mejor en vender y comprar acciones con ese dinero. De lo contrario, la casa se quedará ahí vacía.»

Era una pérdida de espacio, es lo que me estaba diciendo.

Sin embargo, si cerraba los ojos y pensaba en la casa en aquel momento, no la veía vacía. Me quedé atrapada en las profundidades color pastel del armario abarrotado de mi madre. Entré y espié sus blusas de seda colgadas y la alfombra de color crudo de su dormitorio, la lámpara de cerámica color crema de su mesilla de noche. Mi madre. Y luego recorrí el pasillo, crucé las puertas cristaleras hasta el estudio de mi padre: un hueso seco de ciruela en el platillo de una taza, el ordenador gris enorme con su parpadeo verde neón, una pila de artículos que él había subrayado en rojo, portaminas, cuadernos de hojas amarillas abiertos como narcisos. Periódicos y revistas y gacetas y carpetas color manila, gomas de borrar de un color rosa que de pronto me pareció un tanto genital. Botellas rechonchas de cristal de Canada Dry a las que les quedaba un cuarto. Un plato de vidrio astillado lleno de clips oxidados, calderilla, envoltorios arrugados, un botón de camisa que él habría querido coser pero nunca cosió. Mi padre.

¿Cuántos pelos y pestañas y células epidérmicas y recortes de uñas de mis padres habían sobrevivido entre las tablas de madera del suelo desde que el profesor se había mudado a la casa? Si la vendía, los nuevos dueños quizá cubriesen los suelos de madera con linóleo o los arrancaran. Quizá pintasen las paredes de colores vivos, construyeran un porche en la parte trasera y plantaran flores en el césped. En primavera, el lugar se parecería a «la casa *hippie*» de al lado. A mis padres les habría parecido odioso.

Dejé la carta del abogado y me tumbé en el sofá. Tendría que haber sentido algo, una punzada de tristeza, un pinchazo de nostalgia. Me asaltó una sensación peculiar, una especie de desesperación oceánica que en una película se representaría someramente conmigo moviendo la cabeza despacio y derramando una lágrima. Luego un *zoom* a mi cara triste, bonita y huérfana. Corte a un montaje de los momentos más significativos de mi vida: mis primeros pasos; mi padre empujando mi columpio al atardecer; mamá bañándome en la bañera; una grabación casera de vídeo borrosa y movida de mi sexto cumpleaños en el jardín de atrás, con los ojos vendados y dando vueltas para pincharle la cola a un burro de cartón. Pero no me golpeó la nostalgia. Esos no eran mis recuerdos. Solo sentí un hormigueo en las manos, un extraño cosquilleo como cuando casi se te cae algo muy valioso por el balcón pero al final no. Se me aceleró un poco el corazón. Podría dejar caer la casa, me dije, aquel sentimiento. No tenía nada que perder, así que llamé al abogado.

—¿Cómo sacaría más dinero, vendiendo la casa o quemándola? —le pregunté. Oí cómo por un momento contenía la respiración—. ¿Hola?

—Definitivamente, vendiéndola —dijo el abogado.

—Hay cosas en el desván y en el sótano —empecé a decir—. ¿Tengo que...?

—Las puede recoger cuando le remitamos los documentos. A su debido tiempo. El profesor se mudará a mediados de febrero, después veremos. Le haré saber lo que suceda.

Colgué, me puse el abrigo y bajé a la farmacia. Hacía mucho viento y frío en la calle, la nieve barría los coches aparcados como purpurina multicolor a la luz del mediodía. Olía a café cuando pasé por delante del colmado y estuve tentada de pillar uno para el camino hasta la farmacia, pero fui sensata. La cafeína no sería de ayuda. Ya estaba temblando y nerviosa. Tenía gran confianza en el zolpidem. Pensé que cuatro pastillas con un chupito de Bisolvon me dejarían fuera de juego por lo menos cuatro horas. «Piensa en positivo», como le gustaba decirme a Reva.

Curioseé los vídeos que había en la farmacia: *El guardaespaldas, Somos los mejores, Karate Kid III, Balas sobre Broadway* y *Emma*. Entonces me volví a acordar, angustiada —qué cruel es la verdad—, de que mi vídeo seguía roto.

La mujer que atendía el mostrador de la farmacia era mayor y parecía un pájaro. No la había visto antes. Llevaba una placa con su nombre, Tammy. El nombre más feo del mundo. Me habló con una profesionalidad clínica que me hizo odiarla.

—¿Fecha de nacimiento? ¿Es la primera vez que viene?

—¿Aquí vendéis reproductores de vídeo?

—Creo que no, señora.

Podría haberme dado un paseo hasta la tienda de electrónica de la calle 86. Podría haber ido en taxi y volver. Me da mucha pereza, me dije, pero, en realidad, a aquellas alturas, creo que me había resignado a mi suerte. Ninguna película tonta me salvaría. Ya oía el motor a reacción de los aviones en lo alto, un estruendo en la atmósfera de mi mente que lo desgarraría todo, luego taparía los daños con humo y lágrimas. No sabía cómo iba a ser. No importaba. Pagué el Bisolvon, el zolpidem, una latita de caramelos de menta y me fui contoneando a través del frío, temblando pero aliviada, las pastillas y los caramelos cascabeleaban como serpientes a cada paso que daba. No tardaría en llegar a casa. Dios mediante, no tardaría en estar dormida.

Pasó un paseador de perros con un grupo de perritos miniatura y perritos falderos ladrando con correas que parecían látigos. Los perros se deslizaban por el asfalto mojado silenciosos como cucarachas, eran todos tan pequeños que me sorprendió que nadie los hubiera pisoteado. Fáciles de querer. Fáciles de matar. Pensé otra vez en los perros disecados de Ping Xi, en el mito ridículo de su congelador industrial asesino de perros. Una cortina brusca de viento me golpeó la cara. Me subí el cuello del abrigo de pieles para taparme la nuca y me imaginé que era una zorra blanca acurrucada en la esquina del congelador de Ping Xi, donde el aire humeaba en remolino, mitades de vaca se balanceaban chirriando entre el zumbido del frío, la mente se me iba ralentizando hasta que las sílabas sueltas del pensamiento se abstraían de su significado y las escuchaba estirarse como notas sostenidas, como bocinas o sirenas que anunciasen un toque de queda o un ataque aéreo. «Esto ha sido un simulacro.» Me castañeteaban los dientes, aunque tenía la cara entumecida. Pronto. Lo del congelador sonaba muy bien.

—Han llegado unas flores para usted —me dijo el portero cuando volví al edificio. Señaló un ramo enorme de rosas rojas que había en la repisa de la chimenea inhabilitada del vestíbulo.

—¿Para mí?

¿Serían de Trevor las rosas? ¿Habría cambiado de opinión con respecto a su novia vieja y gorda? ¿Eso era bueno? ¿Era el principio de una nueva vida? ¿Un romance renovado? ¿Quería yo tal cosa? Se me encabritó el corazón como un caballo asustado, el idiota. Me acerqué a mirar las flores. El espejo que colgaba sobre la repisa me mostró un cadáver congelado todavía bonito. Luego me di cuenta de que el jarrón tenía forma de calavera. Trevor nunca me habría mandado algo semejante. No.

—¿Has visto quién las ha traído? —le pregunté al portero.

—Un repartidor.

—¿Asiático? —pregunté.

—Un viejo de color. A pie.

Metida entre las flores había una notita escrita a bolígrafo con letra femenina: «A mi musa. Llámame y nos ponemos con ello».

Le di la vuelta: era la tarjeta de visita de Ping Xi con su nombre, teléfono, correo electrónico y la cita más cursi que había leído jamás: «Todo acto de creación es un acto de destrucción. Pablo Picasso».

Cogí el jarrón y me metí en el ascensor, el olor de las rosas era como el de la peste de un gato muerto en el desagüe. En mi planta, abrí la rampa de la basura del descansillo y tiré las rosas, pero me quedé con la tarjeta. Por mucho que me asquease Ping Xi —no lo respetaba ni a él ni su arte, no quería conocerlo, no quería que me conociera—, me había halagado y así recordé que mi estupidez y mi vanidad seguían intactas. Una buena lección. «¡Ay, Trevor!»

En casa, encajé la tarjeta de visita de Ping Xi en el marco del espejo del salón, al lado de la Polaroid de Reva. Me metí cuatro pastillas de zolpidem y tragué un poco de Bisolvon. «Tienes mucho sueño», me dije mentalmente. Busqué sábanas limpias en el armario de la ropa blanca, hice la cama y me metí dentro. Cerré los ojos y me imaginé la oscuridad, me imaginé campos de trigo, me imaginé los patrones cambiantes de la arena entre las dunas del desierto, me imaginé el lento balanceo de un sauce cerca del estanque de Central Park, me imaginé que estaba mirando, por la ventana de un hotel de París, el cielo gris, los tejados combados de cobre verde, los zarcillos de acero negro de los balcones y las aceras mojadas abajo. Estaba en *Frenético,* con el olor a gasolina y la gente con gabardinas flotando como capas desde los hombros, aferrando con las manos el sombrero, el repicar de las campanas en la distancia, una sirena francesa que daba dos tonos, el bruumnn implacable y violento de una moto, el azote de los pajaritos pardos. A lo mejor aparecía Harrison Ford. A lo mejor yo sería Emmanuelle Seigner y me restregaría cocaína por las encías en un coche a toda velocidad y bailaría en un club nocturno como una serpiente invertebrada, hipnotizando a todos con mi cuerpo. «¡Duérmete ya!» Me imaginé el largo pasillo de un hospital, a una enfermera con uniforme azul y muslos anchos que se acercaba a mí con prisa pero serena. «Lo siento tanto, tanto», me diría, y yo me daría la vuelta. Me imaginé a Whoopi Goldberg en *Star Trek* con la túnica morada delante del panel a través del que se veía el espacio exterior extendiéndose como un misterio infinito. Me miraba y decía: «¿A que es bonito?». Aquella sonrisa suya. «Ay, Whoopi, es precioso.» Avancé hacia el cristal. Las sábanas se me arrugaban en los pies. No estaba del todo despierta, pero tampoco podía cruzar la frontera del sueño. «Vamos. Sigue. El abismo está justo ahí. Solo faltan unos pasos.» Pero estaba demasiado cansada para atravesar el cristal. «Whoopi, ¿me ayudas?» No hubo respuesta. Atendí a los sonidos de la habitación, a los coches que conducían despacio abajo en la calle, un portazo, las pisadas fuertes de unos tacones por la acera. Quizá fuese Reva, pensé. Reva. «¿Reva?» La idea me sobresaltó y me desperté.

De pronto me sentí muy rara, como si la cabeza se me hubiese despegado y estuviese flotando diez centímetros por encima del muñón del cuello. Salí de la cama y fui a las ventanas y abrí una lama de la persiana y miré afuera. Fijé la vista en el este, hacia el horizonte desolado sobre el río, perfectamente visible a través de los árboles negros y esqueléticos del parque Carl Schurz. Las ramas ondulaban burlonas contra la tarde pálida, luego se paraban, se quedaban inmóviles y temblaban. ¿Por qué se movían así? ¿Qué les pasaba? Parecían una cinta de vídeo en cámara rápida. Mi vídeo. Me pareció que mi cabeza flotaba unos cuantos centímetros hacia la izquierda. Me tomé tres pastillas de Nembutal y la última de Orfidal y luego me dejé caer en el sofá. La extraña sensación que tenía en la cabeza me bajó hasta el pecho. Dentro, en vez de tripas, solo tenía aire. No me acordaba de la última vez que había vaciado los intestinos. ¿Y si la única forma de dormir es la muerte?, pensé. ¿Debería consultar con un sacerdote? Ay, qué absurdo. Empecé a autocompadecerme. Deseé no haberme tomado nunca aquel maldito Infermiterol. Quería volver a mi antigua vida, cuando todavía me funcionaba el vídeo y Reva se presentaba con sus quejas insignificantes y podía perderme en su universo frívolo unas cuantas horas y luego desaparecer en el sueño. Me pregunté si aquellos días habían llegado a su fin ahora que habían ascendido a Reva y Ken había salido de escena. ¿Maduraría de pronto y me descartaría como una reliquia de su pasado fallido, igual que yo esperaba hacer con ella cuando terminase mi año de sueño? ¿Se estaba despertando Reva? ¿Se daba cuenta ahora de lo mala amiga que yo era? ¿Podía prescindir de mí así como así? No. No. Era una zángana. Era un caso perdido. Si hubiese funcionado el vídeo, habría visto *Armas de mujer* con el volumen muy alto, mascando melatonina y galletitas saladas con formas de animales, si es que me quedaba alguna. ¿Por qué había dejado de comprar aquellas galletitas? ¿Me había olvidado de que una vez había sido una niña? ¿Era bueno eso?

Encendí la tele.

Vi *Ley y orden*. Vi *Buffy, cazavampiros.* Vi *Friends, Los Simpson, Seinfeld, El ala oeste de la Casa Blanca, Will & Grace.* Las horas pasaron en segmentos de treinta minutos. Vi la tele durante lo que parecieron días y no dormí. En ocasiones confundía el vértigo y la náusea con somnolencia, pero cuando cerraba los ojos, se me aceleraba el corazón. Vi *El rey de Queens.* Vi el programa de Oprah. Vi el de Phil Donahue. Vi el de Ricki Lake. Vi el de Sally Jessy Raphael. Me planteé que a lo mejor estaba muerta y no me dio pena, solo me preocupó por si el más allá iba a ser así, igual de aburrido. Si estoy muerta, pensé, que este sea el final. Esta estupidez.

En un momento dado, me levanté a beber agua del grifo del fregadero. Al incorporarme después, empecé a perder la vista. Veía luces fluorescentes sobre mi cabeza. Se me ennegrecieron los bordes de la visión. La oscuridad se presentó ante mis ojos y allí se quedó como una nube. Podía mover los ojos arriba y abajo, pero la nube oscura permanecía fija. Luego creció, se ensanchó. Me incliné hasta el suelo de la cocina y me tumbé en las baldosas frías. Ahora sí que iba a dormir, deseé. Intenté entregarme al sueño, pero no me dormí. Mi cuerpo se negaba. Se me estremeció el corazón. Se me paró la respiración. Quizá sea en este preciso instante, pensé: podría caer muerta ahora mismo. O ahora. Ahora. Pero mi corazón siguió con su torpe pum-pum latiéndome contra el pecho como Reva llamando a mi puerta. Jadeé. Respiré. Estoy aquí, pensé. Estoy despierta. Creí haber oído algo, un arañazo en la puerta. Luego un eco. Luego el eco de aquel eco. Me senté. Una ráfaga de aire frío me dio en el cuello. «Chsss», decía el aire. Era el sonido de la sangre corriéndome por el cerebro. Se me aclaró la vista. Volví al sofá. Vi el programa de entrevistas de Jenny Jones y el de Maury Povich y las noticias de la noche de la ABC.

Cuando llegó el día 20, fui al centro a ver a la doctora Tuttle. Me sentía borracha y loca mientras me vestía y me ataba un par de botas con suelas de goma del armario que no recordaba haber comprado. Me sentí borracha en el ascensor, me sentí borracha andando por Nueva York, me sentí borracha en el taxi. Subí con paso inseguro las escaleras del edificio de piedra rojiza de la doctora Tuttle y me apoyé un minuto entero en el timbre hasta que apareció en la puerta. La calle cubierta de nieve me cegaba. Cerré los ojos. Me estaba muriendo. Eso le diría a la doctora Tuttle, que era una muerta viviente.

—Se te ve inquieta —dijo como si nada a través del cristal.

La miré allí de pie en el vestíbulo. Llevaba unos calzoncillos largos rojos debajo de una capa de forro polar. El pelo le caía sobre la frente y le tapaba la mitad superior de los cristales de las gafas. Llevaba puesto el collarín otra vez.

—He reorganizado todo un poco —dijo mientras abría la puerta—. Ya verás.

Hacía más de un mes que no iba a su consulta. Las velas de un candelabro judío de siete brazos se habían derretido enteras sobre una fuente de horno que había encima del radiador de la sala de espera. Un árbol de Navidad falso estaba encajado en la esquina, el tercio superior estaba cercenado y colocado al lado, dentro de un cajón de plástico. La parte principal del árbol estaba decorada con guirnaldas de espumillón púrpura y lo que parecía ser bisutería: collares de perlas falsos, pulseras doradas y plateadas, diademas infantiles de estrás, baratijas de pendientes de clip.

La consulta olía a yodo y a salvia. Donde estaba antes el diván en el que no me podía sentar había ahora una camilla de masajes muy amplia color tirita.

—Me acaban de dar el título de chamán, o chamana, si te parece bien —dijo la doctora Tuttle—. Te puedes subir a la camilla si prefieres no estar de pie. Estás hecha unos zorros. ¿Se dice así?

Me dejé caer despacio contra la estantería.

—¿Para qué usa la camilla de masajes? —me escuché decir.

—Para reajustes místicos, sobre todo. Uso espigas de cobre para localizar *lugubreciones* en el sutil campo corporal. Es un antiguo método de sanación, localizar y luego eliminar energías cancerígenas mediante cirugía.

—Ya veo.

—Y por cirugía me refiero a operaciones metafísicas. Como la succión magnética. Te puedo enseñar la máquina magnética si te interesa. Es lo bastante pequeña para que quepa en el bolso. Cuesta un dineral, pero es muy útil. Mucho. No para los insomnes, pero sí para los jugadores compulsivos y los mirones, es decir, para los enganchados a la adrenalina. Nueva York está llena de tipos de esos, así que preveo que estaré más ocupada este año. Pero no te preocupes, que no abandonaré a mis clientes psiquiátricos. Solo sois unos pocos, de todas maneras. Por eso me he sacado el título nuevo. Caro, pero merece la pena. Siéntate ahí —insistió, así que lo hice, forcejeando con el borde de cuerina de la camilla para auparme. Las piernas me colgaban como las de un niño en el médico—. Sí que pareces inquieta. ¿Qué tal duermes últimamente?

—Como le he dicho, estoy teniendo dificultades graves —empecé.

—No me cuentes nada, ya sé lo que me vas a decir —dijo la doctora Tuttle. Cogió un trozo de alambre de cobre de la mesa y se pinchó con la punta la carne blanda de la mejilla. Tenía la piel más suave de lo que recordaba, y de pronto me asaltó la idea de que probablemente la doctora Tuttle fuese más joven de lo que yo había creído. A lo mejor solo tenía cuarenta y pocos—. Es el Infermiterol. No ha funcionado. ¿Tengo razón?

—En realidad, no...

—Sé exactamente qué ha salido mal —dijo, y soltó el alambre—. La muestra que te di era la dosis infantil, que solo sirve para enredar las cosas, por así decir. El cerebro debe cruzar cierto umbral para poder dejar de funcionar con normalidad. Es como llenar una bañera. Tus vecinos de abajo no se enteran hasta que rebasa.

—Iba a decir que el Infermiterol...

—Por las goteras —aclaró la doctora Tuttle.

—Ya lo pillo. Pero creo que el Infermiterol...

—Dame un momento que busque tu expediente —rebuscó entre los papeles del escritorio—. No te veo desde diciembre. ¿Qué tal las fiestas?

—No han estado mal.

—¿Te ha traído algo bonito Papá Noel este año?

—Este abrigo de pieles —le dije.

—El tiempo en familia supone una carga para los que tienen un trastorno mental.

Chasqueó la lengua como con lástima. ¿Por qué? Se lamió un dedo y hojeó las páginas de mi informe con mucha lentitud, demasiada. Exasperante.

—Un ciego guiando a otro ciego —dijo, melancólica—. Hace siglos que la expresión se usa mal. No se refiere para nada a la ignorancia, sino a la intuición, al sexto sentido, que es el sentido psíquico. ¿De qué otra manera podría guiarte un ciego? La respuesta a esta pregunta tiene más que ver con la ciencia de lo que te podrías imaginar.

205

¿Alguna vez has visto a un médico intentando revivir a alguien con un paro cardiaco? La gente no entiende el *electroshock*. No es como sentarse en la silla eléctrica. Es tremendo. La psiquiatría ha avanzado mucho, ha entrado en el reino espiritual. En las energías. Hay quien lo niega, claro, pero todos esos trabajan para las grandes petroleras. Ahora háblame de tus sueños más recientes.

—No lo sé. Siempre me olvido. Y creo que no estoy durmiendo nada de nada.

—No nos olvidamos de las cosas, ¿de acuerdo? Elegimos ignorarlas. ¿Eres capaz de aceptar la responsabilidad de tus lapsus de memoria y seguir adelante?

—Sí.

—Ahora permíteme que te haga una pregunta técnica. ¿Tienes héroes?

—Supongo que mi heroína es Whoopi Goldberg.

—¿Es una amiga de la familia?

—Cuidó de mí cuando murió mi madre —dije. ¿Quién no había oído hablar de Whoopi Goldberg?

—¿Y cómo murió tu madre? ¿Fue de repente? ¿Fue violento?

Ya le había contestado esa pregunta media docena de veces.

—La maté —le dije esa vez.

La doctora Tuttle sonrió y se ajustó las gafas.

—¿Cómo lo conseguiste, metafóricamente hablando?

Me devané los sesos.

—Le metí oxicodona machacada en el vodka.

—Con eso habría bastado —dijo la doctora Tuttle, garabateando con el bolígrafo como una maniaca para que saliera la tinta. No podía mirarla. Estaba siendo más irritante que nunca. Cerré los ojos.

Era cierto que mi padre guardaba en su estudio un mortero de mármol blanco con su mano, una antigüedad. Intenté imaginarme que machacaba en el mortero las pastillas de oxicodona que mi padre había dejado en un bote. Me vi triturar, luego recoger el polvo blanco con una cuchara, echarlo en una de las botellas heladas de vodka Belvedere de mi madre y mezclarlo.

—Ahora quédate quieta un momento —dijo la doctora Tuttle, ignorando mi confesión. Abrí los ojos—. Voy a evaluar cuánto ha cambiado tu personalidad. Hoy he notado que tienes la cara un poco descentrada. ¿No te lo ha comentado nadie? Tienes toda la cara —sostuvo el bolígrafo en alto y entrecerró los ojos para medirme— en un ángulo de unos menos diez grados. Para mí hacia la derecha, para ti hacia la izquierda cuando en casa te miras al espejo. Una inclinación mínima. Solo un ojo experto podría percibirla, aunque es una desviación importante desde que empezamos tu tratamiento. Es lógico que ahora te cueste el doble dormirte, te resulta mucho más difícil centrarte. Es en vano, me temo. Si te pones a divagar, te darás cuenta de que te adaptas con mucha facilidad a la desviación de la realidad. Pero el instinto de corregirse a una misma es poderoso. Ah, sí, es poderoso. Con la medicación adecuada se suaviza el impulso. ¿No sabías nada de tu ángulo facial desviado?

—No —contesté, y levanté las manos y me toqué los ojos.

Tanteó en una bolsa de papel y sacó cuatro botes de muestra de Infermiterol.

—Dobla la dosis. Son pastillas de diez miligramos. Tómate dos —dijo, y empujó los botes a lo largo de la mesa—. Si la vanidad te impide dormir, déjame que te diga que es un ángulo pequeñísimo.

En el taxi de vuelta a casa, me miré en el reflejo de las ventanillas tintadas. Tenía la cara perfectamente alineada. Era obvio que la doctora Tuttle estaba loca.

Al subir a mi piso, me miré en las puertas doradas del ascensor y seguía teniendo buen aspecto. Parecía una Lauren Bacall joven de resaca. Soy una Joan Fontaine desaliñada, pensé. Al abrir la puerta del piso, era Kim Novak. «Eres más guapa que Sharon Stone», habría dicho Reva. Tenía razón. Fui al sofá, encendí la tele. George Walker Bush estaba jurando el cargo de presidente. Lo vi bizquear y soltar su monólogo. «Fomentar la responsabilidad no es buscar un chivo expiatorio; es un llamamiento a la consciencia.» ¿Qué mierda significaba aquello? ¿Que los estadounidenses tenían que asumir la culpa de todos los males del mundo? ¿O solo de nuestro mundo? ¿Y a quién le importaba?

Entonces, como si la hubiese convocado con mi cinismo ramplón, Reva volvió a llamar a mi puerta. Contesté un poco agradecida.

—Bueno, ya tengo cita para el aborto —dijo, pasando de largo por mi lado y entrando en el salón—. Necesito que me digas que estoy haciendo lo correcto.

«Les pido que sean ciudadanos: ciudadanos, no espectadores; ciudadanos, no súbditos; ciudadanos responsables que construyan comunidades de servicio y una nación con carácter.»

—Este Bush es mucho más mono que el último, ¿verdad? Es como un cachorro travieso.

—Reva, no me siento muy bien.

—Bueno, yo tampoco —dijo—. Solo quiero despertarme y que todo se haya acabado y no tener que volver a pensar en esto nunca más. No se lo voy a contar a Ken. A no ser que sienta que debería. Pero solo después de hacerlo. ¿Crees que se sentirá mal? Ay, me encuentro de pena. Ay, me siento fatal.

—¿Quieres algo para calmarte los nervios?

—Sí, por Dios.

Saqué las muestras de Infermiterol que me había dado la doctora Tuttle del bolsillo del abrigo de pieles.

Tenía curiosidad por saber si Reva reaccionaría igual que yo.

—¿Qué son?

—Muestras.

—¿Muestras? ¿Eso es legal?

—Sí, Reva, pues claro que es legal.

—Pero ¿qué es In-fer-mit-er-ol? —miró la caja y la abrió.

—Es un anestésico —contesté.

—Suena bien. Probaré lo que sea. ¿Tú crees que Ken todavía me quiere?

—No.

Un destello de furia le cruzó la cara, luego se calmó. Agitó la pastilla y la sostuvo en la palma de la mano. ¿Tendría Reva la cara desviada? ¿La tendría todo el mundo? ¿Tenía yo los ojos torcidos? Reva se agachó a recoger una goma de pelo del suelo.

—¿Me dejas esto? —asentí. Dejó la pastilla y se hizo una coleta—. Lo puedo buscar cuando llegue a casa. In-fer-mit...

—Por Dios. Está bien, Reva. Y no lo puedes buscar —dije, aunque yo nunca lo había intentado—. Todavía no ha salido al mercado. Los psiquiatras siempre tienen muestras. Las farmacéuticas se las mandan. Así funciona.

—¿No consigue tu doctora muestras de Topamax? ¿Las pastillas para adelgazar?

—Reva, por favor.

—Entonces dices que esto es seguro.

—Pues claro que es seguro. Me lo ha dado mi doctora.

—¿Qué se siente?

—No sabría decirte —dije, lo que era cierto.

—Mmm.

No podía ser franca con Reva. Si admitía que tenía ausencias, habría querido hablar de eso sin parar. No podía soportar la perspectiva de verla negando con la cabeza con asombro y terror y que luego intentase agarrarme la mano. «¡Cuéntamelo todo!», gritaría, salivando. Pobre Reva. Seguramente se creía en serio que yo era capaz de compartir cosas. Se habría empeñado en hacer un pacto sagrado. Siempre quería hacer pactos. «¿Amigas para siempre? Hagamos el pacto de hacer un *brunch* por lo menos dos veces al mes. Hagamos la promesa de ir a pasear por Central Park todos los sábados. Fijemos una hora para llamarnos todos los días. ¿Me juras que este año iremos a esquiar? Se queman muchas calorías.»

—Reva, es una pastilla para dormir. Tómatela y vete a dormir. Date un respiro de tu obsesión con Ken.

—No es una obsesión. Es un procedimiento médico. No he abortado nunca. ¿Tú has abortado?

—¿Quieres sentirte mejor o no?

—Pues claro.

—No salgas de casa después de tomártela. Y no se lo cuentes a nadie.

—¿Por qué? ¿Crees que es ilegal? ¿Crees que tu doctora es una especie de camello?

—Por Dios, Reva, no. Porque la doctora Tuttle me ha dado el Infermiterol a mí, no a ti. Se supone que no se puede compartir la medicación. Si te da un infarto, rastrearían el origen de la pastilla hasta ella. No quiero echar a perder mi relación con ella por una demanda. A lo mejor no deberías tomártelo.

—¿Crees que me hará daño? ¿O que le hará daño al bebé?

—Pero ¿qué más te da hacerle daño al bebé?

—No quiero matarlo mientras lo llevo dentro —dijo.

Me exasperé, cogí el bote de encima de la mesa de centro donde lo había dejado Reva, saqué una pastilla.

—Yo también me tomaré una —abrí la boca, me metí la pastilla, me la tragué.

210

—Está bien —dijo Reva y sacó un 7UP *light* del bolso. Se puso la pastilla de Infermiterol en la lengua como si fuese la sagrada comunión y se pimpló la mitad de la lata.

—¿Qué hacemos ahora?

No contesté. Me senté en el sofá y cambié de canal hasta que encontré uno en el que no estaban poniendo el nombramiento. Reva se cambió del sillón al sofá para ver la tele a mi lado.

—¡Salvados por la campana! —dijo.

Lo vimos juntas allí sentadas, Reva se ponía a hablar de vez en cuando.

—No siento nada, ¿y tú?

Y luego:

—¿Para qué molestarse en tener un hijo cuando el mundo se va a la mierda?

Y luego:

—Odio a Tiffani-Amber Thiessen. Es tan choni. ¿Sabías que solo mide un metro sesenta y cinco? En el instituto había una que se le parecía mucho. Jocelyn. Empezó a llevar pendientes gigantes antes que nadie.

Y luego:

—¿Te puedo preguntar una cosa? Llevo pensándolo un tiempo. No te enfades, pero te lo tengo que preguntar. Si no, no sería buena amiga.

—Hazlo, Reva, pregúntame lo que sea.

Cuando me desperté tres días más tarde, seguía en mi casa, en el sofá, con el abrigo de pieles puesto. La tele estaba apagada y Reva se había ido. Me levanté y bebí agua del grifo del fregadero. Reva o yo habíamos sacado la basura. El piso estaba extrañamente silencioso y limpio. Había una nota amarilla pegada en la puerta del frigorífico para mí.

«Hoy es el primer día del resto de tu vida. Besitos.» No tenía ni idea de lo que había dicho para inspirar a Reva a que me dejase una nota de ánimo tan condescendiente. A lo mejor había hecho un pacto con ella durante mi ausencia mental: «¡Seamos felices! ¡Vivamos cada día como si fuese el último!». Puaj. Me levanté y arranqué la nota del frigo y la estrujé con el puño. Me sentí algo mejor. Me comí un yogur de vainilla orgánico que no recordaba haber comprado.

Decidí tomarme unas pastillas de Trankimazin, solo para calmarme, pero cuando abrí el botiquín del baño, las pastillas no estaban. Todos y cada uno de los botes habían desaparecido.

El estómago me dio un vuelco. Se me fue un poco el oído.

—¿Hola?

Reva se había llevado mis pastillas, claro. No me cabía ninguna duda. Lo único que me había dejado era una sola dosis de Benadryl en su blíster metálico, un cuadrado de dos centímetros y medio de lado con dos míseros antihistamínicos. Lo cogí incrédula y cerré la puerta del botiquín. Me sobresaltó verme la cara en el espejo. Me incliné para mirar de cerca si había cambiado más desde que la doctora Tuttle había hecho su extraña apreciación. Había cambiado. No podía identificar en qué, pero había algo que antes no estaba. ¿Qué era? ¿Había entrado en una nueva dimensión? Era ridículo. Volví a abrir el botiquín. Las pastillas no habían reaparecido por arte de magia.

Nunca me imaginé que Reva sería tan atrevida. A lo mejor he sido yo la que ha escondido las pastillas, pensé. Empecé a abrir cajones y armarios por el pasillo y la cocina. Me subí a la encimera para buscar en el fondo de los estantes. No había nada. Miré en el dormitorio, en el cajón de la mesilla de noche, bajo la cama. Saqué todo lo que había en el armario, no encontré nada y lo volví a meter todo apelotonado. Escudriñé los cajones. Regresé al salón y abrí las cremalleras de las fundas de los cojines del sofá. A lo mejor había metido las pastillas en el bastidor, pensé. Pero ¿por qué haría algo así? Encontré el teléfono cargándose en el dormitorio y llamé a Reva. No contestó.

—Reva —le dije al contestador. Menuda cobarde, pensé. Una idiota—. ¿Eres doctora en medicina? ¿Eres una experta o algo así? Si esta noche toda esa mierda no está de vuelta en el botiquín, hemos terminado. Se acabó nuestra amistad. No querré volver a verte nunca. Es decir, si sobrevivo. ¿Se te ha ocurrido pensar que a lo mejor no sabes todo lo que hay detrás de mi enfermedad? ¿Y que dejar de tomarme la medicación de repente puede tener consecuencias perjudiciales? Si no me la tomo, me podrían dar ataques, Reva. Aneurismas. Neurosis de ansiedad, ¿vale? ¡Un absoluto colapso celular! Lo ibas a lamentar si me muriese por tu culpa. No sé cómo te apañarías para vivir contigo misma. ¿Cuánto vómito y cuánta máquina escaladora te harían falta para superar algo así, eh? Ya sabes que matar a alguien a quien quieres es el acto de autodestrucción definitivo. Madura, Reva. ¿Estás intentando llamar la atención? Pues es una mierda bastante patética, eso es lo que es. Llámame de todas formas. Estaré esperando. De verdad que no me encuentro muy bien.

Me tomé las dos pastillas de Benadryl, me recosté en el sofá y encendí la tele.

«En una votación arrolladora de cien votos contra cero, el Senado ha aprobado el nombramiento de Mitch Daniels como director del Departamento de Administración y Presupuesto de la Casa Blanca para el gobierno recién formado de Bush. Daniels, de cincuenta y un años, ha sido vicepresidente senior de Eli Lilly and

Company, el gigante farmacéutico con sede en Indianápolis.»

Cambié de cadena.

«Esta semana han empezado las negociaciones entre los guionistas de Hollywood y los productores ejecutivos para intentar atajar la posibilidad de una huelga que resultaría en la suspensión temporal de las películas y series para la televisión y que dejaría sin trabajo a miles de escritores en el mundo del espectáculo. El tremendo impacto de una huelga así se haría notar sobre todo en la televisión, donde los espectadores no podrían ver prácticamente nada que requiriese un guion.»

No sonaba tan mal. ¿Me estaba haciendo efecto el Benadryl?

En ese instante me di cuenta de que había otra notita pegada encima del vídeo estropeado. ¡Qué cosa más horrible! Supuse que sería otro mensaje trillado de Reva animándome a «vivir la vida al máximo». Me levanté y la arranqué. Trillado sí que era: «Todo lo que te imaginas es real. Pablo Picasso». Pero no era la letra de Reva. Tardé un rato en identificarla. Era de Ping Xi.

Corrí al cuarto de baño.

Me salió el vómito como jarabe agrio y con sabor a leche. Me salpicó un poco en la cara. Vi una espiral rosa fluorescente cuando las dos pastillas de Benadryl que me había tomado cayeron de golpe en el agua. Unos días antes, quizá hubiera intentado pescarlas, pero ya casi se habían disuelto. Olvídate de ellas, me dije. Además, dos pastillas de Benadryl eran un chiste, como tratar de apagar un incendio forestal tirándole mocos. Como intentar domar a un león mandándole una postal. Tiré de la cisterna y me senté en las baldosas frías. La habitación pareció girar un momento, el suelo cabeceaba arriba y abajo como la cubierta de un barco en mitad del oleaje. Me mareé. Necesitaba algo. Sin las pastillas, enloquecería. Me moriría, de verdad lo pensaba. Subí el volumen del teléfono para que sonase lo más alto posible cuando llamase Reva. Me incorporé despacio. Me cepillé los dientes. Me vi la cara en el espejo, colorada y empapada de sudor. Era rabia. Era miedo resentido.

Me senté en el sofá y me quedé mirando la pantalla de la televisión y puse los pies encima de la mesa de centro. Arrugué la nota estúpida que me había dejado Ping Xi. Luego me la puse en la lengua y dejé que se disolviera despacio mientras se me llenaba la boca de saliva. Estaban poniendo *Sybil* en el canal clásico de Turner. Estaba decidida a conservar la calma. Mastiqué y me tragué el papel pastoso cachito a cachito.

—Sally Field es bulímica —me habría contado Reva si hubiese estado allí—. Ha sido muy franca al respecto. Jane Fonda también. Claro que todo el mundo lo sabe. ¿Te acuerdas de sus muslos en los vídeos aquellos de aeróbic? No eran normales.

—Por Dios, cállate, Reva.

—Te quiero.

Quizá sí me quería y por eso la odiaba.

Me pregunté si mi madre habría mejorado de haberle robado yo todas las pastillas, como Reva me había robado las mías. Reva tenía suerte de que lo único que la acosara fuese la imagen del cuerpo quemado de su madre. «Planchitas individuales.» Por lo menos, el cuerpo de su madre estaba destruido. Ya no existía. Mi madre muerta yacía en un ataúd, era un esqueleto marchito. Yo seguía teniendo la impresión de que allá abajo andaba tramando algo, amarga y sufriente como la carne de su cuerpo que se había atrofiado y degradado, más allá de los huesos descarnados. ¿Me culpaba a mí? La enterramos con un traje color rosa chicle de Thierry Mugler. Con el pelo perfecto. El pintalabios perfecto, rojo sangre, Christian Dior 999. Si la desenterrase ahora, ¿se le habría ido el color de los labios? De cualquier forma, sería una cáscara tiesa, como el exoesqueleto desprendido de un insecto enorme. Aquello era mi madre. ¿Y si me hubiese deshecho de todos sus medicamentos antes de volver a la universidad, y si le hubiese tirado todo el alcohol por el fregadero? ¿En el fondo habría querido ella que lo hiciera? ¿Habría sido feliz con eso por una vez en su vida o la habría apartado aún más? «¡Mi propia hija!» Sentí un leve remordimiento. En el salón olía a monedas de céntimo. El aire sabía a como cuando pruebas una pila con la lengua. Frío y eléctrico. «No estoy hecha para ocupar espacio. Perdonadme por existir.» A lo mejor estaba alucinando. A lo mejor me estaba dando un ataque. Quería Trankimazin. Quería clonazepam. Reva se había llevado hasta el bote vacío de melatonina masticable con sabor a menta. ¿Cómo fue capaz?

Hice una lista mental de las pastillas que me quería tomar y luego me imaginé que me las tomaba. Ahuequé la mano y cogí las pastillas invisibles de la palma. Me las tragué una a una. No funcionó. Empecé a sudar. Volví a la cocina y bebí agua del grifo, luego metí la cabeza en el congelador y encontré una botella de José Cuervo envuelta en una bolsa blanca de plástico arrugada. Me alegré de que no fuese una cabeza humana. Me tomé el tequila y le lancé una mirada asesina a la Polaroid de Reva. Luego me acordé de que tenía una copia de las llaves de su piso.

Hacía años que no pisaba el Upper West Side, desde la última vez que había ido a visitar la casa de Reva. Me sentía segura en aquella parte sombría de la ciudad. Los edificios eran más pesados. Las calles eran más anchas. En realidad nada había cambiado desde que me licencié en la Universidad de Columbia. El mercado de Westside. El parque Riverside. El 1020 Bar. El West End. Porciones de pizza barata. A lo mejor por eso le encantaba a Reva, pensé. Atracones baratos. La bulimia era cara si tenías el paladar fino. Siempre me pareció patético que Reva eligiese quedarse en aquella zona después de terminar la carrera, pero al atravesarla en taxi en mi estado frenético de desesperación, lo entendí: vivir en el pasado daba estabilidad.

Llamé unas cuantas veces al telefonillo de Reva cuando llegué a su edificio en la 98 Oeste. Qué bien me vendría el Orfidal, pensé. Y era raro pero también tenía antojo de litio. Y de Seroquel. Unas cuantas horas de babeo y náusea me parecían una tortura purificadora antes de que me diese fuerte el sueño del zolpidem, la oxicodona, alguna vicodina perdida que me había guardado. Pensaba coger mis pastillas de la casa de Reva, regresar a la mía y dormir diez horas del tirón, levantarme, beberme un vaso de agua, picar algo y después otras diez horas seguidas. ¡Por favor!

Volví a llamar y aguardé, mientras imaginaba a Reva caminando por la calle hacia el edificio con una docena de bolsas de comida de D'Agostino's, la sorpresa y la vergüenza en su cara cuando me viese esperándola, con los brazos cargados de masa para hacer pastel de chocolate y helado y patatas fritas y tarta o lo que fuese que le gustara tanto comer y vomitar. La caradura. La hipocresía. Caminé en círculos por su vestibulito de mala muerte, le di puñetazos a su timbre con violencia. No podía esperar. Tenía la copia de sus llaves. Entré.

Al subir las escaleras, olí a vinagre. A productos de limpieza. Creí oler pis. En el segundo piso, había un gato de color malva sentado y rezongando como una lechuza. «Fusionarse con animales en sueños puede tener consecuencias primitivas y violentas», me dijo una vez la doctora Tuttle, mientras acariciaba a su gato gordo atigrado y roncador. Me dieron ganas de empujar al gato por la escalera cuando llegué al descansillo. Miraba de un modo muy petulante. Llamé a la puerta del piso de Reva. No oí voces, solo el aullido del viento. Esperaba encontrarme con Reva llevando un pijama rosa de franela con dibujos de conejitos y zapatillas rosas con pelos, con algún coma diabético raro, quizá, o llorando como una exaltada porque no tenía «ni idea de cómo manejar la realidad» o la basura que fuese que sentía. Abrí la puerta de su piso con la llave plateada. Entré.

—¿Hola?

Habría jurado que olía a vómito en la oscuridad.

—Reva, soy yo, tu mejor amiga —dije.

Le di al interruptor de la luz de al lado de la puerta y el lugar se llenó con un sofocante brillo sonrosado. ¿Luz rosa? El sitio estaba desordenado, silencioso, abarrotado, justo como lo recordaba.

—¿Reva? ¿Estás ahí?

Una pesa de dos kilos y medio mantenía abierta la única ventana del salón, pero no entraba el aire. De la barra de la cortina colgaba un tonificador de muslos, una cortina de flores apiñada y sujeta a un lado con una pinza de metal.

—He venido a por mis drogas —le dije a las paredes.

Montañas y montañas de *Cosmo* y *Marie Claire* y *Us Weekly*. Lo único que se movía en el salón eran las espirales del salvapantallas del enorme ordenador Dell de Reva, que estaba sobre una mesita auxiliar en la esquina, tapada en su mayor parte por un tendedero sobrecargado con conjuntos de chaqueta y jersey fino de Ann Taylor, camisas de vestir de Banana Republic, y sujetadores y braguitas a juego. Media docena de sujetadores deportivos blancos descoloridos. Pares y pares de medias color carne.

—¡Reva! —grité mientras pateaba un montón de zapatillas de deporte de colores vivos en el salón.

En la cocina, un bizcocho ya seco con marcas de dedos descansaba sobre la encimera, al lado de una tarrina de margarina y sirope de arce sin azúcar. Había pilas de platos sucios en el fregadero. Un cubo pequeño de basura desbordaba de paquetes vacíos de comida basura y corazones de manzana. Medio gofre untado con crema de cacahuetes, una bolsa sucia de zanahorias enanas. Una caja de cartón llena de latas aplastadas de 7UP *light* junto al cubo de la basura. Latas de 7UP *light* por todas partes. Un vaso de zumo de naranja con mosquitas flotando.

Los armarios guardaban justo lo que me esperaba. Infusiones laxantes, Metamucil, sacarina, pilas de latas de sopa, pilas de latas de atún. Doritos. Galletitas saladas con forma de pez. Crema de cacahuetes baja en calorías. Gelatina sin azúcar. Sirope de chocolate sin azúcar. Tortitas de arroz. Palomitas de microondas bajas en grasa. Cajas y cajas de preparado para bizcocho. Cuando abrí el congelador, salió vaho. El interior, recubierto con una capa gruesa de hielo, estaba atiborrado de helado de yogur sin grasas. Polos sin azúcar. Una botella escarchada de vodka Belvedere. *Déjà vu*. El nuevo cóctel favorito de Reva, según me había dicho —¿cuando yo iba puesta de Infermiterol?—, era Gatorade bajo en calorías con vodka. «Podrías pasarte el día entero bebiendo eso y no te deshidratarías nunca.»

—Reva, si estás escondida, te encontraré —grité.

El dormitorio era apenas un poco más grande que el colchón enorme, que me había dicho que había heredado de sus padres cuando su madre se puso mala y «se buscaron dos individuales porque mi padre no podía dormir por la noche porque mi madre no dejaba de moverse».

En la mesita de noche brillaban los números verdes del despertador digital, rodeado de latas de 7UP *light*. Eran las 16:37. Olía a crema de cacahuetes y, otra vez, al

219

olor fuerte y amargo del vómito. La colcha, doblada hacia atrás sobre la cama, era de Laura Ashley. Había manchas de comida en las sábanas. Miré bajo la cama, encontré solo zapatos, más revistas, vasitos de yogur vacíos, bolsas de papel de Burger King aplastadas como balones deshinchados. En el cajón de la mesilla había un vibrador morado, un diario con las tapas de un verde ceroso, un antifaz morado, un paquete de Chimos de cereza, una Polaroid de su madre con un disfraz de tigre y una sonrisa tímida, los ojos medio cerrados, sentada en aquel sofá de Farmingdale con la funda de plástico; sobre el regazo tenía a Reva con cinco años disfrazada de Winnie-the-Pooh, la mano de la madre sostenía la barriga peluda y amarilla. Cogí el diario y miré dentro. Era solo un registro de números, sumas y restas anotadas día a día con los resultados finales rodeados con un círculo y comentados con caritas sonrientes o enfadadas. La última anotación era del 23 de diciembre. Se diría que Reva había abandonado su juego diario de los números al morir su madre.

Pensé en Reva durmiendo en aquella cama todas las noches, seguramente borracha y llena de aspartamo y Pepcid. Por las mañanas se preparaba y salía al mundo con su máscara de compostura. ¿Y era yo la que tenía problemas? ¿Quién es la que está jodida, Reva? La odié cada vez más.

El cuarto de baño parecía el de unas gemelas adolescentes preparándose para un concurso de belleza. Olía a hongos y a vómito y a desinfectante. Una caja de herramientas extensible de color rosa estallaba de brochas y aplicadores de todas las formas y tamaños, de maquillaje comprado en la farmacia, laca de uñas, muestras robadas, brillo labial de Maybelline de una docena de tonos distintos. En el estante había dos secadores, un rizador, un alisador, un cuenco con hebillas con brillantitos y diademas de plástico. Había recortes de revistas de moda pegados en los bordes del espejo sobre el tocador y el lavabo: el anuncio de vaqueros de Guess con Claudia Schiffer. Kate Moss con sus Calvin Klein. Modelos muy flacas en la pasarela. Linda Evangelista. Kate Moss. Kate Moss. Kate Moss. Había un cuenco con bolas de algodón y bastoncillos. Un cuenco con horquillas. Dos botes enormes de Listerine. Al lado de una taza con, por lo menos, una docena de cepillos de dientes, todos con las cerdas amarillentas y desgastadas, había un bote de pastillas de vicodina. ¡Vicodina! Recetada por el dentista. Quedaban doce pastillas en el bote. Me tomé una y me guardé el resto. Encontré más debajo del lavabo en un cesto de mimbre con un lazo rosa para mantener la tapa cerrada, una reliquia de las Pascuas, supuse. Quizá estuviera llena de huevos de chocolate cuando la compró Reva. En liquidación. Dentro: Diurex, ibuprofeno, Flatoril, Dulcolaxo, Emagrim, Midol, aspirina, fen-phen. En el rincón del fondo del armario había una bolsa de regalo de Victoria's Secret y dentro ¡la gloria! Mi zolpidem, mi Rozerem, mis pastillas de Orfidal, mi Trankimazin, mi trazodona, mi litio. Seroquel, Lunesta. Valium. Reí. Lloré. Al final, se me calmó el pulso. Me temblaron un poco las manos, o quizá llevaban temblándome todo el tiempo.

—Gracias a Dios —dije en voz alta.

La corriente cerró la puerta del baño con un golpe festivo.

Conté tres pastillas de litio, dos de Orfidal, cinco de zolpidem. Me pareció una gran mezcla, una caída libre de lujo hacia una negrura aterciopelada. Y un par de pastillas de trazodona, porque la trazodona lastraba el zolpidem, así que, si soñaba, soñaría con los pies en el suelo. Pensé que aquello me estabilizaría. Y quizá una más de Orfidal. El Orfidal para mí era como aire fresco. Una brisa fría un poco efervescente. Esto está bien, pensé. Un descanso de verdad. Se me hizo la boca agua. El gran sueño americano. Aquellas pastillas rasparían los residuos de Infermiterol que me quedaban en la cabeza. Luego me sentiría mejor. Estaría lista. Mi vida sería fácil. Mis pensamientos serían fáciles. Mi cerebro fluiría. Miré el surtido de pastillas que tenía en la palma de la mano. Qué instantánea. Adiós, mal sueño. Ojalá hubiese tenido la Polaroid para documentar la escena. «Olvídate de mí, Reva —diría, agitando las fotos delante de la cara—. No volverás a verme jamás». Pero ¿me importaba? Creí que no. Si Reva hubiera estado ahorcada detrás de la cortina del baño, me habría limitado a irme a casa, pero aquel momento era ceremonial. La magia me había sido devuelta. Ahora esto es mío, me dije. Dormiré.

El agua del grifo salía naranja y sabía a sangre. No quería tragarme mis preciadas píldoras con aquel sudor de Satanás. Iré a por agua al fregadero, pensé, así que intenté abrir la puerta del cuarto de baño. No se abría. Manipulé la cerradura, giré el pomo a un lado y al otro.

—¿Reva?

Se había atascado o roto algo. Me metí el puñado de pastillas en el bolsillo del abrigo y volví a girar el pomo, tirando y empujando, pero no funcionaba. Estaba encerrada. Golpeé la puerta.

—¡Reva! —llamé otra vez.

No hubo respuesta. Me senté en la funda rosa de peluche del inodoro y me dediqué a trastear con el picaporte lo que me parecieron veinte minutos. Tendría que echar la puerta abajo o esperar a que Reva volviese del trabajo, pensé. En todo caso, terminaría en conflicto. Ya sabía lo que me diría:

—Ya me he quedado al margen bastante tiempo. Tienes un problema. No puedo hacer la vista gorda mientras te matas.

Y lo que yo le respondería:

—Agradezco tu preocupación —furiosa, queriendo matarla—. Estoy bajo supervisión médica, Reva. No tienes que preocuparte por mí. No me dejaría hacer esto si no fuera *kosher*. ¡Estoy a salvo!

O a lo mejor Reva tiraba para el lado del desconsuelo.

—He enterrado a mi madre hace unas semanas. No voy a enterrarte a ti también.

—A tu madre no la has enterrado.

—Incinerado, qué más da.

—Quiero un funeral marino —le diría yo—. Envolvedme en una tela negra y tiradme al agua, como un pirata.

Descorrí la cortina de la ducha llena de hongos, colgué el abrigo en el toallero, me tumbé en la bañera y esperé. En las horas previas a que Reva volviese, no dormí. Sabía que no dormiría. Necesitaba salir de allí, del baño, de las pastillas, del insomnio, de la vida fallida, sin sentido.

Cuando apareció la solución a mis problemas, se posó en mi pensamiento como un halcón sobre un peñasco. Fue como si hubiese estado volando en círculos allá arriba todo el tiempo, estudiando hasta el detalle más nimio de mi vida, encajando todas las piezas. «Esta es la manera.» Sabía exactamente lo que tenía que hacer: tenía que estar encerrada.

Si una pastilla de Infermiterol me dejaba en un estado de inconsciencia ciega durante tres días, tenía bastante para quedarme entre tinieblas hasta junio. Lo único que necesitaba era un carcelero, y podría vivir todo el tiempo en un sueño continuo sin temor a salir ni a involucrarme en nada. Era solo un problema práctico. El Infermiterol me valdría. Me sentí aliviada, casi feliz. Me dio exactamente igual que después de que Reva llegase por fin a su casa y forcejeara para abrir la puerta del baño, se pusiera a chillar y a expresar su seria preocupación por mi cordura, todo mientras me empujaba hacia la calle, supuse, porque tenía el estómago lleno de basura que quería vomitar.

Le dejé todas las pastillas, menos el Infermiterol.

Cuando llegué a casa llamé al cerrajero, concerté una cita con Ping Xi para la tarde siguiente y llamé a la doctora Tuttle para decirle que iba a desaparecer del mapa los cuatro meses siguientes.

—Con un poco de suerte, no tendré que verla más —le dije.

—Eso me dicen todo el tiempo —dijo.

Aquella fue la última vez que hablamos.

7

—¿Estás segura de que no te vas a poner estas cosas?
¿Y si doy algo de sí y luego quieres que te lo devuelva?
Había llamado a Reva y le había dicho que estaba
vaciando los armarios. Trajo una colección de bolsas de
papel enormes de varios grandes almacenes de Manhattan, bolsas que obviamente había guardado por si le hacía falta transportar algo y necesitaba un recipiente que
connotara su buen gusto y afirmase que era respetable
porque gastaba dinero. Había visto hacer lo mismo a amas
de casa y a niñeras, andar por el Upper East Side con el
almuerzo en una minúscula bolsita de regalo arrugada
de Tiffany's o del Saks de la Quinta Avenida.
—No quiero volver a ver esta ropa jamás —le dije a
Reva cuando llegó—. Quiero olvidarme de que ha exis-
tido. Lo que no te lleves, lo donaré o lo tiraré.
—Pero ¿todo?
Estaba como un niño en una tienda de caramelos,
sacando metódica y vampíricamente cada vestido, cada
falda, cada blusa, con percha y todo. Cada par de vaqueros de diseño, cada paquete de lencería, cada par de zapatos, menos las zapatillas mugrientas que llevaba yo
puestas.
—Me quedan casi bien —dijo, probándose un par
de Manolo Blahnik sin estrenar—. Casi.
Guardó todo en las bolsas con la eficiencia apre-
miante de alguien que construye un castillo de arena al
atardecer, cuando sube la marea. Como en un sueño que
sabes que se terminará. Si me muevo lo bastante rápido,

los dioses no se despertarán. La mayor parte de la ropa aún tenía puesta la etiqueta.

—Qué buena motivación para no saltarme la dieta —dijo Reva, arrastrando las bolsas al salón—. Atkins, creo. Beicon y huevos durante seis meses. Creo que la puedo hacer si me mentalizo en serio. El médico me ha dicho que el aborto no me provocará ninguna pérdida de peso espectacular, pero lo acepto. Aceptaré lo que sea, sobre todo ahora. La talla XS es un reto para mis caderas. ¿Estás segura de que no querrás que te devuelva nada? —Reva estaba feliz y colorada.

—Llévate también la joyería —dije, y volví al dormitorio, que ahora me pareció hueco y frío.

Gracias a Dios que existía Reva. Su avaricia me aligeraba de mi propia vanidad. Empecé a rebuscar entre las alhajas y al final decidí darle la caja entera. No me preguntó por qué. Quizá pensó que estaba en mitad de una ausencia y que si me preguntaba algo, me despertaría. No molestes a la bestia dormida, a la zorra blanca que duerme dentro del congelador de la carne.

Bajé en el ascensor con ella, las bolsas que llevábamos agarradas pesaban mucho pero parecían nubes. El aire del ascensor cambiaba de presión como si estuviésemos atravesando una tormenta, aunque yo casi no sentía nada. El portero nos sujetó la puerta y salimos.

—Ay, muchas gracias, qué amable —dijo Reva, convertida de pronto en una señora, cortés y elocuente—. Es un detalle por tu parte, Manuel. Gracias.

El nombre. Yo nunca me había molestado en saberlo. Le di cuarenta dólares a Reva para que atravesara la ciudad. El portero silbó para parar un taxi.

—Me voy de viaje, Reva.

—¿A rehabilitación?

—Algo así.

—¿Cuánto tiempo?

No hizo el más mínimo guiño de ojos, ni apenas trató de refutar una mentira que era obvia por lo imprecisa. Pero ¿qué podía decir ella? La había sobornado a lo grande para que me dejase tranquila.

—Volveré el uno de junio —dije—. O puede que me quede más tiempo. No me dejarán hacer llamadas. Dicen que es mejor que no tenga contacto con gente del pasado.

—¿Ni siquiera yo?

Reva estaba siendo educada. Noté que ya andaba tramando planes, toda la búsqueda de amor y admiración que podría hacer con su nuevo vestuario, su brillante armadura, el camuflaje más deslumbrante. Se sopló las manos para calentárselas y estiró el cuello para ver el taxi que se acercaba.

—Buena suerte con el aborto.

Reva asintió, sincera. Creo que en aquel momento se terminó nuestra amistad. Lo que pasara después serían solo remembranzas etéreas de aquella cosa llamada amor que Reva solía darme. Sentí una especie de paz en cuanto la vi marchar aquel día. Yo le había costado mucha dignidad, pero el botín que en ese instante metía en el maletero del taxi parecía compensarla. Me sentí absuelta. Me abrazó y me besó en la mejilla.

—Estoy orgullosa de ti —dijo—. Sé que lo superarás —cuando se apartó de mí, tenía lágrimas en los ojos, a lo mejor eran solo por el frío—. ¡Me siento como si hubiese ganado la lotería!

Estaba feliz. La observé a través del cristal tintado, sonriente y despidiéndose con la mano cuando arrancó el taxi.

En el colmado de los egipcios pillé dos cafés y un trozo de pastel de zanahoria envasado, compré todas las bolsas de basura disponibles y volví arriba y lo empaqueté todo. Todos los libros, todos los jarrones y cuencos y tenedores y cuchillos. Todas las cintas de vídeo, hasta la colección de *Star Trek*. Sabía que debía hacerlo. El sueño profundo en el que no tardaría en entrar requería un lienzo completamente en blanco si quería resurgir renovada de él. Lo único que quería eran paredes blancas, suelos desnudos, agua tibia del grifo. Guardé todas las cintas y los cedés, el ordenador portátil, las velas sin quemar, todos mis lápices y bolígrafos, todos los cables y silbatos antiviolación y las guías de viaje a sitios a los que no había ido.

Llamé a la tienda de segunda mano del Consejo de Mujeres Judías y les dije que se había muerto mi tía. Una hora después, vinieron dos tipos con una furgoneta, arrastraron las bolsas de basura de cuatro en cuatro hasta el vestíbulo y las sacaron de mi vida para siempre. También se llevaron la mayoría de los muebles, incluida la mesa de centro y el cabecero de la cama. Hice que sacaran de casa el sofá y el sillón y los dejaran en la acera. Los únicos muebles que me quedé fueron el colchón, la mesa de comedor y una sola silla plegable de aluminio con un cojín cuya funda de lino gris manchada tiré por la rampa de la basura. Tachán.

Lo que me quedé para mí ascendía a un juego de toallas, dos juegos de sábanas, el edredón, tres pijamas, tres braguitas de algodón, tres sujetadores, tres pares de calcetines, un peine, una caja de detergente para ropa, un bote grande de crema hidratante Lubriderm. Compré en la farmacia un cepillo de dientes nuevo y pasta de dientes, jabón Ivory y papel higiénico para cuatro meses. Un suplemento de hierro, un complejo vitamínico especial para mujeres y aspirinas para cuatro meses. Compré paquetes de vasos, platos y cubiertos de plástico.

Le había dado instrucciones a Ping Xi para que me trajese una pizza familiar de champiñones con *pepperoni* y doble de queso todos los domingos por la tarde. Cada vez que me despertase, bebería agua, me comería una porción de pizza, haría sentadillas y flexiones, pondría la ropa que llevaba en la lavadora, cuando estuviese lavada la metería en la secadora, me pondría la limpia y me tomaría otra pastilla de Infermiterol. De aquella manera, podría quedarme en blanco hasta que se terminase mi año de descanso.

Cuando llegó el cerrajero, le dije que instalase una cerradura nueva en la parte de fuera de la puerta, de modo que quien estuviese dentro del apartamento necesitara la llave para salir. No preguntó por qué. Encerrada dentro, la única manera de salir sería por las ventanas. Se me ocurrió que si saltaba mientras estaba puesta de Infermiterol, sería una muerte indolora. Una muerte ausente. O me despertaría a salvo en el piso o no me despertaría. Era un riesgo que correría cuarenta veces, cada tres días. Si al despertar en junio la vida seguía sin merecer la pena, terminaría con ella. Saltaría. Aquel fue el trato que hice.

Antes de que llegase Ping Xi el 31 de enero, me di un último paseo. El cielo estaba lechoso, los sonidos de la ciudad apagados por el fuerte azote del viento golpeándome los oídos. No sentía nostalgia, pero estaba muerta de miedo. Era de locos, esa idea de que podía dormirme hasta que consiguiera una vida nueva. Ridículo. Pero allí estaba, acercándome a lo más profundo del viaje. Hasta entonces, pensé, había estado vagando por el bosque, pero ahora me acercaba a la boca de la cueva. Olía el humo de una hoguera que ardía en lo hondo. Había que quemar y sacrificar algo y así el fuego se consumiría y apagaría. El humo se despejaría. Pensé que los ojos se me adaptarían a la oscuridad, encontraría el equilibrio. Cuando saliera de la cueva, de regreso a la luz, cuando me despertase por fin, todo, el mundo entero, sería otra vez nuevo.

Crucé la avenida del East End y fui arrastrando los pies por el sendero cubierto de sal a través del parque Carl Schurz hacia el río, un ancho canal de obsidiana resquebrajada. El cuello del abrigo de pieles me hacía cosquillas en la barbilla. Me acuerdo de eso. Una pareja se hacía fotos uno al otro al lado de la verja.

—¿Te importa hacernos una foto?

Saqué las manos inertes y rosadas de los bolsillos y atontada sostuve la cámara.

—Poneos más juntos —dije, castañeteando los dientes.

La mujer se secó el labio de arriba con el dedo enguantado. El hombre se tambaleaba hacia delante con su abrigo de lana tieso. Pensé en Trevor. En el visor, la luz no les daba en la cara, sino que les iluminaba el pelo castigado por el viento alrededor de la cabeza como si fuese un aura.

—Whisky —dije. Lo repitieron.

Cuando se fueron, tiré mi móvil al río y regresé a mi edificio, le dije al portero que un asiático bajito me visitaría con regularidad.

—No es mi novio, pero trátalo como si lo fuera. Tiene las llaves. Acceso total —dije, luego subí y me di un baño, me puse el primer pijama, me tumbé en el colchón del dormitorio y esperé a que llamasen a la puerta.

—He traído un contrato para que lo firmes —dijo Ping Xi en la puerta, con una cámara de vídeo digital en la mano. La encendió y la sostuvo a la altura del pecho—. Por si algo sale mal o por si cambias de opinión. ¿Te importa si lo grabo?

—No voy a cambiar de opinión.

—Sabía que dirías eso.

Me animó a quemar mi partida de nacimiento para que pudiera grabar el ritual en vídeo. Su interés por mí era como su interés por aquellos perros. Era un oportunista y un estilista, un productor de espectáculo más que un artista. Aunque, como artista, estaba claro que creía que la situación que compartíamos —él, el guardián de mi hibernación con permiso total para usarme en mi estado de ausencia como «modelo»— era una proyección de su propio genio, como si el universo estuviese orquestado de manera que lo conducía a proyectos que había predicho años antes para sí mismo de forma inconsciente. La ilusión de la comprensión profética. No le interesaba entenderse a sí mismo o evolucionar, solo quería escandalizar y que lo amasen y lo despreciaran por ello. Su público, por supuesto, nunca se escandalizaría de verdad. A la gente le entusiasmaban sus conceptos. Era un charlatán del mundo del arte, pero tenía éxito, sabía cómo manejarse. Noté que tenía la barbilla grasienta. Lo miré más de cerca: bajo una mancha de vaselina tenía tatuado un cúmulo de granos rojos.

—Creo que voy a grabar un montón de material —dijo—. En digital, cámara en mano casi todo, con esta cámara. Sale borroso. Me gusta.

—Me da igual. Mientras esté bajo el efecto del medicamento, no me acordaré.

Me prometió que me encerraría y que mantendría en secreto mi prisión de sueño, que no permitiría que nadie lo acompañase al piso, ni un asistente, ni siquiera personal de limpieza. Si quería traer atrezo o muebles o materiales, tendría que traerlos él solo y, sobre todo, cada vez que se fuera, no podía dejar ni rastro de sus actividades. Ni una miga. Cada tres días, cuando volviese en mí después de la ausencia de Infermiterol, no tenía que haber ninguna prueba de lo que había pasado desde la última vez que me hubiese despertado. No habría hilos de los que tirar ni piezas que pudiese encajar. Ni un asomo de curiosidad podría sabotear mi misión de despejarme la mente, expurgar mis asociaciones, actualizar y renovar las células del cerebro, los ojos, los nervios, el corazón.

—Tampoco quiero que sepas en qué ando. Jodería mi obra. El incentivo creativo para mí es que todo el tiempo serás... cándida.

Creo que le decepcionó que no le rogase que me contara de qué iba a tratar su obra. No me preocupaba que fuese a hacer vídeos porno, saltaba a la vista que era homosexual. No me sentía amenazada.

—Mientras el sitio esté limpio y vacío y te hayas ido antes de que me despierte una vez cada tres días y no me muera de hambre o me rompa algún hueso, me da igual tu trabajo artístico. Tienes carta blanca. Tú no me dejes salir. Estoy haciendo un trabajo importante para mí también. Favor por favor.

—Favor por sopor tendría más sentido. ¿Y si quemas el pasaporte o cortas a cachos el permiso de conducir? —sugirió.

Sabía lo que estaba pensando. Se estaba imaginando cómo describirían el vídeo los críticos. Necesitaba forraje para el análisis, pero el proyecto iba más allá de cuestiones de identidad, sociedad e instituciones. La mía era la búsqueda de un espíritu nuevo. No iba a explicarle aquello a Ping Xi. Él creería que me entendía, pero no me podía entender. No tenía que entenderme y, de todas formas, necesitaba el certificado de nacimiento y el pasaporte y el permiso de conducir. Al final de mi hibernación, me despertaría —eso me imaginaba— y vería mi vida pasada como una herencia. Necesitaba pruebas de mi vieja identidad que me permitieran acceder a mis cuentas del banco, ir a sitios. No es que me fuese a despertar con una cara, un cuerpo y un nombre distintos. Me parecería a la antigua yo.

—Pero es hacer trampas —dijo—. Si lo que planeas es salir de aquí para ser la misma persona que eres ahora, ¿qué sentido tiene?

—Es personal —le dije—. No se trata de carnés de identidad. Es un trabajo interior. ¿Qué quieres que haga? ¿Que me vaya a vivir al bosque, construya un fuerte, cace ardillas?

—Bueno, eso sería un renacimiento más auténtico. ¿Has visto alguna peli de Tarkovski? ¿No has leído a Rousseau?

—Nací siendo una privilegiada —le dije a Ping Xi—. No voy a desaprovechar eso. No soy idiota.

—Entonces, a lo mejor tengo que rebajar a Súper 8. ¿Puedo bajar las persianas del dormitorio? —sacó un documento manuscrito de su bandolera.

—Guarda el contrato —dije—. No te voy a demandar, pero no me lo fastidies.

Ping Xi se encogió de hombros.

Le di la llave de la cerradura nueva.

—Si necesito algo, te dejaré aquí una nota pegada —le dije, señalando la mesa del comedor—. ¿Ves este rotulador rojo?

Cada vez que viniese, Ping Xi tendría que tachar los días de un calendario que había colgado en la puerta de mi dormitorio. Cada tres días, me despertaría, miraría el calendario, comería, bebería, me bañaría, etcétera. Pasaría despierta una sola hora cada vez. Hice la cuenta: durante los cuatro meses siguientes, ciento veinte días en total, pasaría solo cuarenta horas en estado consciente.

—Dulces sueños —dijo él.

Ping Xi tenía la cara demacrada, carnosa, como algo desenfocada, quizá fuese por la vaselina de la barbilla, pero los ojos eran agudos, caídos, oscuros, limpios, y aunque yo sabía que era tonto, confiaba en su resolución. No me dejaría salir. Era demasiado engreído para no mantener su palabra y demasiado ambicioso como para renunciar a la oportunidad de aprovechar mi oferta. Una mujer mal de la cabeza encerrada en un piso. Le cerré la puerta en las narices. Le oí meter la llave en la cerradura y cerrarla.

Me tomé la primera de las cuarenta pastillas de Infermiterol, me fui al dormitorio, ahuequé la almohada y me acosté.

Tres noches después, volví en mí en medio de la más absoluta oscuridad, me arrastré fuera del colchón, encendí la luz y fui al salón esperando encontrar arañazos en la puerta, pruebas de que había un animal retenido en contra de su voluntad, pero no encontré nada. Ping Xi ni siquiera había tachado los días del calendario. Mi piso estaba casi irreconocible en su vacuidad, tan limpio y vacío. Me podía imaginar a una agente inmobiliaria bien vestida irrumpiendo allí, con un pañuelo de flores ondeando como una vela desde su brazo extendido mientras ensalzaba las virtudes de la casa a una pareja recién casada: «Techos altos, parqué, molduras originales y muy pero que muy silencioso. Desde aquellas ventanas hasta se ve el East River». El traje de la agente sería amarillo canario. Me imaginé que la pareja era a la que le hice la foto unos días antes en la Explanada. La memoria se había inmiscuido en la imaginación, pero sabía qué era qué. Entendí que habían pasado tres días sin mí y que me quedaba un largo camino.

No encontré ni rastro de Ping Xi hasta que fui a la cocina: latas de cerveza Pabst Blue Ribbon; papel aluminio manchado con lo que supuse que había sido un burrito; un *The New York Times* del 2 de febrero. Escribí una lista de cosas que quería y la pegué en la mesa: «*Ginger-ale,* galletitas saladas con forma de animales, Pepto-Bismol». Y luego: «¡Llévate la basura después de cada visita! ¡Tacha los días!». Supuse que Ping Xi había pasado por allí para hacer mediciones o hablar o bosquejar planes para algún proyecto de vídeo, pero no había hecho todavía ningún trabajo real. Esa fue la impresión que me dio.

Saqué una porción de pizza del frigo y me la comí fría, con los ojos cerrados, balanceándome bajo la luz del fluorescente que caía desde el techo y se reflejaba otra vez hacia arriba desde el suelo de la cocina. Debería haber comprado una lámpara solar. Se me ocurrió y entonces se me encendió una lucecita que había dejado en un rincón aburrido del pensamiento para recordarme que me tomase las vitaminas. Me tragué el agua grisácea del grifo. Cuando me incorporé, sentí un pequeño desvanecimiento de pánico al pensar en la cerradura de la puerta. Si le pasaba algo a Ping Xi, moriría allí, pensé. Pero el pánico se desvaneció en cuanto apagué las luces de la cocina.

Me bañé rápido, puse la lavadora, hice unos cuantos ejercicios, me cepillé los dientes, me tomé una pastilla de Infermiterol y volví al dormitorio. Todavía nada parecía demasiado profundo. Todo era mundano y práctico. Mientras esperaba a perder la conciencia, me imaginé a Trevor rodilla en tierra, proponiéndole matrimonio a su amiguita del momento. La autosatisfacción. La estupidez de querer algo «para siempre». Casi sentí lástima por él, por ella. Me escuché reír, luego suspirar, mientras me dejaba llevar, de vuelta al vacío.

La segunda vez que me desperté era mediodía. Cuando volví en mí tenía el pulgar en la boca. Cuando me lo saqué, estaba blanco y arrugado y tenía una contractura en la mandíbula que me recordó al tirón que solía darme después de hacer una mamada. No me alarmó. Me desperté, alerta y hambrienta, y fui a la cocina. Ping Xi había tachado seis días del calendario y había pegado una nota en el frigorífico que decía «¡Lo siento!». Abrí el frigorífico, me comí una porción de pizza, me tomé las vitaminas y me tragué una lata de Schweppes. Esta vez, el cubo de la basura estaba vacío, no había bolsa. Dejé la lata de refresco vacía en la encimera de la cocina y pensé solo de pasada en Reva y en sus latas de 7UP *light* llenas de tequila antes de bañarme, me peiné, hice algunos saltos, etcétera. Tomé nota mental de cambiar las sábanas en cuanto me despertase, me tomé una pastilla de Infermiterol, me acosté, me masajeé la mandíbula con los dedos y perdí la conciencia.

El tercer despertar marcó nueve días encerrada dentro de mi casa. Cuando me levanté, sentí en los ojos la atrofia de los músculos que suponía que usaba para enfocar cosas a lo lejos. Dejé las luces bajas. En la ducha, leí la etiqueta del champú y me quedé atascada en las palabras «lauril éter sulfato de sodio». Cada palabra portaba en ella un hilo en apariencia infinito de asociaciones. «Sodio»: sal, blanco, nubes, gasa, arcilla, arena, cielo, alondra, cuerda, gatito, garras, herida, hierro, omega.

El cuarto despertar, me obsesioné con las palabras otra vez. «Lauril»: Shakespeare, Ofelia, Millais, dolor, vidriera, rectoría, dilatador anal, sentimientos, pocilga, pito doble, atizador al rojo. Cerré el agua, hice mis diligencias debidas de la colada, etcétera, me tomé una pastilla de Infermiterol y me tumbé en el colchón. «Sulfato»: Satanás, ácido, Lyme, dunas, moradas, jorobados, híbridos, samuráis, sufragistas, laberintos.

Así que mis horas pasaban en fragmentos de tres días. Ping Xi cumplía con el calendario y la basura. Una vez le escribí una nota pidiéndole Canada Dry en vez de Schweppes. Otra vez, le escribí una nota pidiéndole que las sábanas estuviesen más secas. Me llamó un poco la atención el polvo de los alféizares, las espirales de pelusa y los pelos entre las tablas del suelo. Escribí una nota: «Barre o dime que barra cuando esté inconsciente». Me olvidé del nombre de Ping Xi, luego lo recordé. Fui por el pasillo hasta la puerta cerrada del piso y asentí apenas ante la idea de la cerradura, como si la puerta misma fuese solo una idea, solo la noción de puerta. «Platón»: tiza, cadena, Hollywood, Hegel, postal, daiquiri de plátano, brisas, música, carreteras, horizontes. Sentía la certeza de una realidad que me abandonaba como el calcio de un hueso. Estaba privando a mi pensamiento hasta lo tangencial. Cada vez sentía menos. Las palabras llegaban y las pronunciaba mentalmente, luego me acurrucaba en su sonido, me perdía en su música.

«Jengibre»: *ginger-ale,* humo, China, satén, rosa, imperfección, tiple, babá, puño.

El 19 de febrero, me miré en el espejo. Tenía los labios agrietados pero estaba sonriendo. Me resonaron unas palabras en el pensamiento y las escribí en una nota para Ping Xi: «Cacao de labios».

«Protector labial»: fresa, linóleo, escala salarial, helado, caniche.

Y luego, otra nota: «Gracias».

El 25 de febrero, supe enseguida que algo había cambiado. No me desperté tendida en el colchón del dormitorio, sino acurrucada bajo una toalla en el suelo de la esquina noreste del salón, donde solía estar mi escritorio.

Creí oler a gas, y al asociarlo con el fuego me alarmé, así que me levanté y fui a mirar la cocina antes de acordarme de que era eléctrica. Quizá, pensé, lo que he olido era mi propio sudor. Me relajé. Abrí el frigorífico, mastiqué mi porción de pizza de pie ante la luz amarilla. Al principio, las glándulas salivares dudaron, pero luego accedieron y la pizza me supo mejor de lo que recordaba que sabía. Saqué el pijama limpio de la secadora y me lo puse en el pasillo. Volví a olisquear el aire y reconocí el olor nítido y penetrante de la trementina. Venía del dormitorio. La puerta del dormitorio estaba cerrada.

Llamé.

—¿Hola?

Escuché con la oreja pegada a la puerta, pero lo único que oí fue mi propia respiración superficial, el parpadeo de los ojos, la boca al llenarse de saliva, el eco que hacía la garganta al tragármela.

Me tomé las vitaminas, pero no me bañé.

Cuando me tomé la pastilla de Infermiterol aquel día, me imaginé los cuadros de Ping Xi. Se me aparecieron en la cabeza como si fuesen recuerdos. Eran todos «desnudos dormidos», camas desordenadas y marañas de miembros pálidos y pelo rubio, sombras azules en los pliegues de las sábanas blancas, atardeceres reflejados en las paredes blancas del fondo. En todos los cuadros mi cara estaba oculta. Los veía mentalmente, óleos pequeños sobre lienzos baratos comprados ya tensados o paneles imprimados todavía más pequeños. Eran inocentes y no muy buenos. No importaba. Ping Xi los podría vender por cientos o miles y decir que eran críticas autoconscientes sobre la institucionalización de la pintura, quizá incluso sobre la cosificación del cuerpo de la mujer a lo largo de la historia del arte. «La academia no es para los artistas —me imaginé que diría—. La historia del arte es fascismo. Estos cuadros tratan de cómo seguir durmiendo mientras leemos los libros que nos dan los profesores. Estamos todos dormidos, el sistema, al que no le importa una mierda quiénes somos de verdad, nos lava el cerebro. Estos cuadros son aburridos de forma deliberada». ¿Se creería que era una idea original? No recordé haber posado para los cuadros nunca, pero sabía que si estaba puesta de Infermiterol, seguramente había fingido que estaba dormida.

Me tomé un Infermiterol, me acosté en el suelo del salón con una toalla limpia enrollada bajo la cabeza a modo de almohada y me volví a dormir.

El mes siguiente, cada vez que me despertaba, tenía la mente llena de colores. El piso empezó a parecerme menos cavernoso. Una vez me desperté y descubrí que tenía el pelo corto, como el de un niño, y en el inodoro había largos mechones rubios atascados. Me vi allí sentada con una toalla sobre los hombros y a Ping Xi de pie, cortando. En el espejo, me veía animada y alegre. Me pareció que tenía buen aspecto. Escribí notas pidiendo fruta fresca, agua mineral, salmón a la plancha de «algún restaurante japonés bueno». Pedí una vela para tenerla encendida mientras me bañaba. En aquella época pasaba las horas de vigilia con delicadeza, con cariño, me volvía a acostumbrar a una sensación de extravagancia acogedora. Gané algo de peso y así cuando me acostaba en el suelo del salón no me hacían daño los huesos. La cara perdió sus malos ángulos. Pedí flores. «Lirios», «aves del paraíso», «margaritas», «una rama de amento». Corrí en el sitio, hice ejercicios de piernas, flexiones. Cada vez era más y más fácil pasar el tiempo entre que me levantaba y me volvía a acostar.

Pero, a finales de mayo, sentí que no tardaría mucho en inquietarme. Una predicción. El sonido de los neumáticos sobre el asfalto mojado. Había una ventana abierta, por eso lo oía. Por ella se colaba el dulce olor de la primavera. El mundo seguía allí fuera, pero no lo había mirado en meses. Sopesarlo entero era demasiado, su extensión, un planeta circular cubierto de criaturas y cosas que crecían, todos girando lentamente sobre un eje creado cómo, ¿por un extraño accidente? No parecía plausible. El mundo podía ser plano igual que podía ser redondo. ¿Quién podía demostrar nada? Con el tiempo, lo entendería, me dije.

El 28 de mayo volví en mí, sabiendo que era la última vez que llevaba a cabo mis abluciones habituales y me tomaba el Infermiterol. Solo me quedaba una pastilla. Me la tragué y supliqué misericordia.

La luz de los coches que pasaban se deslizaba a través de las persianas y cruzaba las paredes del salón en forma de rayas amarillas, una vez, dos. Me giré para mirar el techo. Las maderas del suelo crujían, como un barco que de pronto chapoteaba dentro de una tormenta. Un murmullo en el aire anunciaba la ola que se acercaba. El sueño venía a por mí. Ya conocía su sonido entonces, la sirena de niebla del espacio muerto que me ponía el piloto automático mientras mi yo consciente vagaba como un pececito. El sonido aumentaba hasta hacerse casi ensordecedor y luego se detenía. En aquel silencio, empezaba a hundirme en la oscuridad, descendía primero muy despacio y sin cesar, sentía que me bajaban con poleas — me imaginaba ángeles con cuerdas de hilo dorado que me rodeaban el cuerpo—, y luego con el artefacto eléctrico para bajar los ataúdes que usaron en los entierros de mis padres y se me aceleraba el corazón con aquel pensamiento, al recordar que una vez tuve padres y que me había tomado la última de las pastillas, que aquel era el final de algo y entonces me pareció que las cuerdas se desataban y que caía con más rapidez. Se me revolvió el estómago, tenía sudores fríos y empecé a retorcerme, primero agarrada a la toalla que tenía debajo para ralentizar la caída y luego más descontrolada porque no me había funcionado, dando tumbos como Alicia por la madriguera del conejo o desapareciendo como Elsa Schneider en el abismo infinito en *Indiana Jones y la última cruzada*. La bruma gris me oscurecía la visión. ¿Habría cruzado el Sello? ¿Se estaba desmoronando el mundo? Calma, calma, me dije. Sentía que la gravedad me succionaba más abajo, que el tiempo se aceleraba, que la oscuridad a mi alrededor se ensanchaba hasta que me encontraba en otro lugar, uno sin horizontes, una zona del espacio que me confundía con su eternidad y me calmaba solo un instante. Luego me di cuenta de que estaba flotando sin anclajes. Intenté gritar pero no pude. Tenía miedo. El miedo era igual que el deseo: de pronto quería volver y estar en todos los sitios en los que había estado, en todas las calles por las que había caminado, en todas las habitaciones en las que me había sentado. Quería volver a verlo todo. Intenté recordar mi vida ojeando las Polaroids de mi mente. «¡Qué bonito era esto! Era interesante.» Pero sabía que incluso aunque pudiese volver, si tal cosa fuese exactamente posible en la vida real o en sueños, no tenía sentido. Y me sentí desesperadamente sola, así que extendí el brazo y me agarré a alguien —quizá fuese Ping Xi, quizá la vigilia ajena a mí misma— y aquella mano de alguna manera me sostuvo mientras caía por galaxias enteras, me atravesaban olas mercuriales de luz estroboscópica que me cegaban una y otra vez, se me estremecía el cerebro por la presión, y los ojos me chorreaban como si con cada lágrima se derramase una visión de mi pasado.

Sentí la humedad gotearme por el cuello. Estaba llorando. Lo sabía. Me oía a mí misma gemir y lloriquear.

Me concentré en el sonido y entonces el universo se estrechó hasta ser una fina línea y eso me hizo sentir mejor porque la trayectoria era más clara, así que viajé con más calma a través del espacio exterior, escuchando el ritmo de mi respiración, cada una el eco de la anterior, más y más suaves, hasta que estuve lo bastante lejos como para que no hubiese sonidos ni movimientos. No había necesidad de consuelo o dirección porque estaba en ninguna parte, haciendo nada. Yo no era nada. Me había ido.

El 1 de junio de 2001, volví en mí en el suelo del salón, sentada con las piernas cruzadas. La luz del sol entraba a través de las persianas como una aguja e iluminaba planos entrecruzados de polvo amarillo que se desdibujaban y se desvanecían cuando cerraba los ojos. Escuché cantar a un pájaro.

Estaba viva.

Como le había pedido en enero, Ping Xi había dejado extendida ropa para mí en la mesa del comedor: zapatillas de deporte, pantalones de chándal, camiseta, sudadera con capucha y cremallera. En un sobre que le había dado sellado para que lo guardase estaban mis tarjetas de crédito, mi permiso de conducir, pasaporte, certificado de nacimiento y mil dólares en efectivo. Había una botella de Evian, una manzana dentro de una bolsa de plástico del supermercado, un tubo tamaño muestra de crema solar de Neutrogena, un detalle muy amable. Había quitado todas las notas pegadas, lo que le agradecí, pero luego las encontré hechas un racimo en la basura, como si fueran un ramo desechado de margaritas. Cogí una y la leí: «No te olvides de la ropa, los zapatos, el sobre, las llaves. Cómprame protector solar, por

242

favor». Y en otra: «Gracias, buena suerte». Y una carita sonriente.

Mi viejo abrigo blanco de pieles colgaba de la percha, al lado de la puerta de entrada. Había una nota pegada en la pared que decía: «Cuando te lo compré, fue simplemente porque quería que lo tuvieras. Echaré mucho de menos trabajar contigo. PX».

La puerta no tenía echada la llave.

Me vestí, me puse el abrigo, salí y bajé en el ascensor al vestíbulo y atolondrada me abrí paso hacia la luz que estallaba desde la calle a través de las puertas de cristal.

—¿Señorita? —le escuché decir al portero—. ¿Me oye?

Luego el roce duro de los pantalones del uniforme cuando se agachó y me sostuvo la cabeza entre las manos. No me había dado cuenta de que me había caído al suelo.

Alguien me trajo un vaso de agua. Una mujer me sujetó la mano y me sentó en un sillón de cuero del vestíbulo. El portero me dio el sándwich de ensalada con huevo duro de su bolsa del almuerzo.

—¿Podemos llamar a alguien?

Qué amable era la gente.

—No, no hay nadie. Gracias. Solo me ha dado un vahído.

Me llevó otra semana juntar fuerzas para salir y andar alrededor de la manzana. El día siguiente caminé hasta la Segunda Avenida. El siguiente, hasta Lexington. Comí sándwiches empaquetados de ensalada con huevo duro de una charcutería de la calle 87 Este. Me senté durante horas en un banco del parque Carl Schurz y observé a los perritos falderos ganduleando por una zona cercada y embaldosada y a sus dueños esquivando el sol y pulsando las teclas de sus móviles. Un día, me traje a casa una colección de libros que alguien había dejado en la acera de la calle 77 Este y me los leí de punta a punta. Una historia sobre conducir borracho por los Estados Unidos. Un libro de cocina hindú. *Guerra y paz. Mao II* de Don DeLillo. *Italiano para tontos.* Un libro de juegos de palabras que rellené yo misma con las palabras más fáciles que se me ocurrieron. Pasé así los días durante cuatro o cinco semanas. No me compré un móvil. Me deshice del viejo colchón. Todas las noches a las nueve me acostaba en el suelo liso de madera, me estiraba, bostezaba y no tenía problemas para dormir. No tenía sueños. Era como un animal recién nacido. Me levantaba con el sol. No caminaba más al sur de la calle 68.

A mitad de junio, hacía demasiado calor para llevar el chándal que me había dejado Ping Xi. Me compré un paquete de braguitas de algodón blanco y un par de alpargatas de plástico de la tienda de todo a un dólar de la calle 108. Me gustaba aquella zona, casi Harlem. Paseaba despacio arriba y abajo por la Segunda Avenida con pantalones cortos de gimnasia azules o rojos y camisetas enormes. Cogí la costumbre de comprarles a los egipcios una caja de copos de maíz todas las mañanas. Se los daba a puñados amistosos a las ardillas del parque. No tomaba café.

Descubrí la tienda de caridad en la calle 126. Me gustaba mirar las cosas que donaban los demás. Quizá la funda de almohada que olisqueaba había estado en el lecho de muerte de un viejo. Quizá aquella lámpara habría estado cincuenta años en la mesa rinconera de algún apartamento. Me imaginaba todas las escenas que habría iluminado: una pareja haciendo el amor en el sofá, miles de cenas delante de la televisión, los berrinches de un bebé, el brillo meloso del whisky en un vaso con el logotipo de Elks Lodge. Caridad, en efecto. Así es como volví a amueblar mi piso. Un día, me llevé el abrigo de pieles blanco a la tienda de segunda mano y se lo di al adolescente que recogía las donaciones por una puerta que había al doblar la esquina de la entrada de la tienda. Lo recogió con tranquilidad, me preguntó si quería un recibo. Lo miré alisar la piel con las manos, como si estuviese tasando su valor. A lo mejor lo robaba y se lo daba a su novia o a su madre. Esperaba que lo hiciera, pero luego lo tiró en un contenedor azul enorme.

En agosto me compré una radio a pilas y me la llevaba todos los días al parque. Escuchaba las emisoras de jazz. No me sabía los nombres de las canciones. Las ardillas acudían en cuanto estrujaba la bolsa de copos de maíz. Se los comían de mi palma, sosteniendo el cereal en las manos negras diminutas y masticando con las mejillas hinchadas.

—¡Cochinas! —les decía.

Parecía que la música que salía de mi radio pequeñita las perturbaba. Bajaba el volumen cuando les daba de comer.

No pensé mucho en Ping Xi hasta que vi a Reva. La llamé el 13 de agosto desde el móvil del portero. A pesar de todo el sueño y el olvido, me seguía sabiendo su número de memoria, y al ver la fecha en el calendario recordé que era su cumpleaños.

Vino el domingo siguiente, nerviosa y oliendo a un perfume nuevo que me recordaba al olor de las gominolas, no dijo nada del extraño surtido de muebles y adornos que había en mi piso o de mi desaparición de seis meses, de que no tuviese teléfono móvil ni de los montones de libros llenos de hongos que tapaban la pared del salón. Solo dijo:

—Bueno, ha pasado mucho tiempo, supongo.

Se sentó donde le dije, en la manta de croché de segunda mano que extendí en el suelo como si fuese una manta de pícnic, y se puso a hablar de su nuevo puesto en la empresa. Me describió a su jefe como un «instrumento de la CIA», poniendo los ojos en blanco y haciendo hincapié en algunos términos técnicos al enumerar sus obligaciones. Al principio no supe distinguir si eran aforismos de posturas sexuales. Todo en ella parecía inquietantemente pornográfico: la base de maquillaje mate, los labios delineados muy oscuro, aquel perfume, el aplomo calmado de las manos. «Soluciones innovadoras.» «Anatomía de la violencia en el espacio de trabajo.» «Objetivos sólidos.» Llevaba el pelo peinado con un moño suelto, mis pendientitos de perlas le colgaban de los lóbulos como gotas de leche, perversas e inocentes al mismo tiempo. También llevaba una blusa blanca calada y un par de vaqueros que le había dado yo. No sentí ni anhelo ni nostalgia por la ropa. Se le habían deshilachado los bajos de los vaqueros, eran un par de centímetros demasiado largos para las piernas de Reva. Pensé en sugerirle que los llevara a que se los cosieran. Había un sitio en la calle 83.

—Acabo de leer un cuento en el *New Yorker* —dijo, y sacó el número enrollado de su bolso enorme.

Se titulaba «Malo en mates». Era sobre un adolescente de Cleveland de origen chino que suspende la reválida, salta del edificio de dos plantas de su instituto y se rompe las dos piernas. Después de que el orientador del centro presione a la familia para que vayan a terapia de grupo, sus padres le dicen al chico en el aparcamiento de un supermercado que lo quieren y empiezan todos a llorar y caen de rodillas, mientras los demás compradores pasan con sus carritos y hacen como que no pasa nada sorprendente.

—Escucha cómo empieza —dijo Reva—. «Por primera vez, pronunciaron las palabras. Creo que les dolió más que el que me rompiese la tibia y el fémur.»

—Sigue —dije.

El cuento estaba escrito fatal. Reva lo leyó en voz alta.

Ping Xi me vino a la mente mientras la escuchaba. Pensé en sus ojos pequeños y oscuros mirándome fijamente, uno entrecerrado, el otro cerrado y apretado mientras me medía las proporciones levantando la mano manchada de pintura pincel en ristre. Era lo único que lograba recordar. De pronto me hizo pensar en un ser reptiliano y mezquino, alguien puesto en el planeta para sintonizar con gente parecida a él, gente que se distraía con dinero y conversaciones en vez de hundir manos y dientes en el mundo que los rodeaba. Superficial, supongo, claro que había gente peor en el planeta.

—«Llevaba meses estudiando para la reválida» —Reva leyó el cuento de principio a fin. Le llevó por lo menos media hora.

Yo sabía que lo único que quería era llenar el silencio, ocupar el tiempo hasta que pudiera irse y abandonarme para siempre. Al menos, es lo que yo sentía. No puedo decir que no me doliera que guardase tanto la distancia, aunque habría sido cruel encararla por eso. No tenía derecho a exigirle nada. Noté que no quería saber lo más mínimo de mis experiencias en «rehabilitación» o lo que fuese que se imaginaba que me había pasado. Miré cómo movía la boca, las arrugas de la piel de los labios, el hoyuelo impreciso de su mejilla izquierda, la tristeza con forma de luna de sus ojos.

—«Un trozo negro de col china se había secado y se había quedado adherido al cubo de basura» —leyó. Asentí todo el tiempo para hacer que se sintiera cómoda. Cuando terminó, suspiró y sacó un chicle del bolso—. ¿No te parece descorazonador lo frías que son algunas culturas?

—Sí, es descorazonador —dije.

—Me identifico mucho con el niño chino —dijo Reva, enrollando de nuevo la revista.

Alargué la mano por encima de sus piernas, agarré la revista que ella tenía sujeta, como en un tira y afloja. No quería que se fuera. El blanco resplandor de las luces del techo le relucía en las clavículas. Era preciosa, a pesar de todos sus nervios y sus sentimientos complicados y tortuosos y sus contradicciones y sus miedos. Fue la última vez que la vi en persona.

—Te quiero —le dije.

—Yo también te quiero.

Los vídeos y cuadros de Ping Xi se expusieron en Ducat a final de agosto. La exposición se llamaba «Mujer hermosa de gran cabeza». Él o Natasha me mandaron por mensajería recortes de las críticas. Sin ninguna nota. Las imágenes de la exposición no eran lo que recordaba haber imaginado en mis días con Ping Xi en mi dormitorio. Había esperado una serie de desnudos sensibleros, pero Ping Xi me había pintado al estilo de los grabados sobre madera de Utamaro, con kimonos color neón con flores tropicales y marcas de besos y logos de Coca-Cola y Pennzoil y Chanel y Absolut Vodka. En todas las obras, mi cabeza era enorme. En unos cuantos retratos, Ping Xi había pegado pelo mío. En *Artforum*, Ronald Jones me tildó de «ninfa inflada con ojos de hombre muerto». Phyllis Braff condenó la muestra como «un producto de la lujuria edípica» en *The New York Times*. *ArtReview* dijo que la obra era «decepcionante, como cabía esperar». Las demás críticas fueron positivas. En los vídeos descritos salía yo hablándole a la cámara, al parecer narrando historias personales —en uno lloraba—, pero Ping Xi los había doblado. En lugar de mi voz, se oían mensajes largos y airados en cantonés que su madre le había dejado en el contestador. Sin subtítulos.

A principios de septiembre, me acerqué al Met. Supongo que quería ver qué había hecho otra gente con su vida, gente que había hecho arte sola, que se había quedado mirando cuencos de frutas largo y tendido. Me pregunté si habrían mirado cómo se marchitaban y resecaban las uvas, si habían ido al mercado para reemplazarlas antes de tirar el racimo pasado, si se habrían comido algunas. Esperaba que hubiesen tenido algún respeto por lo que estaban inmortalizando. Quizá, pensé, una vez que se desvanecía la luz del día, tiraban la fruta podrida por la ventana, esperando que salvara la vida de un mendigo muerto de hambre que pasara por la calle. Luego me imaginé al mendigo, un monstruo con gusanos que se le arrastraban por el pelo enmarañado, con harapos andrajosos que le revoloteaban sobre el cuerpo como las alas de un pájaro, los ojos resplandecientes de desesperación; el corazón, un animal enjaulado rogando que lo sacrificaran; las manos ahuecadas en oración perpetua mientras los aldeanos pululaban por la plaza de la ciudad. Picasso hizo bien al empezar a pintar a los tristes y abatidos. Los azules. Miraba por la ventana su propia miseria. Aquello era respetable. Pero aquellos pintores de fruta solo pensaban en su propia mortalidad, como si la belleza de su obra pudiese aplacar de alguna forma su miedo a la muerte. Allí estaban todos, colgando apáticos, cándidos e insignificantes, cuadros de cosas, objetos, los cuadros mismos eran solo cosas, objetos, que se marchitaban por el camino hacia su propia e inevitable extinción.

Tuve la impresión de que si movía los cuadros hacia el lado, vería a los artistas observándome, como a través de un espejo de doble cara, crujiéndose los nudillos artríticos y frotándose el mentón, preguntándose lo que me preguntaba yo de ellos, si notaba su brillantez o si sus vidas carecieron de sentido, si después de todo el único que podía juzgarlos era Dios. ¿Querían algo más? ¿Podrían haber extraído más genio de los trapos manchados de trementina que había a sus pies? ¿Podrían haber pintado mejor? ¿Podrían haber pintado con mayor generosidad? ¿Con más claridad? ¿Podrían haber dejado caer más fruta por las ventanas? ¿Sabían que la gloria era mundana? ¿Desearían haber aplastado entre los dedos aquellas uvas secas y pasar los días paseando por campos de hierba o enamorarse o confesar sus delirios a un sacerdote o morirse de hambre como las almas hambrientas que eran, pedir limosna en la plaza de la ciudad con algo de franqueza, por una vez? A lo mejor habían vivido equivocados. A lo mejor su grandiosidad los había envenenado. ¿Se habían preguntado ese tipo de cosas? A lo mejor no podían dormir por las noches. ¿Fueron noches plagadas de pesadillas? Quizá sí entendieron que, en realidad, la belleza y el significado no tenían nada que ver la una con el otro. Quizá vivieron como auténticos artistas, sabiendo todo el tiempo que no había puertas al paraíso. Ninguna creación ni ningún sacrificio llevarían a nadie al cielo. O quizá sí. Quizá, por la mañana, les fuese indiferente y les hiciera felices distraerse con sus pinceles y óleos, mezclar colores y fumar en pipa y volver a sus nuevas naturalezas muertas sin tener que aplastar más moscas.

—Apártese, por favor —escuché que decía un guardia. Estaba demasiado cerca del cuadro.

—¡Apártese!

De pronto quedó enfocada la idea de mi futuro: aún no existía. Lo estaba construyendo, al estar allí de pie, al respirar, al sostener con calma el aire alrededor de mi cuerpo, al tratar de capturar algo —un pensamiento, imagino—, como si tal cosa fuese posible, como si creyese en la ilusión que describían aquellos cuadros: que se podía apresar el tiempo y mantenerlo cautivo. No sabía lo que era real. Así que no me aparté. En vez de eso, alargué la mano. Toqué el marco del cuadro y luego puse la palma en la superficie seca y rugosa del lienzo, solo para demostrarme que no había ningún dios espiándome el alma, que el tiempo no era inmemorial. Que las cosas eran solo cosas.

—¡Señora! —gritó el guardia y entonces me agarró por los hombros y me echó hacia un lado. No pasó nada más.

—Lo siento, me he mareado —expliqué.

Eso fue todo. Era libre.

Al día siguiente, el corredor de fincas me mandó una nota manuscrita desde el norte del estado diciendo que habían hecho una oferta por la casa de mis padres. «Diez mil por debajo de lo pedido, pero acéptela. Lo invertiremos en acciones. Parece que su teléfono está fuera de servicio y lleva así bastante tiempo.»

Me llevé la carta a Central Park. En la humedad que transportaba el viento cálido se mezclaba el sudor de la ciudad con la porquería y la mugre con la embriagadora exuberancia fragante de la hierba y los árboles. Las cosas estaban vivas. La vida zumbaba entre los tonos verdes, desde los pinos oscuros y los helechos flexibles al musgo amarillo lima que crecía en una roca gris enorme y seca. Saltamontes de color miel y el fulgor amarillo de los ginkgos. ¿Qué tenía de malo el color amarillo? Nada.

—¿Qué clase de pájaro es ese? —oí que le preguntaba un niño a su joven madre mientras señalaba un pájaro que parecía un cuervo psicodélico. Las plumas eran de un negro iridiscente, el arcoíris se reflejaba en la oscuridad reluciente, los ojos eran de un blanco brillante, vivo y atento.

—Un estornino —dijo la mujer.

Respiré y caminé y me senté en un banco y observé cómo una abeja sobrevolaba en círculos las cabezas de un rebaño de adolescentes que pasaba. Había majestuosidad y gracia en el lento balanceo de las ramas de los sauces. Había bondad. El dolor no es la única piedra de toque del crecimiento, me dije a mí misma. El sueño había funcionado. Estaba ablandada y tranquila y sentía cosas. Aquello estaba bien. Aquella era mi vida ahora. Podía sobrevivir sin la casa. Entendí que no tardaría en convertirse en el almacén de recuerdos de otra persona y eso era maravilloso. Podía seguir adelante.

Encontré una cabina en la Segunda Avenida.

—Vale —le dije al contestador automático del corredor de fincas—. Véndela. Y diles que tiren todo lo que hay en el ático. No lo necesito. Mándame por correo electrónico lo que tenga que firmar.

Luego llamé a Reva. Me contestó a la cuarta señal, jadeando y tensa.

—Estoy en el gimnasio —dijo—. ¿Hablamos luego?

Nunca volvimos a hablar.

8

El 11 de septiembre, salí y me compré una televisión nueva con vídeo incluido en una tienda de electrónica para poder grabar las coberturas informativas sobre los aviones chocando contra las Torres Gemelas. Luego supe que Trevor estaba en Barbados de luna de miel, pero había perdido a Reva. Reva había desaparecido. Aquel día vi la cinta de vídeo una y otra vez para tranquilizarme. Y la sigo viendo, sobre todo las tardes solitarias o en cualquier otro momento en el que dude que la vida vale la pena o cuando necesito valor o cuando me aburro. Cada vez que veo a la mujer saltar de la planta setenta y ocho de la Torre Norte —se le sale uno de los zapatos de tacón y flota por encima de ella, el otro se le queda en el pie como si le estuviese pequeño, se le sale la blusa por fuera, el pelo se agita, los miembros se le quedan rígidos mientras ella cae en picado con un brazo en alto como si fuese a sumergirse en un lago en verano—, me abruma la impresión, no porque se parezca a Reva y crea que es ella, casi exactamente ella, y no porque Reva y yo hubiésemos sido amigas o porque nunca la volveré a ver, sino porque es hermosa. Ahí está, una persona zambulléndose en lo desconocido, y lo hacía completamente despierta.

Este libro se terminó
de imprimir en
Madrid, España,
en el mes de
enero de 2019